Liebe fragt nicht

-

Entscheidung im Dartmoor

Conny Wels

Liebe fragt nicht

-

Entscheidung im Dartmoor

Impressum:

©2019 Conny Wels

© Titelbild: "Revolverherz", Rückseite: „Nebelland" und „blutendes Herz", alle Rechte vorbehalten: Conny Wels 2019

Umschlaggestaltung, Herstellung und Verlag: Books on Demand

ISBN: 978-3-7494-7998-6

„Wenn Liebe in Freundschaft übergeht,
kann sie nicht sehr groß gewesen sein."

Katherine Hepburn

1

Debbie ist immer noch außer sich vor Wut. In den 21 Jahren ihrer Ehe mit Clark ist es natürlich hin und wieder mal zu einem Streit gekommen. Das gehört wohl zu jeder Ehe und ist ein mehr oder weniger unnötiger, aber vorhandener Bestandteil des Zusammenlebens zweier Menschen.

Zur Nordsee gehören Ebbe und Flut, zu einer Ehe Streit und Versöhnung, rast es durch ihren Kopf.

Bisher ist das immer so gewesen. Man zankte sich, dachte darüber nach, grinste sich ein paar Minuten später an und vertrug sich wieder. Aber diesmal ist es anders. Diesmal ärgert sich Debbie nachhaltig über Clarks komplett fehlendes Verständnis für ihr Vorhaben. Diesmal fehlt der Bestandteil: *Versöhnung.* Worte sind wie Torpedos abgeschossen worden, haben direkt ins Herz getroffen und es zerfetzt. Mit verletzten Seelen, wild, unsicher und ängstlich zugleich, wurde mit Wut geantwortet und auch das ist nicht klug gewesen. Dennoch plagen Debbie keine Schuldgefühle. Es ist eher wie ein Erkennen; ein Begreifen der Situation.

„Er ist eindeutig zu weit gegangen. Das hätte er nicht sagen dürfen", grummelt sie vor sich hin.

Innerlich immer noch sehr aufgewühlt, streckt sie ihre Hand aus und schaltet das Radio ein. Sie muss sich abzulenken und endlich auf andere Gedanken kommen.

Er hätte den Streit von gestern Abend nicht beim Frühstück ansatzlos fortsetzen sollen. Das ist wie ein Hauch von Trennung.

Bekannte Töne dringen aus den Lautsprecherboxen. Es läuft ein Oldie von den *Kinks.* Debbie dreht etwas lauter und trällert den Refrain von *Lola* mit. Sie lacht über den Songinhalt und dennoch funktioniert das mit der Ablenkung nicht so richtig. Erst durch das Aufblinken der Reservewarnleuchte wird sie vollends aus ihren Gedanken an Clark gerissen.

„Verdammt", flucht sie.

Zum ersten Mal seit ihrer Abfahrt, versucht sie sich zu orientieren.

Wo bin ich überhaupt hingefahren?

Sie rollt über eine einsame Landstraße. Die Tachonadel schwankt dauerhaft zwischen 55 und 60 Meilen hin und her. Das letzte Dorf hat sie zwar erst vor ein paar Minuten durchquert, kann sich aber nicht erinnern, dort eine Tankstelle gesehen zu haben.

Nein, überlegt sie zum wiederholten Mal und schüttelt dabei leicht den Kopf. *Definitiv gab es dort keine Möglichkeit zu tanken.*

Fünf Meilen später rollt sie in die nächste Ortschaft ein. Ihr sticht sofort die uralte Leuchtreklame einer Tankstelle ins Auge und sie setzt erleichtert den Blinker. Debbie lenkt den Rover an eine freie Zapfsäule, hält an, zieht den Schlüssel ab, öffnet die Fahrertür und steigt aus. Sie geht um den *Rover* herum und öffnet den Tankdeckel. Ein kurzer Blick zur Zapfsäule, ein Griff zum richtigen Hahn und das Benzin fließt in den fast leeren Tank.

Sieht richtig vintage aus. Hier ist die Zeit stehen geblieben. Das ist der Flair, den ich liebe, denkt sie und atmet tief durch.

Debbie ist bislang noch nie in dieser Gegend gewesen, dabei gefallen ihr die weite Landschaften und die teils malerisch, kleinen Dörfer sehr gut. Es ist der Kontrast zur Großstadtmetropole, die für Erholung sorgt.

Vor drei Stunden hat sie London verlassen und ist immer Richtung Westen gefahren. Ziellos. Hauptsache weg von zu Hause.

Debbie weiß, dass Abstand das einzig Richtige ist. Sie braucht Zeit und Ruhe, um sich darüber klar zu werden, wie ihr Leben weiter gehen soll. Sie möchte ihre Seele heilen, das zerfetzte Herz wieder zusammenfügen und um Abstand zu gewinnen, ihre Gedanken baumeln lassen.

Sie fühlt sich zu jung, um als Hausmütterchen nur noch für waschen, kochen und den täglichen Einkauf zuständig zu sein.

„Ich kann nicht dasitzen und warten bis ich alt bin und das Leben vorbei ist. Ich möchte *jetzt* leben! Noch etwas tun, etwas erleben, weißt du, was ich meine?", hat sie ihm gesagt und dabei das Wort *jetzt* extrem betont.

Debbie ist immer noch äußerst attraktiv und fühlt sich voller Energie. Energie, die sie gerne in einen Job einbringen möchte. Genau dieses Thema wollte sie mit Clark besprechen, doch er hat sofort abgeblockt und dabei fast ein wenig gelangweilt, gemeint, dass das nicht nötig sei und er genug Geld verdiene. „Wenn du zu Hause bleibst, sind wir komplett unabhängig und wenn ich mir mal unter der Woche einen Tag frei nehme, können wir etwas unternehmen. Arbeitest du, können wir nicht mehr so gut planen", sind seine Argumente gewesen.

„Unternehmen?", hat sie zurück geschossen. „Was denn? Einmal in der Woche zum Essen gehen, alle vierzehn Tage zum Bowling mit Anne und Pete? Und einmal im Monat ins Kino und das auch nur, wenn ein Film angelaufen ist, der dir gefällt?"

So hat ein Wort zum nächsten geführt und fertig war der große Streit. Debbie regt sich immer noch extrem über die altmodische Einstellung ihres Mannes auf.

Sicher, Clark hat als *Chief Inspektor* bei New Scotland Yard ein gutes Einkommen. Ihr Londoner Reihenhaus ist durch eine kleine Erbschaft fast abbezahlt und sie können problemlos zweimal im Jahr verreisen.

Debbie hat versucht ihm zu erklären, dass es nicht um das zusätzliche Einkommen geht. Sie möchte Abwechslung. Raus aus dem Alltag. Es allen anderen, aber auch sich selbst nochmal zeigen und beweisen, dass sie immer noch im Berufsleben mithalten kann. Sie möchte nicht zwischen bügeln und abwaschen, einkaufen und kochen hin und her pendeln und das Kreuzworträtsel in der Zeitung als größte Herausforderung des Tages betrachten.

Also hat sie, ohne Clarks Wissen, die Stellenanzeigen durchforstet, sich bei drei interessanten Arbeitsangeboten beworben, bei zwei Firmen vorgesprochen und schließlich eine vielversprechende Zusage bekommen. *Probearbeit mit Bezahlung. Besser geht's nicht*, hat sie sich gedacht.

Als sie ihren Mann gestern damit überraschen wollte, ist es zum Streit gekommen. Dabei hatte Debbie alles so gut geplant. Sie bereitete Spaghetti mit Garnelen zu und öffnete eine gute Flasche Wein. Nicht irgendeinen Wein, sondern einen *Lugano* vom kleinen Weinhändler um die Ecke. Der Wein, den Clark so liebt. Der Tisch war hübsch dekoriert und zwei Kerzen brannten im Leuchter.

Sie hat gelacht, als Clark grübelte, ob er den Hochzeitstag vergessen hat. Er hat so hübsch hilf- und ratlos ausgesehen. Doch als sie ihm, fast ein wenig euphorisch, den Grund dieser kleinen Feier mitgeteilt hat, ist er völlig unerwartet ausgerastet und ihre Träume sind wie Seifenblasen zerplatzt. Es hat *plopp* gemacht und alles war weg.

Das Essen ist fast unberührt zurück in den Kühlschrank gewandert und der gute Wein wurde hinuntergekippt, als wäre er Leitungswasser. Immer wieder haben sie sich gegenseitig *angegeifert*. Später herrschte eisige Stille. So sind sie auch eingeschlafen.

Beim Frühstück ist der Streit fortgesetzt worden. Clark hat überhaupt kein Verständnis gezeigt und war sogar grußlos außer Haus gegangen. Debbie hat danach den Termin für das Probearbeiten bestätigt und sich spontan dazu entschieden, das Wochenende allein zu verbringen.

Abstand gewinnen, sich sammeln und eine wichtige Entscheidung allein fällen und über Trennung nachdenken. Das sind die ersten Schritte, hat sie sich beim Packen der Reisetasche gedacht, ist ihren alten *Rover* gestiegen und weggefahren. Lediglich einen Zettel hat sie für ihren Mann zurückgelassen.

Bin übers Wochenende weg. Debbie

Er wird allein sein. Ihre beiden Kinder sind erwachsen. Sarah ist 20 Jahre alt und studiert in Cambridge Rechtswissenschaften, Glenn ist letzten Monat volljährig geworden, hat die Schule beendet und trampt mit zwei Freunden durch Europa. Er möchte die sechs Monate bis zu seiner Einstellung bei der Londoner Polizei genießen und die Welt kennenlernen. Clark war erst gegen Glenns Reise, aber Debbie überzeugte ihren Mann, da sowohl ihr Sohn als auch dessen beiden besten Freunde sehr vernünftige Jungs sind.

Clark, du wirst dich sehr einsam fühlen und hast genug Zeit zum Nachdenken!

Ein metallisches Klicken reißt sie aus ihren Gedanken. Die gelöste Arretierung des Zapfhahns verrät Debbie, dass der Tank voll ist. Sie hängt den Zapfhahn zurück an die Säule, lässt ihn einrasten und geht in den kleinen Verkaufsraum der Tankstelle.

„Guten Abend", wird sie von älteren Dame begrüßt, die strickend hinter der Kasse sitzt und Debbie sofort an die *Miss Marple* Darstellerin *Margret Rutherford* erinnert. Die Kassiererin zählt noch zwei Maschen ab, legt das Strickzeug beiseite und schielt über den Rand ihrer Brille.

Debbie erwidert den Gruß. „Guten Abend!"

„Heute wird es noch regnen. Den ganzen Tag sagen sie im Radio schon ein gewaltiges Unwetter voraus. Es zieht von der See herein."

„Ich hatte die Nummer drei", entgegnet Debbie und versucht nicht auf das Gespräch der freundlichen Dame einzugehen. Ihr ist nicht nach *Smalltalk* zumute. Die sympathische Ausstrahlung der betagten Tankstellenbetreiberin stimmt sie jedoch um. Debbie lächelt höflich und fragt „Wo sind wir hier eigentlich?"

Die Kasse springt auf, Debbie legt einen Geldschein auf den Tresen.

„In *Shillingford*, nähe *Exeter*", kommt die Antwort. „Wo wollen Sie denn hin?", schiebt die nette Frau, halb aus Neugier und Hilfsbereitschaft, gleich nach.

„Oh, ich habe kein Ziel. Ich wollte nur mal raus aus London. Ich dachte mir, dieser Landstrich hier ist sehr schön und auf jeden Fall eine Reise wert."

Die Dame nimmt den Geldschein, steckt ihn in die Kasse und reicht Debbie das Wechselgeld. „Da muss ich Ihnen zustimmen. Sie befinden sich hier am Rand des Dartmoors. Eine herrliche Gegend. Sie kennen doch den *Dartmoor Nationalpark*, oder?"

Debbie überlegt kurz und erinnert sich augenblicklich an ein paar alte Kriminalromane, die sie mal gelesen hat. „Natürlich", antwortet sie. „Sagen Sie mal, spielen hier nicht auch die Geschichten von *Edgar Wallace?*"

Sie trifft damit genau auf den wohl leidenschaftlichsten Punkt der *Tankstellen-Miss-Marple*. Mit einem metallisch klingendem *Klack* wird die Kasse geschlossen. Das Gesicht der alten Dame strahlt richtig.

„Nicht ganz", entgegnet sie voller Begeisterung. „Das Dartmoor ist zwar Kulisse für einige Filme, aber Edgar Wallace Filme wurden hier nicht gedreht", erklärt sie voller Stolz. „Aber einmal, da waren sie alle für ein Wochenende hier. Sie haben sich erholt und die Landschaft angesehen. Alle Schauspieler haben hier getankt oder sich Zigaretten gekauft. Wissen Sie", sagt mit sie leicht gedämpfter Stimme und vorgehaltener Hand, als wären noch mehr Leute im Verkaufsraum,

„damals war rauchen noch schick und modern. Heutzutage weiß man, wie schädlich dieses Zeug ist." Sie zeigt auf ein paar Zigaretten, die hinter dem Tresen aufgestapelt in einem Regal stehen. „Jedenfalls habe ich von fast allen Schauspielern Originalautogramme", kommt sie zum Ursprungsthema zurück. „Die sind in einem Album, oben in der Wohnung."

„Schön", lächelt Debbie, steckt das Wechselgeld ein und wirft die Geldbörse in die Handtasche.

„Wenn Sie eine Landkarte benötigen, kann ich Ihnen helfen. Gestern war ein Vertreter hier und überreichte uns ein paar kostenlose Karten von dieser Gegend. Da ist hinten lauter Werbung drauf. Er sagte, die Landkarten sind durch die Werbeanzeigen finanziert und ich solle sie an gute Kunden verteilen. Das Schnäppchen habe ich mir natürlich nicht entgehen lassen."

Die nette Dame greift unter den Tresen und zieht eine der Faltkarten hervor. „Natürlich wollte er, dass ich für nächstes Jahr auch eine Anzeige schalte, aber ich habe gesagt, dass ich gar nicht weiß, ob wir die Tankstelle dann noch betreiben. Wissen Sie, mein Eddie ist schon 86 Jahre alt und ich feiere nächstes Jahr ..."

„Darf ich die mitnehmen", unterbricht Debbie und hofft so, die redselige Verkäuferin zufrieden und vor allem auch ruhig zu stellen.

„Möchten Sie eine Quittung haben?"

„Vielen Dank, ich brauche keinen Beleg. Aber wenn Sie mir sagen könnten, wo ich einen Geldautomat finde? Ich benötige noch etwas Bargeld."

„Hier nicht, aber ich kann Ihnen helfen. Ich ziehe Ihre Karte durch und gebe Ihnen das Geld aus der Kasse. So spare ich mir den Weg zur Bank. Die Gebühr ..."

„Die Gebühr zahle ich gern."

Debbie holt noch einmal ihre Geldbörse aus der Tasche, reicht der Dame die Kreditkarte und nimmt das Bargeld entgegen. Sie legt einen Fünfer Trinkgeld hin und fragt: „Reicht das?"

Mehr als zufrieden nickt die *Miss Marple* Doppelgängerin. „Das ist viel zu viel."

„Das geht schon in Ordnung."

„Sehen Sie zu, dass Sie zu Ihrem Hotel kommen. Es wird nicht mehr lange dauern, dann ist das Unwetter hier."

„Danke für den Tipp."

Debbie ist jetzt besser gelaunt als vor dem Tanken. Der Kontakt mit der alten Dame hat ihr gut getan. Als sie wieder im Rover sitzt, wirft sie einen Blick auf die Karte, orientiert sich und findet schnell die kleine Ortschaft *Shillingford*. Dann schweift ihr Blick über die ausgebreitete Karte.

Dartmoor. Warum nicht? Ich suche mir ein schönes Hotel und unternehme ein paar Wanderungen. Clark wird mich sicher vermissen, aber mein Handy bleibt aus.

Sie legt einen Finger auf *Shillingford* und lässt die andere Hand über der Karte kreisen. „Wo geht die Reise hin?", haucht sie leise aus und schließt die Augen. Sie senkt schnell ihren Zeigefinger und *zack*, landet er auf der Landkarte. Debbie öffnet die Augen und starrt auf den Punkt, den ihr Finger markiert.

„Mitten ins Moor getroffen", lacht sie. „Debbie, du bist ein Pechvogel", fügt sie hinzu, bleibt aber bei der zufällig entschiedenen Wahl. Sie sucht den nächst gelegenen Ort zu dem Punkt, auf dem ihr Finger gelandet ist, findet ihn schnell und liest, obwohl sie allein ist, laut vor. „Die Reise geht nach: *Widecombe in the Moor*."

Sie nickt zustimmend.

„Alles klar, *Widecombe in the Moor*, ich hoffe, dass du eine Unterkunft für mich hast. "

Es dämmert bereits und Debbie schaltet beim Losfahren das Licht an. Kurz darauf fallen erste Tropfen vom Himmel und klatschen in unregelmäßigen Abständen gegen die Windschutzscheibe. Erst sind es nur ein paar wenige, dann häufen sich die Tropfen und schließlich beginnt der Regen seine Kraft zu entfalten. Der Wischrhythmus der Scheibenwischer ist auf *langsam* eingestellt, doch als es binnen kürzester Zeit immer stärker regnet, schaltet die Londonerin den Intervall der Wischblätter schneller. Sie verlässt *Shillingford* und fährt mit angepasster Geschwindigkeit die Landstraße entlang.

Das Prasseln auf dem Autodach hört sich an wie Applaus. Das Wetter gratuliert zu meiner Entscheidung, denkt sie. Ihr positives Gemüt lässt sie lächeln. „Bravo! Ich reise ins Moor", murmelt Debbie.

Wind kommt auf, der Regen wird heftiger. Debbie verringert ihr Tempo. Ihr fällt ein, was *Miss Marple* gesagt hat: *von der See zieht ein Unwetter auf*

Der Griff zum Radio folgt. Aus den Lautsprecherboxen dringt nur ein Rauschen. Debbie betätigt den automatischen Sendersuchlauf, der keine drei Sekunden später fündig wird. Ein *Werbejingle* ist gerade zu Ende. Über die Anzeige des Touchscreen läuft der Hinweis auf den Sender.

... Dartmoor Radio – immer für Sie da ... die besten Hits der letzten 50 Jahre ...

„Ein Lokalsender, prima. Vielleicht erfahre ich etwas über die Gegend."

Es werden Oldies gespielt. *Ricky King* zupft gerade noch die letzte Gitarrenseite seines Hits *Verde*, als er nahtlos von *Bob Dylan's* Klassiker *Blowing in the Wind* abgelöst wird.

Gute Musik, denkt Debbie und schaltet den Scheibenwischer auf die höchste Stufe. Der Regen ist zwischenzeitlich so heftig geworden, dass die Sicht nur noch wenige Meter beträgt.

Mistwetter, schimpft sie im Stillen. Sie hasst es bei Regen oder Schneewetter zu fahren. Bei solchen Wetterlagen war Debbie stets froh, wenn Clark am Steuer saß.

„Clark", seufzt sie.

Warum warst du nur so ekelhaft und unnachgiebig in dieser Sache? Ein paar Tage ohne mich werden dir sicherlich gut tun!

Debbie erkennt das Reh auf der Fahrbahn fast zu spät. Als ihre Scheinwerfer das scheue Tier erfassen, tritt sie mit ganzer Kraft auf die Bremse. Ihre Hände umklammern das Lenkrad, die Finger scheinen sich förmlich in den Kunststoff einzugraben.

Das Reh bleibt stehen und blickt der Autofahrerin mit sanften, aber dennoch erschrockenen Augen entgegen. Das *ABS* verhindert ein Blockieren der Reifen. Dennoch kommt es Debbie so vor, als schlittere sie hilflos frontal gegen das Tier. Binnen Sekundenbruchteilen entscheidet sie sich für ein Ausweichmanöver. Sie lässt die Bremse los, reißt das Lenkrad herum und möchte das Wildtier umfahren. Sie lenkt ein wenig zu hastig und der Rover gerät auf der nassen Fahrbahn ins Schlingern. Instinktiv steuert Debbie dagegen, doch der Wagen dreht sich bereits um die eigene Achse. Im Augenwinkel erkennt sie, dass das Reh wegläuft.

Der Rover schlittert unaufhaltsam zum Fahrbahnrand und rutscht seitlich in den Straßengraben. Debbie hat Angst, sie könnte sich überschlagen und klammert sich so fest ans Lenkrad, dass das Weiße an ihren Knöcheln zu sehen ist. Die Reifen fräsen sich regelrecht in die aufgeweichte Erde. Krachend wird die Grabenfahrt ruckartig beendet, als der Rover frontal gegen einen großen Findling stößt. Das Geräusch von zusammengepressten Metall und berstenden Plastik klingt hässlich.

Crash – Zack - Plopp

Der Sicherheitsgurt hält die Fahrerin im Sitz. Der Airbag bläht sich in Millisekunden auf und verhindert, dass Debbies Kopf gegen das Lenkrad knallt.

Die Sicherheitssysteme haben funktioniert und Schlimmeres verhindert. Debbie ist leicht benommen und benötigt eine Zeitlang, um sich wiederzufinden und den anfänglichen Schock des Unfalls zu verdauen.

Oh nein, schießt es ihr durch den Kopf.

Sie versucht ruhig zu bleiben und atmet ein paarmal tief durch. Gedanklich sucht sie sich nach Verletzungen ab. Erleichtert registriert Debbie, dass sie keine Schmerzen verspürt. Nach und nach realisiert sie ihre Lage und je mehr sie wieder die Kontrolle über die Situation bekommt, desto heftiger schwillt Wut über den Unfall an. Debbie beginnt laut zu fluchen: „Fuck! Verdammter Mist! Verfluchtes Reh! Nächstes Mal fahre ich dich über den Haufen!"

Adrenalin schießt durch ihre Blutbahn. Verzweiflung löst den ersten Wutanfall ab, doch der selbstbewussten Frau ist vollkommen klar, dass Hilflosigkeit fehl am Platz ist. Wut kehrt zurück. Nach dem ersten Wechselbad der Gefühle beginnt Debbie logisch über ihre Situation nachzudenken.

Erst jetzt bemerkt sie, dass sie immer noch das Lenkrad umklammert, als wäre es ein Rettungsreifen. Sie lässt los und ballt eine Hand zur Faust. Dann hämmert sie zweimal gegen das Lenkrad.

„Fuck, fuck, fuck!", wiederholt sie mehrfach und schnallt sich mit zitternden Händen ab.

Okay, was hat Clark immer gesagt? Ruhe bewahren und Überblick verschaffen.

Debbie spürt, wie ihre Fassung langsam zurückkehrt. Noch einmal sucht sie sich nach Verletzungen, vor allem nach blutenden Wunden ab. Außer einem leichten Zittern in den Knien, kann sie nichts finden.

Sehr gut! Das mit dem Gurt wird vielleicht ein paar blaue Flecken an Schulter und Oberkörper geben, aber das ist mir egal. Zum Glück sind die Scheiben heil geblieben, so habe ich keine Schnittwunden davongetragen.

Sie atmet kräftig und vor allem erleichtert durch.

Was jetzt? Ich muss raus aus dem Wagen.

Es regnet immer noch in Strömen. Das Prasseln auf dem Autodach hört sich schrecklich an. Der Sturm scheint seinen Höhepunkt erreicht zu haben. Debbie beschließt ein paar Minuten zu warten und zieht ein Resümee.

Ihr ist klar, dass sie ohne fremde Hilfe nicht aus dem Graben herauskommen wird. Der Straßengraben ist etwa einen Meter tief und ihr Rover liegt mit leicht eingedrückter Front in Schräglage am Abhang. Der Unterboden sitzt womöglich auf, die Reifen dürften sich tief in den vom Regen aufgeweichten Boden eingegraben haben.

Ich brauche einen Abschleppwagen und eine Werkstatt. Hoffentlich ist nicht zu viel kaputt.

Innerlich hört sie Clark schimpfen. „Kannst du nicht Autofahren? Du warst viel zu schnell! Wie kann man bei so einem Sauwetter nur so rasen?"

Andererseits hatte er damals, nach ihrem großen Unfall, auch nicht verärgert reagiert. Sie hatte vor vier Jahren seinen Saab gegen einen Baum gefahren. Eisglätte! Damals ist Clark ganz cool geblieben. „Hauptsache, dir ist nichts passiert, Darling. Für den Rest haben wir eine Versicherung", hat er besorgt zu ihr gesagt.

Komisch. Sie wollte Abstand von Clark gewinnen und ist dafür extra aufs Land gefahren, und kaum hat sie einen Wildunfall, denkt sie wieder nur an ihren Ehemann. Scheinbar liebt sie ihn doch mehr, als sie beim Losfahren gedacht hat. Noch in London ist ihr klar gewesen, dass dies auch ein Abschied für immer werden kann.

Und jetzt?

„Blödes Gedankenkarussell. Vergiss es Debbie, du musst raus hier und den Rover abchecken."

Debbie atmet einmal tief durch, dann öffnet sie die Fahrertür. Sie spürt den Druck des Windes. Regen klatscht gegen ihren Körper und der heftige Sturm peitscht das Regenwasser regelrecht ins Fahrzeuginnere. Sofort zieht sie die Tür wieder zu.

„Puh", stößt sie aus.

Vielleicht geht es in ein paar Minuten besser, schießt es ihr durch den Kopf.

Debbie möchte die Innenbeleuchtung anschalten.

Klick

Nichts.

Verdammt.

Sie überlegt. Was kann passiert sein? Entweder ein *Not-Aus* der Batterie oder eine Klemme hat sich durch den Unfall gelöst.

Keine Batterie, kein Licht.

Sie grübelt.

Das Handy! Das hat doch eine Taschenlampe. Außerdem muss ich sowieso den Pannendienst anrufen.

Debbie verflucht sich in diesem Moment, an der Tankstelle auf eine Quittung verzichtet zu haben.

Da würde die Adresse und Telefonnummer drauf stehen. Ich hätte Miss Marple angerufen, und die hätte sicher einen seriösen Abschleppdienst gekannt.

Ein suchender Blick und sie findet schnell, was sie sucht. Ihre Handtasche. Sie ist bei dem Unfall vom Beifahrersitz in den Fußraum geschleudert worden und dort liegen geblieben. Debbie bückt sich nach vorn, bekommt einen Griff zu fassen und zieht die Tasche nach oben. Sie öffnet sie, kramt nach dem Mobiltelefon und zieht es heraus.

Aus, stellt sie fest. *Ach ja, war ja meine Idee. Kein Kontakt zu Clark.*

Ein leichter Druck an den seitlichen Schalter und das Display leuchtet. Leicht aufgeregt tippt sie die PIN ein. Entsetzt liest Debbie die Anzeige: *Falsche PIN! Sie haben noch zwei Versuche!*

Sie denkt kurz nach.

Nicht die übliche Sperr-PIN, sondern die, wenn ich das Handy hochfahre.

Wieder tippt sie eine Zahlenkombination ein. Diesmal bewusst langsam. Die Spannung steigt in dem Moment, als sie auf das *OK-Tastenfeld drückt.*

Der Begrüßungstext erscheint. Debbie stößt ein erleichtertes: „Ja!" aus. Das emporschießende Hochgefühl ebbt augenblicklich wieder ab, als die *Netzsuche-Anzeige* dauerhaft stehen bleibt.

„Kein Empfang. Ich werde hier noch verrückt", zischt sie entnervt und wirft das Handy wütend auf den Beifahrersitz, wo es, trotz der leichten Schräglage des Fahrzeuges, liegen bleibt.

Debbie lehnt sich zurück und beginnt ihre Situation neu zu ordnen. Mit leicht aufkeimender Panik analysiert sie ihre Lage erneut.

Es regnet in Strömen und es ist längst stockfinster geworden. Kein Licht, kein Stern, kein Mond ist zu sehen. Sie befindet sich mutterseelenallein mitten in einem fast menschenleeren Nationalpark, das Auto ist nicht mehr fahrbereit und ihr Mobiltelefon nutzlos.

Was würde Clark tun?

Debbies Gehirn rattert. Sie muss auf sich aufmerksam machen.

Aber wie?

Es gibt nur eine Lösung. Sie muss es versuchen. Aussteigen, Motorhaube öffnen und hoffen, dass sich durch den Aufprall beim Unfall wirklich nur eine Klemme von der Batterie gelöst hat.

„Okay", sagt sie laut, um sich Mut zu machen. „Dann wollen wir mal."

Sie beugt sich nach unten, findet den gesuchten Hebel und entriegelt die Motorhaube. Debbie blickt sich um, sieht nur Dunkelheit, fasst Mut und öffnet die Fahrertür. Wieder klatscht ihr heftiger Regen entgegen. Diesmal nimmt sie in Kauf, nass zu werden, hält sich aber für etwas Schutz ihren Mantel über den Kopf. Nachdem sie ausgestiegen ist, geht sie um das Fahrzeug herum. Etwas umständlich sucht sie den Entriegelungshebel der Motorhaube, findet ihn, schiebt ihn zur Seite und hebt die Motorhaube hoch.

Im Lichtkegel des Handys findet sie schnell die Batterie. Das Kabel am Pluspol hat sich durch den Aufprall tatsächlich gelöst. Debbie nimmt es und streift es über das Anschlussteil der Batterie. Jetzt prüft sie durch ein kurzes Rütteln, ob das Kabel hält und schließt schnell die Motorhaube. Sie eilt zurück zur Fahrerseite, öffnet die Tür und steigt ein. Energisch streicht sie das nasse Haar aus dem Gesicht und schüttelt so gut es geht, das Wasser aus der Kleidung.

Debbie greift zum Zündschloss, bekommt den Schlüssel zu fassen und dreht ihn um. Erleichtert stellt sie fest, dass die Armaturenbeleuchtung funktioniert. Sie schaltet die Innenraumbeleuchtung an und danach den Warnblinker. Sicherheitshalber verriegelt sie das Auto. Das Blinken in der Dunkelheit wirkt beruhigend.

Jetzt sieht man mich! Vielleicht kommt ja noch ein Einheimischer vorbei oder noch besser, eine Polizeistreife.

Danach schaltet sie das Radio an und hört die sonore Stimme eines Nachrichtensprechers: „... *wie New Scotland Yard in London mitteilte, hat der Gentleman Bankräuber wieder zugeschlagen. Heute Nachmittag überfiel der als äußerst charmant bezeichnete Mann die siebte Bank innerhalb eines Jahres. Noch immer hat die Polizei keine heiße Spur ...*"

„Wen interessiert das schon?", schimpft Debbie und schaltet ab.

Plötzlich wird ihr heiß und kalt zugleich. Sie weiß, dass Clark mit dem Fall betraut ist. Er spricht zwar nur wenig über seine Arbeit, aber er hat neulich erwähnt, dass er die Leitung einer Sonderkommission übernommen hat, die sich um den *Gentleman Bankräuber* kümmert. Nach Clarks Angaben hat es dieser Serientäter innerhalb kürzester Zeit geschafft, sich an die Spitze der Liste der meistgesuchten Verbrecher Großbritanniens zu setzen. Die Hinweise aus der Bevölkerung sind trotz einer hohen Belohnung sehr spärlich und die Presse hat den Straftäter zu einer Art *Robin Hood* gemacht, obwohl er das Geld nicht unter den Armen verteilt.

Wenn der Typ heute wieder zugeschlagen hat, wird Clark bestimmt noch im Büro sein. Er weiß vermutlich noch gar nicht, dass ich weg bin, durchfährt es sie.

Der Sturm bäumt sich noch einmal auf. Wind pfeift um den Rover und presst unaufhörlich Regen gegen die sich beschlagenden Scheiben. Debbies Bekleidung ist durchnässt und sie beginnt zu frieren.

Kein Wunder! Wie sollen meine Klamotten hier trocknen? Ich hätte lieber klatschnasse Haare in Kauf nehmen sollen und den Mantel anziehen, ärgert sie sich.

Während sie überlegt, noch einmal auszusteigen, um ihre Reisetasche aus dem Kofferraum zu holen, sieht sie im Rückspiegel Licht schimmern. Debbie dreht sich um und erkennt Scheinwerferlicht. Ein Fahrzeug nähert sich. Angst und Hoffnung halten sich die Waage. Binnen Sekunden trifft die selbstbewusste Frau eine Entscheidung. Sie kramt aus ihrer Handtasche das Pfefferspray, das ihr Clark zur Selbstverteidigung gekauft hat und greift nach ihrem Handy. Dann steigt sie aus, schlüpft in ihren Mantel, schiebt das Pfefferspray in die Manteltasche und schaltet die Taschenlampen-App an. Dann beginnt Debbie zu winken.

Das Fahrzeug nähert sich langsam. Die Scheinwerfer erfassen und blenden sie. Der Fahrer schaltet das Fernlicht ab und reduziert die Geschwindigkeit. Schließlich hält der Wagen neben Debbie an.

2

Sein Herz pocht wie wild. Er hat das Gefühl, als würden Hunderte Trommeln im Takt schlagen. Sein Puls rast, Adrenalin schießt blitzartig durch seine Adern. Er spürt, wie die Anspannung immer größer wird. Sie ist beinahe unerträglich. Alles fühlt sich an wie ein Vulkan, in dessen Inneren glühende Lava nach oben steigt, um eruptionsartig ausgestoßen zu werden. Die Innenflächen seiner Hände sind längst feucht geworden. Im Unterbewusstsein hat er sie bereits mehrfach an den Hosenbeinen trocken gerieben. Ein letzter Blick auf die Armbanduhr. Der Moment ist günstig, wenn nicht sogar perfekt. Seit etwas mehr als dreißig Minuten beobachtet er die schon vor Wochen ausgespähte Bankfiliale. Die letzte Kundin verlässt soeben die Geschäftsräume und eine Angestellte lauert mit dem Schlüssel, um die Filiale abzuschließen. Jetzt muss er schnell handeln.

Die rechte Hand wandert nach oben und er zieht den breitkrempigen *Borsellino-Hut* tief ins Gesicht. Der Kragen des Rollis wird bis zur Nasenspitze ausgerollt. Dann holt er eine überdimensionale Sonnenbrille, deren Design an die wilden Zeiten der 1970er Jahre erinnert, hervor und setzt sie auf. Mit einem weiteren Handgriff stellt er den Kragen seines Mantels nach oben. Jetzt fährt die rechte Hand unter den Mantel und als er sie wieder hervorzieht, hält er einen kurzläufigen Revolver der Marke *Smith & Wesson* in der Hand.

Er atmet tief durch, macht ein paar schnelle Schritte und stößt die Eingangstür der Geschäftsstelle der *Royal Bank of Scotland* auf. Die Angestellte, die gerade absperren wollte, erschreckt, zuckt zusammen und weicht mit weit aufgerissenen Augen zurück.

„Ich wünsche Ihnen allen einen wunderschönen Nachmittag, meine Damen und Herren. Sollte ich Sie erschreckt haben, möchte ich mich aufrichtig dafür entschuldigen. Es ist nicht meine Absicht, Ihnen auch nur den kleinsten Schaden zuzufügen. Nun, damit ich Ihre Zeit nicht allzu lange in Anspruch nehme, möchte ich mein Anliegen vortragen. Wie Sie sicherlich erkennen können, handelt es sich hier um einen Überfall."

Die Stimme des Bankräubers klingt ruhig, sanft und vor allem sehr höflich. Kein bisschen Aufregung, geschweige denn Bedrohung ist heraus zu hören. Dennoch spricht er bestimmt und lässt an seinem Vorhaben und der Ernsthaftigkeit seines Handelns keinen Zweifel erkennen.

„Darf ich Sie bitten, sich zu ihren Kollegen zu begeben?", sagt er höflich, greift, ohne sich umzuwenden nach hinten zu dem Schlüssel, der im Türschloss steckt und sperrt ab, bevor er zügig zum Bankschalter geht.

Neben der jungen Bankangestellten befinden sich noch zwei weitere Mitarbeiter der *Royal Bank of Scotland* im Raum. Er weiß, dass diese drei Personen alle Beschäftigen sind, die hier arbeiten. Der Mann sitzt für gewöhnlich hinter dem Kassenschalter, die junge Frau bedient die Laufkunden und bei der älteren Dame handelt es sich um die Filialleiterin, die meistens in ihrem Büro sitzt und dort terminierte Kundenberatungen durchführt.

„Oh mein Gott!", würgt die Filialleiterin ängstlich hervor. In ihrer Stimme schwingt Angst mit. „Bitte tun Sie uns nichts!"

„Nur keine Angst, Madam. Ich möchte lediglich etwas Geld mitnehmen, dann bin ich wieder weg. Ich bitte höflichst darum, die Finger vom Alarmschalter zu lassen, dann gibt es auch keine Probleme! Und damit ich sehen kann, dass Sie meinen Anweisungen Folge leisten, bitte ich Sie, die Hände zu heben und sich nebeneinander hinzustellen."

Die drei Bankangestellten kommen der Aufforderung sofort nach. Der Mann legt einen beigen Jutebeutel mit einem kaum mehr erkennbaren Werbelogo einer Drogerie-Kette auf den Tresen und deutet mit dem Revolver auf den männlichen Mitarbeiter. „Mister, wenn Sie so freundlich wären und mir den gesamten Bargeldbestand, ohne Münzen, hier hinein legen würden."

Der junge Mann senkt eine Hand und greift langsam nach der Stofftasche.

„Ihnen ist völlig klar, dass ich weder markierte Scheine, noch Safty-Packs wünsche. Sollten Sie mit dem Gedanken spielen, mir etwas davon einzupacken, werde ich Sie zu Hause aufsuchen. Was dann passiert, spreche ich nicht aus. Haben wir uns verstanden?"

„J .. ja ..", stottert der Bankangestellte. „Keine Safty-Packs!"

„Und ich erinnere Sie noch einmal, nicht den Alarmknopf zu betätigen."

„Tun Sie, was er sagt, Mr. Forbs", fordert die ältere Dame.

„Und zwar etwas schnell, ich habe es eilig", fügt der Bankräuber hinzu.

Während der junge Mann den Kassenraum betritt und das Bargeld in die Jutetasche stopft, betrachtet der Bankräuber die beiden Frauen. „Meine Damen, sie sehen bezaubernd aus" sagt er uns spricht die junge Bankangestellte zusätzlich an. „Das Blau der Bluse unterstreicht die Farbe Ihrer Augen und der Glanz in Ihrem Haar erinnert an das Leuchten der Sterne."

Ein Lächeln huscht über ihr Gesicht.

„Und Ihnen muss ich ein riesiges Kompliment machen", wendet er sich der Filialleiterin zu. „Sie wissen haargenau, wie sie sich kleiden müssen, um blendend hübsch auszusehen. Ihr Modegeschmack ist vorzüglich auf Sie abgestimmt. Ich wette, wenn Sie durch die Straßen Londons schlendern, drehen sich viele Männer nach Ihnen um."

Am Gesichtsausdruck der älteren Dame kann der Bankräuber erkennen, dass sein Kompliment angekommen ist. Er blickt zur Kasse. Der Bankangestellte verlässt gerade den Kassenraum und reicht ihm den Stoffbeutel. „Es befindet sich kein *Safty-Pack* in der Tasche und ich habe keinen Alarm ausgelöst", sagt er.

„Wenn das der Wahrheit entspricht, werde ich in einer Stunde vergessen haben, wo sie drei wohnen. Versprochen. Ich kann mir Adressen ohnehin nicht lange merken. Und Sie werden mich auch nicht wiedersehen. Ich besuche meine Objekte nur ein einziges Mal. Ich möchte mich noch einmal aufs herzlichste entschuldigen, sollte ich Ihnen auch nur eine Spur Angst eingeflößt haben."

Er bewegt sich rückwärts in Richtung Tür. „Mir ist klar, dass Sie mit dem Auslösen des Alarms keine Stunde lang warten können, aber ich wäre ihnen um zwei oder drei Minuten sehr dankbar. Denken Sie einfach daran, dass ich zurückkommen könnte, wenn der Alarmknopf zu früh gedrückt wird oder mich vielleicht bei Ihnen zu Hause verstecke und dann ...", er lässt das Ende des Satzes offen, dreht sich um, geht ohne Eile zu Tür, schließt sie auf und verlässt die Bank.

Die Überfallenen starren sich an. „Das war er! Das war der Gentleman Bankräuber!", ruft der junge Bankangestellte seinen Kolleginnen zu. Er läuft zum nächsten Alarmknopf und verharrt davor. „Chefin?", fragt er und blickt die ältere Dame an.

Diese sieht erst der jungen Mitarbeiterin in die Augen, dann dem Bankangestellten. „Warten Sie noch einen kleinen Moment. Unsere Sicherheit geht vor. Ich möchte eine Geisellage vermeiden. Ich habe Angst, dass der Kerl noch vor der Tür steht und zurückkommt."

„Chefin, das ist ein stiller Alarm!"

Qualvolle Sekunden vergehen.

„Er weiß, wo Sie wohnen, Mr. Forbs", presst die junge Frau hervor.

Der Mann zieht die Hand zurück. Sie zittert. „Meinen Sie wirklich, dass er das weiß?"

„Er ist Profi."

„Dann warten wir genau eine Minute."

„Einverstanden."

„Ich auch", bestätigt die Geschäftsstellenleiterin.

„Aber ich werde nach draußen gehen und nachsehen, wohin er flüchtet. Vielleicht kann ich der Polizei ein paar Hinweise geben."

„Als Angestellter der *Royal Bank of Scotland* sind Sie von der Belohnung ausgenommen."

„Ist mir egal. Bitte drücken Sie den Alarmknopf", entscheidet der Bankkaufmann, springt über den Tresen, hetzt zur Tür und läuft auf die Straße.

Die Filialleiterin löst in dem Moment, als ihr Mitarbeiter durch die Glastür die Geschäftsräume verlässt, den Alarm aus.

Die Blicke des jungen Mannes huschen über Autos und Menschen. Sie streifen an Gebäuden entlang, verweilen an Ladeneingängen und bei der nächsten Bushaltestelle für Sekundenbruchteile und schwenken schließlich erneut über die Masse der Passanten. Das Leben in den Straßen Londons pulsiert.

„Nichts! Verdammt, er muss doch irgendwohin geflüchtet sein!"

Jagdfieber packt den jungen Mann. Schnell hastet er zur nächsten Seitenstraße. Wieder überfliegen seine Augen die Passanten, doch keine Person passt auf das Aussehen des Bankräubers. „Wo ist der Kerl nur hin?"

Gerade, als er sich dazu entscheidet wieder zur Bank zurück zu gehen, erkennt der Bankangestellte, wie ein Mann mit gleichem Mantel und Borsellino-Hut aus dem ihm gegenüber liegenden *Starbuck-Coffe-Shop* heraus kommt, ein paar Schritte geht, in einen geparkten dunklen Geländewagen steigt und den Blinker setzt.

„Das war er doch!", murmelt Mr. Forbs leise vor sich hin und starrt dem Geländewagen nach. „Der hat Nerven. Kauft sich noch einen *Espresso* oder *Coffee to go* oder sonst irgendetwas und fährt dann in aller Seelenruhe weg."

Zweifel kommen auf.

War er das gar nicht? So gelassen kann er nicht sein. Oder doch? Verflucht, das muss er gewesen sein. Die gleichen Klamotten. Zumindest von hinten. Bestimmt war er das.

Gebannt starrt Forbs auf den Geländewagen, der sich ohne Eile in den Verkehr einfädelt.

Zulassung merken, hämmert es im Kopf des Beobachters, *und nur keinen Fehler machen! Was fällt mir noch auf. Aufkleber. Die kenne ich. Das ist Dartmoor und Newton Abbot.*

Der aufmerksame Mitarbeiter der Bank hört bereits, während er sich das Teilkennzeichen des möglichen Fluchtwagens einprägt und ständig wiederholt, um es nicht zu vergessen, die erste Sirene eines Polizeiwagens.

Keine Minute später hält ein Streifenwagen mit quietschenden Reifen vor der Bank an. Zwei Polizisten springen heraus. Die Filialleiterin winkt heftig, redet unentwegt und zeigt auch auf ihren Mitarbeiter, Mr. Forbs. Weitere Sirenen heulen durch Londons Straßen. Ihre Signallichter spiegeln sich in den Schaufenstern der Geschäfte wider. Passanten bleiben stehen und beobachten die Szenerie.

Noch während die Überfallenen vernommen werden, läuft die Großfahndung nach dem Bankräuber an. Immer wieder werden ergänzende Angaben über Funk durchgegeben.

Clark Russel ist gerade in Begriff zu gehen, als das Telefon läutet und zeitgleich einer seiner Mitarbeiter aufgeregt ins Büro stürmt. „Auf

Leitung zwei ist der Einsatzleiter eines Banküberfalls. Alles sieht nach dem Gentleman-Räuber aus!"

Clark stellt die Aktentasche zurück auf den Schreibtisch und greift sofort zum Hörer. „Russel, New Scotland Yard!"

Es folgt ein Redeschwall seines Gesprächspartners. Der Leiter der Sonderkommission hört aufmerksam zu und macht sich nebenbei Notizen.

„Ja, ich verstehe ... Stimmt, das ist absolut seine Vorgehensweise. Wurden die Bilder der Überwachungskameras schon ausgewertet?"

Während die Frage beantwortet wird, setzt sich Clark hin.

„Das ist sehr gut. Endlich haben wir so etwas wie eine heiße Spur! Haben Sie das Kennzeichen überprüft?"

Die Stimme des Einsatzleiters klingt etwas blechern. „Wir haben leider nur ein Teilkennzeichen. Der Bankangestellte war zu nervös und konnte sich nicht alles merken."

„Nun, besser als nichts. Auch mit einem Teilkennzeichen können wir arbeiten. Das wird für einige Leute Überstunden bedeuten. Bleiben Sie dran!"

„Möchten Sie selbst mit den Geschädigten sprechen?"

„Nein, wenn Sie die Bankangestellten schriftlich vernehmen, reicht mir das völlig aus. Aber ich möchte alle Vernehmungen und einen ersten, vorläufigen Bericht, zusammen mit den Aufzeichnungen aus der Überwachungskamera, so schnell wie möglich auf meinem Schreibtisch haben."

„Ich werde die handschriftlichen Aussagen sofort abtippen lassen und die Aufzeichnungen speichern. Ich sende alles per Mail an das Yard."

„Sehr gute Arbeit. Ich warte. Vielen Dank für den Anruf."

Clark Russel legt auf. „Ausgerechnet heute", schimpft der Polizist und sieht dabei seinen Kollegen an, der immer noch im Türrahmen steht. Dieser runzelt die Stirn und fragt: „Haben Sie einen wichtigen Termin?"

„Das liegt im Auge des Betrachters, Sergeant Collins. Ich wollte Debbie, meine Frau, mit Blumen überraschen. Wir hatten einen dummen Streit. Ich wollte mich für mein Benehmen entschuldigen und sie zum Essen ausführen. Und jetzt schlägt dieser Gentleman wieder zu."

„Das kenne ich zur Genüge. Meine Lora und ich sind seit 27 Jahren verheiratet. Da bleibt so mancher Sturm nicht aus. Das wird schon wieder."

„Danke für Ihr Mitgefühl." Clark schnauft kräftig durch. „Wie es aussieht, wird es heute länger. Ich hoffe, Ihnen kommt es gelegener als mir."

Sergeant Collins schmunzelt. „Sir, heute passt es bei mir perfekt. Bei uns zu Hause findet eine *Tupper-Party* statt und ich habe überhaupt keine Lust auf das Geschnatter der ganzen Damenrunde", grinst Clarks Mitarbeiter.

„Sehr gut. Trommeln Sie bitte so viele Leute wie möglich zusammen und werfen Sie einen Blick auf die Sofortmaßnahmen der Kollegen. Ich möchte an allen Ausfahrtsstraßen Sperren und alle verfügbaren Helikopter über der Stadt."

„In Ordnung."

Collins verlässt das Büro und Clark zieht sein Smartphone aus der Hosentasche. Ein Blick auf das Display verrät ihm, dass sich Debbie nicht gemeldet hat. Weder ein Anruf, noch eine *WhatsApp-Nachricht*.

Stures Weib, denkt er und drückt auf die Kurzwahltaste ihrer Nummer.

Eine Computerstimme ist zu hören. *Der gewünschte Gesprächspartner ist zur Zeit ...*

Clark legt auf.

Nicht an? Absicht oder Zufall, überlegt er. *Sie hat das Handy nicht angeschaltet, was absolut untypisch ist. Debbie hat das Telefon immer an. Vielleicht befindet sie sich auch in einem Funkloch und hat lediglich keinen Empfang.*

Es folgt ein Wisch mit dem Daumen über das Display des Smartphones, dann ein sanfter Fingerdruck auf die Shortcut-Taste für *zu Hause anrufen*.

Das Telefon läutet. Clark lässt es sehr lange anklingeln, bevor er auflegt. In kurzen Zeitabständen folgen noch zwei weitere Versuche, doch es bleibt dabei. Seine Debbie nimmt kein Gespräch an.

Hm, sie wird wohl unterwegs sein. Ich muss es später noch einmal versuchen. Ob ich ihr eine WhatsApp senden soll? Nein, erst muss ich mit ihr sprechen. Eine virtuelle Entschuldigung ist nicht zielführend. So etwas muss einfach eine persönliche Note haben.

Eine Dreiviertelstunde später sitzt Clark mit zwei seiner Kollegen und seinem Vorgesetzten, *Superintendent* Smith, im Videozimmer von New Scotland Yard. Ein Techniker hat die Aufnahmen der Bank am PC bearbeitet und startet die Vorführung. Ein *Beamer* strahlt den *Schwarz-Weiß-Film* an die Wand. „Die Aufnahmen sind recht gut geworden. Leider nicht in Farbe. Ich würde mich freuen, wenn die Banken künftig mehr Geld in ihre Überwachungstechnik investieren würden", kommentiert er und lehnt sich zurück.

Bereits in dem Moment, in dem der Täter die Tür aufstößt, ist Clark sicher, dass es sich um den Gentleman-Räuber handelt. „Das ist er! Das ist zweifelsfrei unser Mann!"

„Sind Sie sich völlig sicher, Mr. Russel?", hakt der Abteilungsleiter nach.

„Ganz sicher, Mr. Smith. Ich erkenne den Gentleman an der Bewegung." Clark deutet nach vorn. „Jetzt können Sie es gleich sehen. Sein Gang ist leicht federnd und er dreht einen Fuß ganz minimal nach innen. Wenn er rückwärts geht ist es am besten zu erkennen. Ich habe alle Aufnahmen, die über ihn existieren immer wieder angesehen. Ich weiß haargenau, wie er sich bewegt. Wenn Sie diesen Film mit den vorhandenen anderen fünf Aufzeichnungen abgleichen, werden Sie dieses Merkmal überall erkennen."

„Waren es nicht sechs Raubüberfälle, die er vor dem Heutigen begangen hat?"

„Ja, Sir", mischt sich Sergeant Collins ein, „aber eine der überfallenen Banken hatte Probleme mit der Technik. Deren komplette Überwachungsanlage war zum Zeitpunkt des Bankraubs ausgefallen."

„Was gibt es vom bewaffneten Raub auf die *Royal Bank of Scotland* von heute sonst noch zu berichten?", möchte der ranghohe Vorgesetzte nun wissen.

Clark übernimmt das Wort. „Wie alle anderen Banken zuvor, liegt auch diese Filiale in der Nähe einer Schnellstraße. Während es sich bei den vorhergehenden Banken jeweils um größere Filialen handelte, überfiel unser Serientäter heute eine der kleinsten Filialen der *Royal Bank of Scotland.* Die Bank hat relativ wenig Laufkundschaft und ist in der Regel mit drei Mitarbeitern besetzt. Die Tatbeute beträgt etwas mehr als 8.000 Pfund", erklärt der Chefermittler der Sonderkommission und blickt zu seinem Mitarbeiter. „Wurde die Höhe der Beute zwischenzeitlich bestätigt, Collins?"

„Ja, Sir. Er hat diesmal genau 8.325 Pfund Sterling geraubt."

Der Abteilungsleiter notiert etwas, indem er es in sein Smartphone tippt. „Das werde ich bei der Pressekonferenz erwähnen", sagt er leise vor sich hin und grübelt kurz. Dann hebt er den Kopf, sieht Clark an und fragt: „Das ist nicht viel. Ich glaube, die früheren Banküberfälle brachten dem *Gentleman* höhere Beträge ein, oder?"

„Richtig, Sir. Die höchste Beute betrug 75.000 Pfund, die geringste lag bei ca. 25.000 Pfund Sterling. Je nach Höhe des erlangten Geldbetrages konnte man ungefähr errechnen, wann der *Gentleman* wieder zuschlagen wird", berichtet Clark.

„Mr. Russel, eine Sache interessiert mich brennend. Weshalb befanden sich nie präparierte Scheine oder Safty-Packs, die nach einer gewissen Zeit das Geld und den Träger des Geldes explosiv bunt einfärben, unter der Beute?"

„Mit einem Wort ausgedrückt: Angst! Er weist die Angestellten bei jedem Überfall explizit darauf hin, dass er ausgekundschaftet hat, wo sie wohnen und warnt eindeutig davor, die Tatbeute zu präparieren. Er spricht keine direkte Bedrohung aus, lässt diese aber subtil anschwellen, sodass seine Gegenüber eingeschüchtert sind. Der Täter vermittelt volle Kontrolle über sein Handeln und akribische Vorarbeit. Er setzt sie sozusagen mit Worten und Gesten psychisch so unter Druck, dass sie seinen Anweisungen widerstandslos Folge leisten."

„Das gebe ich nicht an die Presse weiter, sonst haben wir es früher oder später mit Nachahmungstätern zu tun."

Der Abteilungsleiter kratzt sich am Hinterkopf und sieht Clark an. „Welche Maßnahmen haben Sie bisher getroffen?"

„Neben einer ausgiebigen Öffentlichkeitsfahndung werden seit einer Woche die größeren Banken, die in das Muster des Gentlemans passen, überwacht. Wir hatten den Zeitpunkt des Überfalls geahnt."

„Überwachung? Ist das nicht sehr personalintensiv", stellt der Vorgesetzte fest und erwartet von Clark scheinbar eine kurze Erklärung.

„Anders ist es nicht zu machen, *Superintendent*. Allerdings mussten wir heute leider die Erfahrung machen, dass der *Gentleman* äußerst gerissen ist. Er hat sich für eine sehr kleine und nicht überwachte Bank entschieden. Möglicherweise hat er durch Insiderwissen von unseren Observationen erfahren. Es ist jedoch auch nicht auszuschließen, dass der Täter die Kollegen vor Ort, im Rahmen seiner Objektausspähung, in einer Art Gegenobservation, entdeckt hat. Fakt ist, dass er die üblichen Filialen gemieden und stattdessen eine kleine Bank überfallen hat."

„Dann wird er aufgrund der geringeren Beute sicherlich zeitnah wieder zuschlagen, oder?"

„Möglicherweise, aber vielleicht will er uns durch diesen Überfall auch nur zeigen, dass es unmöglich ist, alle Banken zu überwachen."

„Sie meinen, er spielt mit uns *Katz und Maus?*"

„Ich traue dem *Gentleman* alles zu."

„Detektiv Chief Inspektor Russel, Sie sind der Leiter der *Sonderkommission Gentleman*. Es ist ihr Fall. Wie gehen Sie jetzt weiter vor?"

Der Superintendent macht eine kurze Pause, ordnet seine Notizen und sieht anschließend Clark mit strengem Blick an. „Vermutlich heute Abend, aber spätestens morgen wird man von mir eine Presseerklärung erwarten, in der ich erste Ergebnisse präsentiere. Ich kann nicht schon wieder darauf verweisen, dass wir auf die Auswertung der eingegangenen Hinweise aus der letzten Öffentlichkeitsfahndung warten und uns deshalb bedeckt halten. New Scotland Yard steht mächtig unter Druck, ich stehe unter Druck und Sie stehen auch unter Druck, Mr. Russel. Dieser Druck kommt von oben und weitet sich kraftvoll nach unten aus. Dort, an der Basis, entlädt er sich als erstes. In Kürze werden Köpfe rollen. Entweder der des *Gentleman* oder unsere beiden Köpfe."

Clark bleibt ruhig und überspielt gekonnt seine Nervosität. Er hat aufgrund des hohen Fahndungsdrucks so etwas vermutet und bringt seinen letzten Trumpf ins Spiel. „Diesmal ist die Ausgangssituation für uns ein wenig anders. Wir haben eine richtig gute Spur, Sir."

Clarks Vorgesetzter setzt sich gerade hin, nimmt seine Brille ab und zieht fragend die Augenbrauen hoch, sodass sich an der der Stirn kleine Falten bilden. „Eine Spur?"

Mit stoischer Gelassenheit beginnt Detektiv Chief Inspektor Clark Russel zu berichten: „Der Bankangestellte Kevin Forbs folgte nach einer, sagen wir mal Schrecksekunde, dem *Gentleman*. Er konnte ihn an der Straße vor der Bank nicht mehr ausfindig machen und begab sich infolgedessen zur nächsten Seitenstraße. Auch hier konnte er den Bankräuber nicht mehr sehen. Der Zeuge wollte schon aufgeben und zur Bank zurückgehen, als er den *Gentleman* plötzlich aus dem *Starbucks Cafe* marschieren sah. Der Bankräuber ging in Allerseelenruhe zu seinem Fahrzeug, stieg in den Pkw und fädelte sich ganz normal in den fließenden Verkehr ein."

„Er war im *Starbucks*? Er hat sich nach dem Bankraub einen Kaffee geholt?", stößt Smith verwundert aus. „Wie dreist ist dieser Kerl?"

„Ob dreist, verrückt oder eben absolut selbstsicher, ich hoffe, wir werden es bald erfahren, wenn er uns mit angelegten Handschellen gegenüber sitzt."

„Wie sicher ist es, dass es der *Gentleman* war, den dieser Mr. Forbs gesehen hat?"

„Er ist sich zu 98 Prozent sicher. Die Angestellten im *Starbucks* wurden ebenfalls vernommen. Ihren Angaben nach, betrat der Verdächtige das Lokal, kaufte einen *Cappuccino to go* und verließ das Café wieder. Die beiden Angestellten konnten sich gut erinnern, weil sie rätselten, wie alt der Mann mit dem Hut war. Hier gehen die Meinungen der beiden Zeuginnen ziemlich auseinander. Eine glaubt eher an einen jüngeren Mann, der sich mit dem *Hut-Outfit* älter machen wollte, die andere ist davon überzeugt, dass der Kunde etwas älter war. So eine Art früherer *George Cloony Typ* mit grau melierten Schläfen. Zeitlich passt der Besuch dieses Kunden im *Starbucks* absolut zum Überfall. Selbstverständlich haben wir die Zeuginnen zum Yard bringen und von dem Verdächtigen Phantombilder anfertigen lassen."

„Und der Pkw?"

„Der Verdächtige stieg in ein größeres Geländefahrzeug. Der Zeuge, Mr. Forbs, ist mit Fahrzeugmodellen leider nicht sonderlich vertraut und kann daher nicht sagen, um was für einen *SUV* es sich handelt. Er kann nicht einmal sagen, ob es ein englisches Modell, ein asiatisches oder ein deutsches Fahrzeug war. Aber wir haben ein Teilkennzeichen", betont Clark.

„Sehr gut!"

„Nach der Aussage von Mr. Forbs müsste es sich demnach um einen Wagen mit Zulassung aus dem Gebiet von *Südwest-England - Exeter* handeln. Ich habe bereits die Kollegen der Polizeistation von *Newton Abbot* beauftragt, sämtliche Halter von Geländefahrzeugen herauszusuchen. Newton Abbot deshalb, weil der Zeuge einen entsprechenden Aufkleber am Fahrzeug erkannt haben wollte. Er ist sich diesbezüglich sicher."

„Chief Inspektor, Ihre Dienstreise ist genehmigt."

Clark ist verwirrt und fragt sich, ob er den letzten Satz seines Vorgesetzten wirklich richtig verstanden hat. „Entschuldigen Sie, Mr. Smith, welche Dienstreise? Ich ..."

Unbeeindruckt von Clarks Zwischenfrage spricht der leitende Polizeioffizier weiter. „Sie und Ihre beiden Mitarbeiter fahren unverzüglich nach *Newton Abbot* und nehmen dort persönlich die weiteren Ermittlungen auf. Ich erwarte am Sonntagabend, spätestens Montagmorgen die ersten Meldungen."

Clark schießt einiges durch den Kopf. Er hat mit Vielem gerechnet, aber nicht damit, dass er heute noch nach Newton Abbot fahren soll.

Smith steht auf und reibt sich die Hände. „Das sind hervorragende Neuigkeiten. Diesmal kann ich der Presse etwas Positives berichten. Gute Arbeit, Mr. Russel."

„Sir, ich ..."

Smith würgt Clark mitten im Satz ab. „Normalerweise würde ich Ihnen ja ein schönes Wochenende wünschen, aber ich möchte nicht sarkastisch sein. Wenn dieser Fall geklärt ist, bin ich übrigens bereit, Ihnen allen einen Sonderurlaub zu gewähren."

Superintendent Smith packt zusammen und verlässt den Videoraum. Clark sieht nacheinander seine beiden Mitarbeiter, *Sergeant* Collins und *Constable* Pepper, an. Beide heben und senken fragend ihre Schultern und ziehen lange Gesichter.

„Die Dienstreise ist genehmigt", äfft Constable Pepper den *Superintendent* nach. „Kein Mensch hat erwähnt, dass wir Wert darauf legen, persönlich vor Ort zu ermitteln."

„Pepper, Collins", spricht der Chief Inspektor seine Mitarbeiter an. „Es tut mir leid, aber ich kann es leider nicht ändern. Auch ich hatte meine Pläne für das Wochenende. Die sind nun dahin."

Schweigen.

„Lassen Sie uns die Sache professionell angehen. Wenn die Spur tatsächlich zu dem *Gentleman* führt, wir ihn festnehmen und unumstößliche Beweise sicherstellen können, kommen wir nicht nur ganz groß raus, sondern haben in den nächsten Wochen wieder ausreichend Zeit und Ruhe. Das wird unseren Privatleben gut tun."

Pepper, ein bulliger, rothaariger Mann, rümpft erst die Nase und klopft sich dann auf die Schenkel. „Wenn ich bedenke, wieviel Geld ich am Wochenende wieder in den Pub getragen hätte, ha ha ha", lacht er, „dann bekomme ich richtig gute Laune. Eigentlich müsste ich Superintendent Smith dankbar sein."

„Ich wollte morgen mit meiner Frau und den Kindern ans Meer fahren", jammert *Sergeant* Collins mit heruntergezogenen Mundwinkeln, die sich nach und nach zu einem breiten Lächeln nach oben ziehen, „um dort meine Schwiegermutter zu besuchen. Und jetzt kann ich nicht mitfahren", grinst er freudestrahlend. „Erst bleibt mir die *Tupperware-Party* erspart, jetzt auch noch der Schwiegermutter-Besuch. Ich denke, ich werde für den *Gentleman* vor Gericht mildernde Umstände beantragen."

Alle lachen.

Pepper wendet sich Clark zu. „Und wie sieht's bei Ihnen aus, Chief Inspektor?" fragt er seinen Vorgesetzten. „Passt Ihnen die Dienstreise übers Wochenende in den Kram?"

„Eigentlich überhaupt nicht. Ich wollte etwas mit meiner Frau unternehmen. Die Kinder sind nicht da, aber ...", Clarks Blick spiegelt für einen Moment eine Mischung aus Traurigkeit und Besorgnis wider. Er verstummt kurz und beendet den Satz schließlich mit einem: „Ist jetzt auch schon egal. Was soll's? Fahren Sie nach Hause und holen Sie sich etwas zum Anziehen. Wir treffen uns in exakt zwei

Stunden in meinem Büro, dann reisen wir ab. Collins, Sie besorgen bitte einen Wagen."

„Verstanden, Inspektor."

Die Ermittler von New Scotland Yard verlassen den Raum. Der Techniker bleibt zurück und schaltet den *Beamer* aus. Das Bild an der der Wand erlischt.

Noch im Flur zieht Clark sein Mobiltelefon aus der Hosentasche und stellt fest, dass er drei neue WhatsApp-Nachrichten hat.

Debbie, denkt er. *Endlich!*

Schnell ruft er die Nachrichten auf.

Familien-Chat. Vielleicht sagt Debbie, wo sie gerade ist. Sie war sicherlich shoppen. So eine Art Frustkauf, grinst er.

Die Nachrichten stammen nicht von Deborah. Glenn hat zwei Mitteilungen aus Frankreich gesendet. Einmal ein Foto von ihm vor dem Eifelturm und dann die Bemerkung. *Paris ist gar nicht so übel.*

Sarah hat mit einem *LOL* und Zwinker-Smiley geantwortet.

Debbie hat nicht reagiert. Mit leichtem Sorgengefühl ruft Clark erst nochmal am Handy seiner Frau an, dann versucht er es zu Hause. Jeweils keine Reaktion.

„Dann eben nicht! Stures Weib!"

3

Binnen kürzester Zeit ist Debbie nass bis auf die Haut. Selbst der Mantel, den sie schützend über ihren Kopf hält, kann den strömenden Regen im peitschenden Wind nicht gänzlich abhalten. Das Wasser läuft unangenehm kalt in ihren Ausschnitt und treibt Gänsehaut über den Körper. Fröstelnd zuckt sie kurz zusammen. Zusätzlich zerzaust der Sturm die Frisur vollends.

Der herannahende Wagen verringert seine Geschwindigkeit abermals und rollt die letzten Meter in Schrittgeschwindigkeit, bis er neben der Frau zum Stehen kommt. Es ist ein Land Rover.

Debbie glaubt im ersten Moment, es ist ihr Nachbar. Er fährt genau dieses Modell in der gleichen Farbe. Er wird von Clark hin und wieder veräppelt, da nach dessen Ansicht ein geländegängiger SUV in der Großstadt nichts zu suchen hat. Ihr Nachbar, mit dem sie sich recht gut verstehen, kontert mit den vielen Baustellen, die es in London gibt und er deshalb nur noch mit dem Geländewagen durch den Großstadtdschungel kommt.

Entgegen erster Hoffnung ist es nicht ihr Nachbar.

Der Zufall wäre auch zu groß gewesen, denkt sie.

Der Fahrer steigt aus und spannt einen großen Regenschirm auf. Mit beiden Händen stemmt er den Schirm gegen den Wind und geht zu Debbie. Er hält schützend den Schirm über sie und es klatscht merklich weniger Regen gegen ihren Oberkörper.

„Hatten Sie einen Unfall? Brauchen Sie Hilfe? Sind Sie verletzt? Soll ich die Polizei rufen?", sprudeln ihr hintereinander ein paar Fragen entgegen.

Während Debbie unter dem Schirm steht, wird der Helfer zusehends klitschnass.

„Sie stehen völlig im Regen. Es ist doch ein großer Schirm. Da passen wir beide drunter", entgegnet die Londonerin.

Ihr gefällt die höfliche Art des Mannes. Er ist vornehm gekleidet, trägt sportliche Lederschuhe, einen pfiffigen Anzug im Stil der 60er Jahre, darunter ein weißes Leinenhemd, aber keine Krawatte.

Sehr leger, stellt sie mit dem aufmerksamen Blick einer Frau fest.

„Ich möchte nicht zu aufdringlich wirken", entgegnet er.

Debbie macht eine verächtliche Handbewegung. „Das geht völlig in Ordnung. Kommen Sie, wir rücken etwas zusammen."

Sie befinden sich jetzt genau im Scheinwerferlicht des Geländewagens und Debbie kann das Gesicht des Mannes gut erkennen.

Er sieht richtig toll und sympathisch aus, wirkt zudem sehr gepflegt, fällt ihr sofort auf

Trotz des Sturms strömt ein Hauch von *Zino Davidoff* in ihre Nase. Ein Duft, den sie mag. Würziges Rosenholz mit einem Schuss Vanille, Bergamotte und Zeder.

„Was ist passiert?", fragt der freundliche Helfer und deutet auf den Rover im Straßengraben.

Debbie ist immer noch gedankenversunken und reagiert etwas zeitverzögert. „Äh … also, da stand ein Reh und ich wollte ausweichen. Der Wagen kam auf der regennassen Fahrbahn ins Schleudern und ich bin ich in den Graben gerutscht. Und nein, ich bin weder verletzt, noch benötige ich die Polizei."

„Sind Sie wirklich nicht verletzt?", wiederholt er seine zuvor gestellte Frage. „Sie wirken, verzeihen Sie den Ausdruck, etwas geistesabwesend."

Debbie lächelt. „Es ist alles in Ordnung. Ich denke, ich habe lediglich einen klitzekleinen Schock davongetragen und der verflüchtigt sich im Moment. Ansonsten ist wirklich alles okay."

„Steigen Sie doch bitte in meinen Wagen. Sie zittern ja schon vor Kälte. Dieses Unwetter ist aber auch wirklich heftig", schlägt der Fremde vor und öffnet die Beifahrertür seines SUV. Debbie steigt ein. Es ist angenehm warm. Ein Song von *Lyrnd Skynrd* läuft. Es ist *Free Bird*. Ein Blick auf das Display des Radios lässt sie lächeln.

Er hört den gleichen Sender, wie ich. Dartmoor Radio.

„O je, ich mache ihren Sitz ganz nass."

„Madam, das sind Ledersitze. Da kann überhaupt nichts passieren. Bitte machen Sie sich wegen solchen Kleinigkeiten keine weiteren Gedanken. Wärmen Sie sich auf, ich sehe mir inzwischen ihren Wagen mal an."

„Danke."

Er schließt die Tür und geht zu ihrem Rover.

Debbie beobachtet ihren Helfer. Er bewegt sich zügig und scheint sehr sportlich zu sein.

Er hat nicht nur beste Manieren, sondern auch eine tolle Figur. Wow, was für ein Mann. Ich kann es nicht glauben. Ich sitze bei einem Wildfremden im Auto und finde ihn attraktiv. Das ist doch völlig irre! Deborah Russel, du bist Mitte vierzig und verheiratet. Egal, welche Flausen dir in diesem Moment durch den Kopf jagen, vergiss es, überkommt es sie.

Debbie kann die Situation nicht einschätzen, doch seit sie diesem Mann auf Duftweite gegenüber stand, fühlt sie sich beschwingt. Ein gewisses, nicht näher beschreibbares Herzrasen stellt sich ein.

Das ist ja fast wie damals auf dem Schulhof, als ich in Dustin O´Conner, den irischen Rotschopf, verknallt war, kommt ihr in den Sinn.

Instinktiv klappt sie die Sonnenblende nach unten und wirft einen Blick in den Spiegel.

Oh mein Gott. Ich sehe schrecklich aus!

Der Retter in der Not betrachtet gerade die Motorhaube des Rovers, bückt sich, steht wieder auf und kommt zurück zur Beifahrerseite seines Geländewagens. Er deutet mit dem Finger an, dass Debbie den elektrischen Fensterheber betätigen soll. Sie findet schnell den entsprechenden Schalter und lässt die Scheibe eine Handbreit runter.

„Sie benötigen einen Abschleppwagen, um ihren Rover hier heraus zu ziehen. Sind Sie Mitglied bei einem Automobilclub? Vielleicht bei AA oder RAC?"

„Ich weiß nicht. Ich glaube nicht."

Der Kavalier überlegt kurz. „Dann wird es um diese Uhrzeit teuer. Ich mache Ihnen einen Vorschlag. Ich besitze einen Traktor. Damit könnte Sie George rausziehen, aber heute wird das nichts mehr. Alternativ warte ich aber mit Ihnen, bis ein Abschleppunternehmer hierher kommt."

Die Großstädterin sieht ihren Helfer fragend an. „Sie besitzen einen Traktor? Sind Sie Farmer? Und wer ist dieser George?"

Debbies Gedankenwelt beginnt sich zu überschlagen. Binnen Sekundenbruchteilen schießen ihr diverse Überlegungen durch den Kopf.

Farmer würde überhaupt nicht zu ihm passen. Er sieht eher adelig als bäuerlich aus. Ob dieser George sein Lebenspartner ist? Ich fasse es nicht. So ein gut aussehender Kerl kann doch nicht schwul sein. Das wäre direkt eine Verschwendung. Schade für die Frauenwelt. Hm? Viele schwule Männer verstehen es allerdings sich gut zu kleiden und auch zu pflegen. Von diesem Gesichtspunkt aus betrachtet könnte es hinkommen. Dann ist es wenigstens kein Triebtäter und ich bin nicht in Gefahr. Naja, abgesehen davon, habe ich mich bei ihm nicht gefährdet gefühlt. Ich denke, ich kann mich da sehr gut auf mein Bauchgefühl verlassen.

„Oh, entschuldigen Sie vielmals. Mein Name ist Richard Huntington. Ich bin Besitzer des *Dartmoor Country Hotels*. George ist mein Hausmeister, Stallknecht und ...", mitten im Satz bricht er ab, schweigt eine Sekunde lang und fragt schließlich: „Wo wollten Sie eigentlich hin? Ich kann Sie natürlich auch irgendwo absetzen. Zumindest, wenn es nicht allzu weit weg ist."

„Ich hatte kein bestimmtes Ziel", erklärt Debbie. „Ich möchte das Wochenende im *Dartmoor* verbringen und ausspannen. Ich war und bin auf der Suche nach einer günstigen Pension."

„Darf ich Sie einladen? Mein Hotel ist um diese Jahreszeit nie ausgebucht. Es ist auch nicht so riesig, wie Sie sich vielleicht denken, aber es ist ein prächtiges und erstklassiges Haus."

Noch während Mr. Huntington spricht, hat Debbie eine Entscheidung gefällt. Sie ist bis auf die Haut durchnässt, hat weder ein Zimmer gebucht, noch einen fahrbaren Untersatz und findet zudem ihren Retter äußerst charmant.

„Vielen Dank", antwortet sie, „ich heiße Deborah Russel, komme aus London und nehme Ihr Angebot gerne an. Natürlich werde ich für das Zimmer bezahlen. Ich sehne mich im Augenblick nur noch nach einer heißen Dusche, nach etwas zu Essen und einem ruhigen Zimmer."

Der Hotelier nickt. „Das freut mich sehr. Und diese Nacht sind Sie herzlich eingeladen. Sollte Ihnen mein Hotel zusagen, dürfen Sie dann gern ihren Aufenthalt verlängern."

„Angebot angenommen."

„Sie leben in London? Da komme ich auch gerade her. Ich habe heute einen neuen Werbevertrag für mein Hotel abgeschlossen. Das Werbeunternehmen hat seinen Sitz in London. Eine junge und gute Truppe. Da ich nicht gerade wenig Geld investiere, habe ich mir die

Geschäftsräume meiner künftigen Werbe-Partner angesehen und mir das Konzept noch einmal genau erläutern lassen." Er lacht. „Ich stehe hier im Regen und erzähle Ihnen von Dingen, die Sie langweilen. Wir sollten losfahren. Benötigen Sie noch etwas aus ihrem Fahrzeug?"

„Meine Reisetasche. Sie ist im Kofferraum, der Schlüssel …"

„Steckt, nehme ich an", ergänzt der Hotelier, dreht sich um und geht zum Rover. Dort öffnet er die Fahrertür, beugt sich hinein und zieht den Schlüssel ab. Dann begibt er sich zum Kofferraum, hebt die Klappe nach oben, holt die Reisetasche heraus und schließt den Rover ab. Er legt Debbies Gepäck in seinen eigenen Kofferraum, klappt den Schirm zusammen und steigt ein.

„Jetzt sind Sie wegen mir auch noch ganz nass geworden."

„Ist doch nur Wasser, Mrs. Russel. Aber was hätten Sie gemacht, wenn ich nicht zufällig hier vorbeigekommen wäre? Hier fahren nachts sehr selten Autos vorbei."

„Ich weiß es nicht. Entweder gewartet und im Wagen übernachtet, oder losmarschiert und im nächsten Dorf Hilfe geholt."

„Sie sagten, dass ein Reh mitten auf der Straße stand. Haben Sie es angefahren?", fragt Mr. Huntington, setzt den Blinker und fährt los.

„Ich weiß es gar nicht mehr genau. Ich glaube nicht." Debbie überlegt kurz. „Nein, ganz sicher nicht. Es sprang weg, als ich ins Schleudern geriet."

„Gut, dann muss ich den Jagdpächter nicht verständigen. Ein verletztes Tier hätte er suchen müssen", erklärt der Hotelier.

„Sie kennen sich ja gut aus."

Debbie schielt immer wieder zu dem Kavalier und mustert ihn. Irgendwie kann sie es immer noch nicht so richtig glauben, dass sie in einer stockdunklen stürmischen Nacht in das Auto eines wildfremden Mannes eingestiegen ist.

So beginnen viele Thriller oder Horrorfilme.

Debbie fragt sich als nächstes, ob sie ihren Instinkten trauen kann und wo ihr gesundes Misstrauen bleibt, denn statt ihre zurückhaltende Vorsicht walten zu lassen, fühlt sie sich tatsächlich auf angenehme Art und Weise wohl und richtig geborgen.

„Wenn man auf dem Land lebt, gehören Wildunfälle leider zum Standard. Es gebietet der Tierschutz, dass man das angefahrene Tier, zumindest ab einer gewissen Größe, sucht und erlöst."

„Sie stammen von hier?", fragt Debbie interessiert.

„Ja, ich bin hier geboren und aufgewachsen. Meiner Familie gehört, besser gesagt, gehörte dieser Teil des Moors. Mein Großvater hat das Land Anfang der 1950er Jahre, als der Nationalpark gegründet wurde, der Regierung zweckgebunden überlassen. Er wollte damit ein Stück Kultur an bewahren."

„Das ist ja interessant. Ist das wirklich wahr?"

„Ja, natürlich. Mein Urgroßvater besaß hier einmal sehr viele Ländereien", bestätigt Huntington, wechselt aber das Thema. „Land und Leute können Sie morgen in aller Ruhe kennenlernen. Kümmern wir uns erst einmal um wichtigere Dinge. Ich werde morgen Vormittag zur Sicherheit doch bei Mr. Greenstone anrufen. Er ist der Jagdpächter. Es schadet nichts, wenn er einmal eine Runde dreht. Nicht dass sich das Tier doch verletzt hat."

„Eine gute Idee."

„George wird sich morgen auch den Schaden am Rover ansehen und kann Ihnen sagen, wie lange eine Reparatur dauern wird."

Ein paar Meilen weiter sind Lichter zu sehen.

„Sind wir schon da?", fragt Debbie.

„Nein, das ist *Widecombe in the Moor*. Ein kleines Dorf. Hier gibt es ein Restaurant, einen Pub, eine Teestube und eine Moor-Kathedrale. Sonst nichts. Vom Hotel aus können Sie einen Spaziergang hierher machen."

Huntington verringert das Tempo. Sie fahren am Ortschild vorbei, rollen die Hauptstraße entlang und kommen zum Pub. *The Old Inn* stand in weißen großen Lettern auf einem roten Schild. Durch das Fenster erkennt Debbie ein paar Männer, die sich gerade zuprosten.

„Die Ortschaft sieht sehr verträumt aus."

„Klein und ursprünglich."

„Wie weit ist es noch bis zu Ihrem Hotel?"

„Nicht mehr weit, etwa zwei Meilen. Es liegt im Moor."

Sie verlassen *Widecombe in the Moor* und biegen kurz nach Ortsende nach links ab. Die Straße ist eng und holprig. Debbie greift in ihre Handtasche, hält erst das Pfefferspray umschlungen, lässt es aber wieder los und kramt nach ihrem Handy. „Ich habe sogar Empfang. Ein Balken", stellt sie fest. Sie sieht auch, dass Clark mehrfach versucht hat sie anzurufen. Dann liest sie die WhatsApp-Nachrichten ihrer Kinder. Erst möchte sie Glenns Foto mit einem Emoji kommentieren, entscheidet sich jedoch dagegen.

Kein Handy benutzen!

Sie schaltet ab.

Ob Clark schon zu Hause ist?

„Dort vorne ist es", reißt sie der Hotelier aus ihren Gedanken.

Während die Landschaft vom Schwarz der Sturmnacht verschlungen scheint, leuchtet das große Hotel mit seinen Nebengebäuden wie ein rettender Stern im Universum. Debbie kann zwar nicht allzu viel erkennen, aber das was sie sieht gefällt ihr.

„Das sieht sehr gemütlich aus."

Als nächstes stellt sich die Londonerin die Frage, ob sie sich dieses Hotel leisten kann und zu welcher Preiskategorie es gehört.

Egal. Heute bin ich Gast des Hauses und eine weitere Nacht werde ich mir wohl leisten können.

Der Sturm hat sich etwas gelegt, dennoch regnet es immer noch in Strömen. Mr. Huntington fährt direkt vor das Hotel und hupt zweimal.

„Willkommen im *Dartmoor Country Hotel*. Mein Nachtportier wird sich sofort um Ihr Gepäck kümmern und Ihnen beim Einchecken behilflich sein."

Die große Eingangstür wird aufgestoßen und ein junger Mann kommt mit einem sehr großen Regenschirm zum Auto gelaufen. Huntington lässt die Seitenscheibe herunter.

Zumindest diese Story ist wahr. Ich kann mich doch auf meinen Instinkt verlassen.

Debbie ist erleichtert. Sie hat zwar nie Angst verspürt, doch nach dem Verlassen von *Widecome in the Moor*, als sie auf die Nebenstraße eingebogen sind, fühlte sie sich für einen kleinen Augenblick hilflos.

„Robert, bitte bring das Gepäck von Mrs. Russel ins Haus. Sie ist heute mein Gast. Ist Zimmer Nr. 9 frei?"

„Ja, Sir. Nur Zimmer Nr. 3 und 7 sowie die Suite sind belegt. Ach ja, und Nr. 8 auch. Vor etwa einer Stunde kam noch ein Gast aus London an."

„Heute treibt es wohl alle Londoner aufs Land", lacht der Hotelbesitzer und deutet nach hinten. „Mrs. Russels Reisetasche ist in meinem Kofferraum, Robert."

Während der Angestellte um den Wagen herum geht, um das Gepäck aus dem Kofferraum des SUV zu holen und ins Hotel zu tragen, steigt Mr. Huntington aus, geht um den Land Rover herum, holt den Regenschirm aus dem Kofferraum und geht weiter zur Beifahrerseite. Dort öffnet er die Tür. Debbie ist von so viel *Gentlemanlike-Verhalten* verblüfft.

„Ich würde vorschlagen, sie checken erst einmal ein, machen sich ein bisschen frisch. Ich würde mich sehr freuen, wenn wir später gemeinsam zu Abend essen könnten. Sie sind schließlich mein Gast."

„Das ist wirklich sehr, sehr lieb von Ihnen, Mr. Huntington, aber ich ..."

Sie steigt aus und schließt die Tür. Mr. Huntington begleitet Debbie zum Eingang des Hotels.

„Nichts aber. Sie haben durch Ihren Unfall genügend Schreckliches mitgemacht. Ich möchte nicht, dass Ihnen das Dartmoor in schlimmer Erinnerung bleibt. Außerdem bestehe ich als Ihr Gastgeber darauf, zumindest ein kleines Gläschen Wein oder Sherry mit Ihnen zu trinken."

Sein Lächeln lässt mich schwach werden. Wow, was für ein Mann!

Noch bevor Debbie antworten kann, lässt ihr der Hotelier keine andere Wahl als zuzustimmen.

„Sagen wir in einer Stunde? Ich habe heute, passend zum Ereignis, Wild auf der Speisekarte stehen. Allerdings kein Reh, sondern Fasan. Ich hoffe, Sie sind keine Vegetarierin. Und wenn, dann wird mein Koch auch so etwas aus dem Hut zaubern. Ich erinnere mich, dass Sie vorhin erwähnten, hungrig zu sein."

Debbie schmunzelt. „Sie sind ein aufmerksamer Zuhörer und ein charmanter Gastgeber."

„Und Sie die attraktivste Begleiterin, die ich mir vorstellen kann. Mir ist es eine große Freude, mit Ihnen in aller Gemütlichkeit diesen tragischen Abend doch noch im Guten beenden zu dürfen."

„Einverstanden. Vielen Dank. Für alles."

„Nicht der Rede wert. Treffen wir uns in einer Stunde an der Hotelbar?"

„Ich habe allerdings nicht die richtige Garderobe eingepackt. Ich wollte wandern."

„Jeans, Pullover, Bluse. Es ist egal. Erstens sehen Sie gewiss in allem bezaubernd aus und zweitens sind wir auf keinem Wohltätigkeitsball, sondern lediglich bei mir im Hotel zum Essen verabredet. Ich werde auch nicht im Smoking erscheinen", zwinkert er.

„In einer Stunde an der Bar."

„Sehr schön. Jetzt darf ich Sie bitten, bei Robert an der Rezeption einzuchecken. Er wird Sie anschließend auf Ihr Zimmer führen."

Debbie schreitet durch das Foyer. Huntington geht zurück zum *SUV*, steigt ein und fährt zu den Garagen.

Das Landhotel ist sehr rustikal und überaus gemütlich eingerichtet. Debbie fällt auf, dass es vor nicht allzu langer Zeit grundlegend renoviert worden ist.

Der Architekt hat tolle Arbeit geleistet, staunt sie.

Alles ist im Cottage-Stil gehalten. Teils sieht man offen liegende Backsteinmauer mit eingearbeiteten Lampen. Zwischen zwei der Lampen befinden sich zusätzlich Kerzenhalter. Offen liegende Holzbalken zieren Wände, dienen zur optischen Abgrenzung und vermitteln ein Gefühl von Wärme.

Entsprechend aufgestellte Sessel und Sofas sowie kleine Tischchen laden zum Sitzen und Lesen ein. Ein Kamin rundet den Aufenthaltsraum ab.

Es ist sogar Holz zum Anzünden hergerichtet. Ein Wahnsinn. Das Hotel gehört garantiert zur gehobenen Klasse.

Sie geht zur Rezeption und grüßt den freundlich lächelnden Portier. „Guten Abend."

„Guten Abend, Madam und herzlich Willkommen im *Dartmoor Country Hotel.*"

Debbie findet es amüsant, als der junge Portier sie mit denselben Worten begrüßt, wie es kurz zuvor Mr. Huntington getan hat.

Der Empfangstresen besteht aus dem gleichen Holz wie die Deckenbalken. Ebenso der eingearbeitete Schrank mit unzähligen Fächern. Die Schlüssel hängen nummeriert vor kleinen Fächern, in denen die Post beziehungsweise Nachrichten für die Gäste hinterlegt werden können.

Links vom Tresen befindet sich eine typisch englische Telefonzelle. Ein paar Prospekte und Wanderkarten liegen für die Gäste auf. Debbie überlegt zuzugreifen, lässt es aber sein. Sie hat die Karte von der Tankstelle.

Vielleicht morgen.

„Ich benötige nur kurz Ihren Ausweis. Die üblichen Formalitäten, Sie wissen schon", sagt Robert höflich.

Kurz darauf tippt er die Daten in den PC.

„Möchten Sie noch zu Abend essen? Unsere Küche ist vorzüglich. Normalerweise muss man reservieren, aber bei diesem Wetter sind die Touristen ausgeblieben."

„Dankeschön, aber Mr. Huntington hat mich zum Abendessen eingeladen."

„Sehr schön. Sie werden es genießen. Haben Sie für das Frühstück einen besonderen Wunsch? Englisch oder Kontinental auf dem Zimmer? Oder frühstücken Sie lieber am Buffet im Gastraum?"

„Keine Mühe. Ich frühstücke gern im Gastraum. Es ist sehr schön hier."

„Wie lange möchten Sie denn bleiben?"

„Ich weiß nicht", sagt sie nachdenklich. „Wieviel kostet denn eine Übernachtung?"

„Sie haben Zimmer Nummer 9. Normalerweise würde eine Übernachtung mit Frühstück 110 Pfund kosten, aber zurzeit haben wir Angebotswoche und somit kostet es nur die Hälfte. Diese Nacht geht ohnehin auf Kosten des Hauses. Darf ich noch einen Vorschlag machen?"

„Gerne."

„Da Sie Gast von Mr. Huntington sind, würde ich Ihnen für 70,00 Pfund Sterling die Vollpension einbuchen. Das ist sehr preiswert. Allein ein Dreigänge-Abendessen kostet mindestens 50 Pfund."

„Das ist ja wirklich sehr nett."

„Kein Problem. Wir freuen uns, durch gute Angebote neue Stammgäste zu gewinnen. Sie werden die Zeit genießen. Wie lange darf ich Sie einbuchen?"

„Wissen Sie was, ich bleibe bis Montag."

„Sehr gerne", antwortet der Portier, dreht sich um, greift gezielt zu Schlüssel Nummer 9 und kommt hinter dem Tresen hervor. Er nimmt die Reisetasche, die er zuvor beim Treppenaufgang abgestellt hat und geht zur Treppe. „Bitte folgen Sie mir, Mrs. Russel."

„Das ist wirklich nicht nötig. Ich kann die Tasche auch selbst tragen, Mr. ...?"

„Robert! Sagen Sie einfach nur Robert zu mir. Ich bin hier für alles zuständig. Ich bin Portier, Zimmerboy und Kellner."

„Sie sind aber nicht George?" Debbie lacht. „Blödsinn. Sie heißen ja Robert."

Robert sah Debbie fragend an. „Sie kennen den alten George?"

„Nein, aber Mr. Huntington hat ihn vorhin kurz erwähnt. Mein Wagen ist noch weit vor *Widecombe in the Moor* in den Graben gerutscht und George soll ihn mit dem Traktor heraus ziehen."

Die Fragezeichen in Roberts Gesicht verschwinden. „Ach so", entgegnete er, „ich dachte schon, Sie sind mit George verwandt und hier, um ihn zu besuchen. Er ist ein gutherziger, aber auch grimmiger alter Kerl, der für alles außerhalb des Hotelgebäudes zuständig ist. Abgesehen natürlich von Hausmeisterarbeiten."

Ihr Zimmer befindet sich im ersten Stock, links den Flur entlang und ganz hinten.

„Zimmer Nr. 9 ist eines unserer schönsten Zimmer. Mr. Huntington muss Sie mögen."

Debbie wird verlegen und antwortet nicht.

Robert schließt auf, öffnet die Tür und schaltet das Licht an. Dann stellt er die Reisetasche im Eingangsbereich des Zimmers ab. „Wenn Sie irgendwelche Wünsche haben, wählen Sie einfach die

Null, dann sind sie mit der Rezeption verbunden. Bis nachher, Mrs. Russel."

„Warten Sie, Robert!"

Debbie kramt ihre Geldbörse hervor. Sie hat keine Ahnung, wieviel man in solchen Fällen an Trinkgeld gibt, möchte weder zu spendabel, aber auch nicht zu kleinlich sein. Sie fischt eine 5 Pfund Note heraus und gibt sie Robert. „Vielen Dank!"

Der Portier lässt den Geldschein in seiner Hosentasche verschwinden, verbeugt sich und schließt die Tür beim Hinausgehen.

Deborah Russel ist überwältigt. Das Zimmer ist mindestens 40 qm groß und sehr gemütlich eingerichtet. Ein riesiges Boxspringbett steht rechts von ihr, dahinter ein ansehnlicher, verspiegelter Kleiderschrank. Geradeaus wurde in einem kleinen Erker eine passende Sitzbank eingebaut. Ein runder Tisch mit zwei Stühlen ergänzt die Sitzecke perfekt. Auf dem Tisch stehen frische Blumen und eine Flasche Prosecco in einem Kühler mit Eis. Daneben hat man für die Gäste zwei Flaschen Wasser, je eine mit stillem und kohlensäurehaltigem Wasser, parat gestellt. Links am Eingang befindet sich die Garderobe und rechts ein großes, modernes aber in *old-style* gehaltenes Badezimmer mit Dusche.

„Hier sind nicht einmal die üblichen 110,– Pfund zu viel", stößt Debbie verblüfft aus. „Ich habe den Jackpot gezogen!"

Debbie ist begeistert und stellt die Reisetasche auf das Bett. Danach zieht sie den Mantel aus und hängt ihn an die Garderobe. Als sie aus den Schuhen schlüpft, empfindet sie das als Wohltat. Als nächstes räumt sie ihre Sachen in den Schrank, entkleidet sich, hängt die vom Regen durchnässten Kleidungsstücke auf, packt ihre Badetasche und geht ins Bad. Vor dem Bett bleibt sie kurz stehen und betrachtet das große Ölgemälde, das über dem Kopfteil an der Wand aufgehängt ist.

Ihr fällt sofort auf, dass die Farben auf den Wandanstrich und den Bodenbelag abgestimmt sind. Zu sehen ist ein Landschaftsbild. Felsige Küste mit einem kleinen Strand. Wellen rasen heran, klatschen gegen die Felsen.

Es wirkt so lebendig. Trotz des dargestellten Sturmes, strahlt es Wärme aus.

Sie fühlt sich wohl. Im Badezimmer fällt ihr Blick sofort auf den großen Sprossen-Heizkörper, der bestens zum Trocknen und Aufhängen von Handtüchern geeignet ist. Er gibt angenehme Wärme ab.

Eine heiße Dusche ist jetzt die beste Medizin.

Debbie streift nun BH und Slip ab, betritt die Dusche und staunt über die vielen Schalter. Nacheinander probiert sie ein paar von ihnen aus. Entsprechend prasselt das Wasser von oben, seitlich oder als Massagestrahl auf ihren Körper. Sie stellt schnell die gewünschte Temperatur ein und lässt sich gedanklich auf eine Wolke der inneren Ruhe und Entspannung fallen.

Eine Wohltat nach dem ganzen Stress.

Debbie denkt an ihren Helfer. Sie gerät sogar ein wenig ins Schwärmen und taucht beim Einseifen in ihre Gedankenwelt ab.

Was soll ich tun, wenn er tatsächlich zu flirten beginnt und mehr will?

Zwei Welten prallen aufeinander. Einerseits liebt sie Clark und war ihm bisher immer treu. Andererseits prickelt es in ihrem Eheleben seit Jahren nicht mehr. Man kann sogar sagen, es ist in eine Art Dornröschenschlaf gefallen. Berührungen und Sex finden zwar noch statt, aber immer seltener und wenn, dann auch immer nach dem gleichen Schema.

Seltsam, wenn Clark mit meinem neuen Job sofort einverstanden gewesen wäre, dann würde ich jetzt nicht hier stehen und an Mr. Huntington denken. Der Job würde zwar Abwechslung in mein Leben bringen und mich noch einmal so richtig fordern, aber privat würde das Eingefahrene einfach weiterlaufen.

Debbie ist verunsichert, sogar richtig verwirrt. Sie schaltet auf *Massage* und ein kräftiger Wasserstrahl klatscht gegen ihren Lendenwirbel, während zwei weitere im Schulterbereich auf die Haut treffen. Debbie dreht sich immer wieder nach links und rechts. Der sanfte Druck des heißen Wassers ist eine Wohltat für die doch leicht verspannten Muskelpartien. Sie schließt die Augen und stemmt die Hände gegen die Duschwand. Wieder schießen blitzartig Gedanken durch ihren Kopf. Diesmal stellt sie sich vor, dass nicht das Wasser, sondern starke Hände die Massage ausführen. Sie sieht das Gesicht des Hoteliers vor sich und erwischt sich, wie sie einmal kurz wollüstig stöhnt.

Ob er mich verführen möchte? Quatsch! Er ist durch und durch ein Gentleman. Hm... und wenn doch? Er sieht gut aus. Clark würde nichts erfahren.

Dieses Gefühl von flatternden Schmetterlingen kehrt zurück. Es drängt die herkömmliche Vernunft beiseite, verbreitet gute Laune, schiebt den ganzen Frust über den Streit mit Clark und auch den ärgerlichen Wildunfall beiseite und weckt ein schlummerndes Verlangen. Debbie kämpft noch einmal dagegen an.

So ein Blödsinn. Alte Dame, du machst dich jetzt ein bisschen hübsch, dann gehst du schön Essen und anschließend ins Bett. Allein!

Sie stellt das Wasser ab und greift nach dem Badetuch. Debbie hält inne. Es ist wohl jeder Frau angeboren, ihren Körper immer wieder auf Tauglichkeit und Marktwert zu prüfen. Und zwar ganz individuell. Und so wie viele Frauen, ist auch Debbie nicht mit sich selbst zufrieden. Obwohl sie immer noch einen traumhaften Körper hat, mäkelt sie mit sich selbst an der Figur herum. Danach folgt der übliche Blick in den Spiegel. Erst von der Ferne, dann schnappt sie sich das Badetuch, rubbelt etwas Wasser ab und stellt sich schnurstracks zum Spiegel. Mit dem Fön bläst sie den Beschlag des Dampfes weg.

„Falten! Es werden langsam immer mehr!"

Je unzufriedener sie wird, desto stärker wächst der Ehrgeiz, sich für den Hotelier hübsch zu machen. Sie möchte begehrt und erobert werden.

Deborah Russel hat im Unterbewusstsein längst den Entschluss gefasst, heute Abend frei zu sein. Sie möchte alles hinter sich lassen und sich einfach gehen lassen. Sie hat die einmalige Chance, mit einem sehr attraktiven und interessanten Mann zu Abend zu essen und möchte diese Gelegenheit nutzen, um Abstand zum Alltag zu gewinnen. Ihr ist von einem auf den anderen Moment bewusst, dass sie es noch einmal wissen möchte. Sie will Abstand zu Clark und der eingefahrenen Ehe. Sie möchte wissen, ob sie noch begehrenswert ist und sie möchte die Schmetterlinge, die sich in ihrem Bauch in Bewegung gesetzt haben, fliegen lassen. Debbie fühlt sich wie ein Teenager vor dem ersten großen Date mit ihrem Schwarm. Sie ist beschwingt vom Glück und weiß, dass es vielleicht eine Große Dummheit ist, die sie vorhat zu begehen. Sie weiß aber auch, dass es vielleicht ihre letzte

Chance ist, ein Stück vom Leben aufzugreifen um diese Erfahrung in die Waagschale zu werfen und abzuwägen, ob sie weiterhin die brave Mrs. Russel, oder aber die selbstbestimmte Mrs. Russel sein wird, die ihren eigenen Weg geht. Einen Weg, der ihr noch viele Türen im Haus des Lebens öffnen wird und sie nicht nur in einem einzigen Zimmer gefangen hält, in dem sich alles im Kreis dreht und wiederholt.

Deborah Russel stellt sämtliche Schminkutensilien, die sie eingepackt hat, vor sich hin, wägt ab und beginnt, sich für den Abend herzurichten.

Ich habe nur einfache Kleidung dabei, also darf ich nicht zu viel Schminke auftragen. Ich möchte elegant wirken.

Debbie hat sich längst entschieden. Sie möchte den Hotelbesitzer beeindrucken. Er ist ein Kavalier der alten Schule und das gehört zur aussterbenden Rasse.

Sie möchte positiv und sexy auf ihn wirken. Sie möchte, dass sie in seiner Fantasie auftaucht. Debbie möchte begehrt werden. Zum ersten Mal seit vielen Jahren fühlt sie sich als Frau. Eine Frau, die zeigt, was sie hat und was sie kann. Eine Frau, die begehrt und begehrt werden möchte. Eine Frau, die lebt und ihre Gefühle mal verborgen, mal offen zu Schau stellen möchte. Eine Frau, die ein unbändiges Verlangen nach Liebe, Zuneigung und Eroberung spürt. In ihrem Bauch beginnen ein paar Schmetterlinge zu flattern. Debbie kann und will es nicht erklären. Sie fühlt sich in diesem Augenblick wohl. Für sie ist das heutige Abendessen mehr als nur eine Mahlzeit. Es ist eine Showbühne und Deborah Russel ist die Hauptdarstellerin.

4

Constable Pepper und Sergeant Collins sind schon im Büro, als Clark die Diensträume betritt. Sein Gesichtsausdruck wirkt besorgt und er selbst etwas geistesabwesend.

Seine Frau ist nicht zu Hause gewesen. Stattdessen hat er eine kurze Notiz vorgefunden.

Bin übers Wochenende weg. Debbie

Das hat es noch nie gegeben. Sie haben immer alles abgesprochen.

Warum nur spinnt sie gerade jetzt so herum?

Er hat festgestellt, dass die große Reisetasche fehlt. Clark hat sich daraufhin die kleine Reisetasche genommen und schnell gepackt. Besorgnis und Wut wechseln sich seither ab. Mal ist er stinksauer auf seine Frau, mal macht er sich Vorwürfe und ist besorgt. Sinnbildlich merkt er, wie sich Risse in seinem Herz bilden und einen Schmerz auslösen, den er seit vielen Jahren nicht mehr gespürt hat. Es ist, als würde es sein Herz zerreißen. Damals hat er gedacht, dass Debbie ihn betrügt, da sie ständig telefonierte und tuschelte. Er hat sich sogar frei genommen und sie heimlich observiert. Der Schock war groß, als er sie mit einem Mann in einem Café gesehen hat. Doch dann kamen noch drei Frauen und ein weiterer Mann dazu. Es hat sich herausgestellt, dass es Mütter und Väter waren, die aufgrund einer Initiative von Debbie eine private Krabbelgruppe gründen wollten. Clark hat es ihr nie verraten.

Es ist genau dieser Schmerz in der Brust, schießt es ihm blitzartig durch den Kopf. *Es ist, als wäre eine Handgranate im Herz explodiert und hätte es zerfetzt.*

„Alles klar, Chef?", fragt Pepper.

Clark weiß, dass er sich jetzt nichts anmerken lassen darf. Sie haben eine wichtige Aufgabe zu erledigen und so ungelegen das jetzt auch sein mag, er ist der verantwortliche Chief Inspektor von New Scotland Yard und hat den Auftrag, einen der meist gesuchten Verbrecher Englands zu jagen. Clark muss seine Probleme und Gefühle zurückstellen. Er muss den Profi nach außen kehren und die privaten Probleme nach hinten stellen. Erst nach diesem Wochenende kann er zu Hause alles gerade rücken. Clark grübelt, ist sich plötzlich unschlüssig. Er spürt, wie ihm die Situation mit Deborah aus den Händen gleitet. Er ahnt, dass seine Ehe wackelt und sucht nach Gründen dafür und dagegen.

Verdammt! Ich möchte Debbie nicht verlieren!

„Chief Inspektor, ist alles in Ordnung?", wiederholt Pepper.

„Oh ja, entschuldigen Sie, ich war wohl noch etwas gedankenversunken."

Collins lacht. „Meine Lora hat einen Riesenaufstand gemacht. Ich habe Glück, dass mich der Teller nicht am Kopf getroffen hat, den sie nach mir warf. Anschließend hat sie das gesamt New Scotland Yard verflucht und gesagt, dass ich wieder zurück in den Streifendienst gehen soll."

Pepper sieht Collins mit weit aufgerissenen Augen an. „Echt?"

Collins nickt. „Woraufhin ich nur sagte, dass ich das ja gern machen kann. Dann werde ich bis zur Pension Schichtdienst arbeiten und die Beförderung zum Inspektor noch ein paar Jahre vor mir herschiebe."

Pepper lacht, Clark hört aufmerksam zu.

„Dann war Stille. Sie sah mich ´ne Sekunde an und schnaufte kräftig durch. Ich nutzte den Moment und fragte, ob sie genug von den Knabberei-Sachen zu Hause hat. Ihr wisst schon, wegen der Tupperware-Party. Plötzlich riss sie die Augen weit auf und meinte nur: *Oh Mist, ich habe vergessen Chips zu kaufen.* Ich zückte meinen Geldbeutel, gab ihr eine 50-Pfund-Note und meinte, Schatz, kauf ein. Lora schnappte sich den Geldschein, gab mir einen Kuss auf die Wange, sagte: *Schnapp dir dieses Arschloch von Bankräuber,* und schwupp war sie weg."

Pepper lacht schallend los. Sein Kopf, inklusive der Ohren, färben sich binnen Sekundenbruchteilen tiefrot und passt sich damit farblich den Haaren an. Selbst Clark vergisst für einen Moment seinen persönlichen Ärger und lacht mit. Sergeant Collins hat ein riesiges Talent, belanglose Dinge spannend oder auch lustig zu erzählen. Entsprechend gern sitzt man bei kleineren Feiern oder auch nur beim Mittagessen, an seinem Tisch.

Clark packt die Unterlagen des Bankräubers in seine Aktentasche. „Lassen Sie uns keine Zeit verlieren. Haben Sie einen Wagen für uns reservieren lassen, Collins?"

„Habe ich, Sir. Er steht in der Tiefgarage."

„Ich habe zwischenzeitlich alles was wir über den Gentleman haben vom PC auf den Laptop rüber gezogen. Damit können wir in der Provinz richtig arbeiten", sagt Constable Pepper.

„Sehr gut, Männer. Dann lassen Sie uns aufbrechen und diesen Kerl dingfest machen. Ich hoffe sehr, dass die Spur nicht im Sand verläuft."

„Ich habe das Teilkennzeichen überprüft, Chief Inspektor. Es ist momentan noch nicht im Fahndungsbestand. Also wurde kein Kennzeichen mit dieser Kombination als gestohlen gemeldet."

Clark nickt zuversichtlich. „Das klingt schon mal so, als ob der *Gentleman* seinen ersten Fehler begangen hat. Collins, Pepper, wir fahren los."

Die drei Kriminalbeamten von New Scotland Yard gehen in die Tiefgarage. Collins öffnet den Kofferraum des BMW Touring. Seit Jahren steht der deutsche Automobilhersteller bei britischen Behörden hoch im Kurs.

Das Reisegepäck ist schnell verstaut. Clark setzt sich auf die Rückbank, Collins fährt und Constable Pepper schaltet das Navi ein.

„Wohin genau?", fragt er den Fahrer.

„Newton Abbot, Baker Hill. Die Hausnummer kann ich nicht sagen, aber die Polizeistation dürfte ja nicht zu übersehen sein."

Sie fahren los, verlassen die Tiefgarage des monströsen Gebäudes und zwängen sich durch den immer noch dichten Londoner Freitagabend-Verkehr.

„Wenigstens ist der Tank voll", meint Sergeant Collins, der die Automatikschaltung im *Stop-and-go-Verkehr* liebt.

Pepper betrachtet eine Blondine, die im Fahrzeug neben ihnen steht und ihm einen kurzen Blick schenkt. „Heiße Braut, schade, dass ich keine Zeit habe."

Collins lacht schallend. „Als ob diese Hot-Lady Interesse an dir hätte. Sie steht eher auf ..."

„Moment", hakt Pepper ein. „Seit Prince Harry so oft durch die Klatschpresse geht, ist der *Redhair-Look* mehr denn je gefragt. Ich bin einer der heißesten Typen in London."

Jetzt lacht auch Clark. „Pepper, ich liebe ihr Selbstbewusstsein."

„Hoffentlich stehen wir nicht vor verschlossenen Türen, wenn wir in Newton Abbot ankommen", lenkt Collins vom Thema ab.

„Machen Sie sich keine Sorgen, Sergeant. Wir werden von *Constable Waters* und *Sergeant Bakerfield* erwartet. Sie haben uns auch eine Unterkunft besorgt."

„Wahrscheinlich ein Feldbettlager in deren Dienststelle", ist Peter Peppers größte Sorge. „So etwas habe ich schon einmal erlebt. Oben in Schottland."

„Für dich haben die Kollegen sicher die Luxus-Suite im First Class Hotel von Newton Abbot gebucht. Ha ha ha", prustet Collins heraus.

„Ich kann Sie beruhigen, meine Herren. Weder das eine, noch das andere trifft zu. Wir wohnen in einer netten Pension. Sie ist nicht weit weg von der Polizeistation", klärt Clark auf. „Ich habe das per Telefon abgeklärt, als ich auf den Weg zur Dienststelle war."

Sie verlassen London. Collins konzentriert sich auf den Verkehr, Pepper lauscht der Musik des BBC-Radiosenders und Clark studiert noch einmal die Unterlagen des Gentleman-Bankräubers.

Der Chief Inspector reißt sich zusammen. Er muss beinahe jede Zeile doppelt lesen, da seine Gedanken immer wieder um Deborah kreisen.

Liege ich wirklich so falsch? Hätte ich nicht so schroff reagieren sollen? Nein, das glaube ich nicht, aber ich hätte sie unterstützen müssen. Früher oder später wäre Debbie von alleine drauf gekommen, dass ich recht habe. Dann hätte sie wieder kündigen können und alles wäre beim Alten geblieben. Ich bin so ein Idiot.

Dann kommt ihm ein Gedanke, mit dem er sich gut anfreundet. *Sie soll ihr Wochenende haben! Mit der kurzfristig anberaumten Dienstreise hätten wir sowieso nichts unternehmen können. Und wer weiß, vielleicht vermisst sie mich schon.*

Er überlegt kurz.

Allerdings hätte sie mir sagen können, nein, sagen müssen, wohin sie fährt.

Letzteres macht Clark wütend. Er sieht eine Zeitlang aus dem Fenster und lenkt sich ab, indem er sich wieder den Akten widmet. Diesmal allerdings wesentlich konzentrierter als zuvor.

5

Debbie hat sich für Jeans und den neuen, ziemlich eng anliegenden Pulli entschieden, den sie nur gekauft hat, weil ihre beste Freundin darauf bestanden hat. Sie schmunzelt, als sie an den Shopping-Bummel denkt.

„Den musst du unbedingt nehmen. Du siehst darin aus wie die junge Marylin Monroe. Glaub mir, die sixties sind wieder total in."

„Quatsch", hat Debbie reagiert und wollte den Pulli schon zurücklegen. „Die Monroe kennt kein Mann mehr und wenn, dann ist er ein alter Sack. Dem muss ich nicht mehr gefallen."

Sie lachten herzhaft.

„Sie war in den 1950er und 60er ein Idol, eine Sexbombe und hat damals alle Männerherzen höher schlagen lassen."

„Eben! In den 50er Jahren des letzten Jahrhunderts."

„Okay, dann machen wir einen Test."

„Spinnst du?", hat sie sofort geantwortet, doch ohne auf das Veto einzugehen, machte ihre Freundin einen Vorschlag.

„Du ziehst den Pulli und die enge Jeans an, die du vorhin schon mal in den Händen gehalten hast."

Debbie lachte laut. „Darin habe ich einen Hintern wie ein Brauereigaul."

„Eben nicht. Du hast richtig heiße Rundungen und alles sitzt perfekt. Du siehst klasse aus, Debbie."

„Und warum soll ich das tun? Wie soll der Test aussehen?"

Ihre Freundin kam etwas näher und flüsterte: „Du ziehst die Jeans und den Pulli an, dann gehst du einmal bei den Spiegeln und Umkleidekabinen in der Männerabteilung vorbei, drehst eine Runde bei den Herren-Sakkos und kommst wieder her. Ich gehe dir mit etwas Abstand nach und Filme heimlich die Männer."

„Du spinnst komplett. Das mache ich auf gar keinen Fall!"

„Feigling!"

„Ich bin nicht feige, ich finde das Getue nur affig."

„Feigling!"

„Nenn mich nicht feige!"

„Dann tu es!"

„Und was soll das bezwecken?"

„Sie werden dir alle nachglotzen und mit den Blicken abtasten!"

„Wieso? Denkst du mein Hintern ist zu dick und ein Blickfang?"

„Nein, weil du einfach hammerscharf darin aussiehst!"

„Du verarscht mich, oder?"

„Ich bin deine beste Freundin. Ich verarsche dich nicht."

„Wir sind schlimmer als Teenies", lachte Debbie und zog Jeans und den Pulli an. Sie stolzierte, ihre Freundin im Schlepptau, an den Umkleiden vorbei, zog einen Kreis durch die Herrenabteilung und kam schließlich wieder zum Ausgangspunkt zurück.

Gemeinsam betrachteten sie sofort das Handy-Video. Debbie war verblüfft. Gleichzeitig freute sie sich, denn tatsächlich fing die Mittvierzigerin sehr viele Männerblicke ein. Zwei junge Typen haben ihr sogar zugenickt und sie von oben bis unten visuell abgetastet.

Mehr als zwei Drittel der anwesenden Kunden ließen ihre Blicke an Debbies Körper entlangschweifen. Natürlich hat sie beides gekauft. Jeans und Pulli. Ihr Freundin meinte nur: „Super, dann gehen wir jetzt Schuhe kaufen."

Jetzt steht sie vor dem Spiegel ihrer Garderobe und wirft ihrem Spiegelbild einen letzten kritischen Blick zu. Zufrieden geht sie noch einmal ins Bad, sprüht einen Hauch *Evergreen* von *Jil Sander* auf und genießt den Duft von Birne, Grapefruitblüten und weißem Pfeffer in Kombination mit Maiglöckchen, Sandelholz und Vanille.

Blumig frisch, aber nicht aufdringlich. Ein sehr angenehmes Parfüm.

Weg ist der Frust des Streits, kein Gedanke wird an den ärgerlichen Unfall verschwendet. Deborah Russel hat sich in der letzten Stunde bestens erholt und fühlt sich hervorragend. Sie hat große Lust auf einen Drink an der Bar, auf ein Abendessen in charmanter Begleitung und auf ein gutes Glas Wein. Sie befindet sich gedanklich in einer anderen Welt.

Ihr gefällt der sportlich-freche Look. Ein letzter Blick in den Spiegel, dann verlässt sie das Zimmer und zieht, mit einem Grinsen im Gesicht, die Tür zu. Im Hotelflur strömt ihr ein dezent rauchiger Duft entgegen. Er verspricht behagliche Gemütlichkeit. Die Ursache dieses Geruchs erkennt sie, als sie die Treppe nach unten geht.

Kaum im Foyer angekommen, schießt ihr ein *Wow* durch den Kopf. Robert hat den Kamin angezündet. Brennendes Holz knistert und der Schein von orangegelbem Feuer schimmert an den Backsteinwänden und lässt Schattenbilder miteinander tanzen.

Der Hotelangestellte steht vor dem Kamin und legt ein großes Holzstück nach. Sofort greifen die Flammen über und winden sich schnell am Moos der Rinde entlang, um schließlich ganz überzuspringen. Robert bugsiert das Holzscheit mit einem Schürhaken in die richtige Position. Ein paar Glutfunken springen hoch. Zufrieden hängt der Hotelangestellte das Eisen zurück an das neben dem Kamin stehende Gestell und dreht sich um. Debbie erkennt, dass sein Blick einmal an ihrem Körper entlang gleitet und für Sekundenbruchteile an Taille und Brust hängen bleibt. Es ist kein nerviges Hinstarren, sondern eher mit Anerkennung vergleichbar.

„Mrs. Russel, Sie sehen wundervoll aus. Wie ein Filmstar."

Das Kompliment sitzt. Debbie saugt es auf, wie ein trockener Schwamm das Wasser. Es tut ihr gut und weckt uralte, verstaubte Gefühle. Sie spürt, wie etwas Farbe in ihr Gesicht schießt und ist ganz froh darüber, dass das Foyer nicht allzu hell ausgeleuchtet ist.

Meine gute, alte Freundin Chrissi. Sie hat wohl doch recht, schmunzelt sie glücklich in sich hinein. *Vielleicht ist der Sixties-Style doch im Kommen. Dann passe ich richtig gut zu Mr. Huntingtons Outfit.*

Die anfängliche Zurückhaltung weicht vollends einer fröhlichen Gelassenheit.

Ich hätte schon viel früher mal wegfahren sollen. Allein! Ich gehöre noch lange nicht zum alten Eisen und ich glaube, dieser Streit mit Clark hat mir den Weg zum zweiten Frühling geebnet. Ich werde mein Leben genießen. Ich habe nur dieses eine!

Deborah Russel ist in diesem Moment nicht nur physisch, sondern auch psychisch angekommen. Sie spürt die Veränderung in sich. Es ist, als ob sie den Kokon einer Raupe abstreift und als bunter Schmetterling über eine große Blumenwiese flattert.

Der Geist ist dem Körper gefolgt. Jetzt beginnt mein Solo-Kurzurlaub.

„Kann ich Ihnen helfen, Mrs. Russel?", schiebt Robert nach.

Debbie lächelt. „Danke für das Kompliment. Sagen Sie, Robert, wo finde ich die Bar?"

„Gleich dort", zeigt er durch das Foyer, „hinter der Flügeltür finden Sie die Bar und das kleine Restaurant."

Debbie nickt höflich. Sie geht zur Bar und bevor sie an den Griff der Flügeltür fassen kann, wird diese aufgeschoben. Mr. Huntington steht ihr gegenüber. „Oh, das nenne ich Timing", sagt er und öffnet beide Türflügel. „Lassen wir doch etwas Wärme vom Kamin hier hereinziehen."

Huntington hat sich umgezogen und frisch gemacht. Debbie fängt einen Hauch des Eau de Toilette auf.

Er hat nochmal etwas davon aufgetragen. Dieser Mann achtet auf sein Äußeres und pflegt sich. Das gefällt mir.

Der Hotelier lächelt. „Sie sehen ausgesprochen gut aus."

Etwas verlegen sucht Debbie nach den richtigen Worten und zwingt sich ein: „Dankeschön", ab.

„Kommen Sie, wir beginnen den Abend mit einem entspannenden Aperitif an der Bar. Ich hoffe, ihr Unfall-Stress kann damit vollends ins Abseits gestellt werden."

„Eine gute Idee."

„Fühlen Sie sich wohl? Ist das Zimmer in Ordnung oder fehlt etwas?"

„Das Zimmer ist ein Traum. Ich habe mich bis Montag eingebucht. Aber das zahle ich natürlich."

Huntington zieht einen Barhocker nach vorn und deutet mit der flachen Hand auf den Sitz. „Bitteschön."

Debbie setzt sich, Mr. Huntington nimmt neben ihr Platz. Ein weiterer Hotelgast kommt und setzt sich ans Ende des Tresens. Der Barkeeper erscheint. „Guten Abend Madam, guten Abend, Mr. Huntington. Was darf ich Ihnen servieren?"

Debbie sieht den Hotelier an. „Was schlagen Sie vor?"

„Wir bleiben bei der englischen Tradition. Bringen Sie uns zwei *Pimm´s Cup.*"

„Sehr gerne", antwortet der Barkeeper und geht zu dem anderen Gast, um auch dessen Bestellung entgegen zu nehmen.

„Pimm`s ist eine gute Idee. Mein Gott, wie lange habe ich schon keinen Nr. 1 getrunken?"

„Freddy macht das perfekt. Er hat schon in London, Paris und München gearbeitet."

Debbie mustert den Barkeeper. Schlank, grau melierte Schläfen, etwas femininer Gang und äußerst sympathisch.

„Er stammt aus der Nähe", erklärt Huntington.

„Aha", nickt Debbie interessiert. „Und deshalb kehrt er den Großstadtmetropolen den Rücken zu und kehrt zurück aufs Land?"

„Fast. Freddy war um die zehn Jahre unterwegs. Als sein Vater starb, kam er zurück. Seine Schwester arbeitet hier als Zimmermädchen und als ich erfuhr, dass ihr Bruder ein guter Barkeeper ist, habe ich ihn hergebeten, mich mit ihm ungefähr zwei Stunden blendend unterhalten und sofort eingestellt."

„Ohne sein Fachkönnen zu prüfen?"

Der Hotelier lacht. „Natürlich hat Freddy während des Gesprächs mehrere Drinks gemixt, mich bezüglich des vorhandenen Barsortiments gerügt und viele lustige Geschichten aus seinem *Barkeeper-Leben* erzählt. Er ist eine Show und könnte allein die ganze Bar unterhalten. Sie müssen ihn mal erleben, wenn er in Fahrt ist, also wenn die Bar brechend voll ist, er einen Drink nach dem anderen mixt und dabei seine Zoten raushaut."

„Heute ist es ziemlich leer, ist sonst mehr los?"

„Das ist saisonabhängig. Es gibt Zeiten, da sind wir wochenlang bis unters Dach ausgebucht. Ab und zu veranstalten wir auch Autorenlesungen. Diese sorgen zusätzlich für viele Gäste."

Während Huntington erzählt, sieht Debbie dem Mann hinter dem Tresen zu. Freddy stellt die beiden Pimm´s im *Original Pimms-Cup* auf ein Tablett, greift nach einer Flasche Canadian Whisky, schüttet etwas davon in ein Rührglas, gibt roten Wermut und einen Tropfen Angostura dazu, rührt die Mischung und schüttet sie durch ein Barsieb in ein Cocktailglas. Dann legt er zwei Eiswürfel hinein und verziert den Cocktail mit einer roten Kirsche. Er nimmt das Tablett, lächelt und serviert die Drinks.

„Ladys und Gentlemen, die Bar ist eröffnet und der erste Drink schmeckt besonders lecker. Und wenn Sie sich umsehen, stellen sie schnell fest, dass sich nur eine Lady vor dem Tresen befindet. Da ich in der Mehrzahl sprach, muss ich die andere Lady sein."

Deborah Russel lacht. Der neue Gast sieht von seiner Zeitung auf und mustert Freddy, was Debbie noch mehr amüsiert. Freddy zwinkert ihr zu und Mr. Huntington schüttelt schmunzelnd den Kopf. „Freddy, immer wieder verwirrst du meine Gäste mit diesem Spruch."

Debbie hebt das Glas. „Vielen Dank für die Einladung."

„Ich habe mich zu bedanken."

„Wofür?"

„Für die charmante Begleitung."

„Sie sind ein Charmeur der allerfeinsten Sorte", lacht Debbie.

Der Abend fängt richtig gut an, denkt sie und spürt keinen Hauch von Langeweile, geschweige denn eine Art Berührungsangst. Huntington entpuppt sich als guter Unterhalter und schon während der ersten zehn Minuten kommt es Debbie so vor, als würde sie ihren Gastgeber seit vielen Jahren kennen.

Man kann dieses Gefühl nicht beschreiben, aber jeder kennt es. Man lernt jemanden kennen und plötzlich schwirrt diese Person permanent im Kopf herum. Man lächelt, wenn man an sie denkt und ist bester Laune, wenn man ihr gegenüber sitzt. Die Zeit fließt schneller als ein Wildbach und die Stimmung ist ausgelassen. Kurzum, man ist glücklich und das Herz klopft ein wenig schneller als üblich. Das ganze Außenherum des Lebens ist ausgeblendet. Man lebt im Moment und möchte für kein Geld der Welt an einem anderen Ort sein.

Was Mr. Huntington auch immer erzählt, es klingt spannend, lustig und hinreißend zugleich. Seine Stimme ist für Debbies Ohren melodisch und ihre Augen werden von seinen magisch angezogen.

„... und diese Mischung aus Tradition und Moderne möchte ich nach und nach überall einfließen lassen", beendet der Hotelier den kleinen Vortrag seiner Geschäftsphilosophie, blickt erst auf die Uhr, dann auf das leere Glas und schließlich in Debbies Augen.

„Ich rede und rede und vergesse dabei die Zeit. Was müssen Sie nur von mir denken?"

„Nur das Beste", schießt es über ihre Lippen.

„Sie müssen einen Bärenhunger haben. Wollen wir in den Restaurantbereich überwechseln?"

„Sehr gerne."

Huntington geht vor, Debbie folgt. Beide sind die einzigen Gäste, allerdings sind zwei Tische reserviert und an einem erkennt sie gebrauchtes Geschirr von einer Person.

Hier hat bestimmt der Gast an der Bar gegessen.

Ihre Augen hängen am Rücken des Mannes. Sie lässt ihren Blick mehrfach rauf und runter schweifen, bleibt zweimal am Gesäß hängen und schmunzelt. *Sportlicher Typ und knackiger Hintern!*

„Ich rede die ganze Zeit. Erzählen Sie doch mal etwas über sich."

Sie stehen am Tisch. Huntington zieht einen Stuhl zurück und bietet Debbie den Platz an. Sie setzt sich.

„Vielen Dank. Sehr aufmerksam. Ich bin es nicht gewohnt, dass jemand so zuvorkommend ist. Sie sind durch und durch ein Gentleman", sagt sie.

Der Hotelier nimmt ihr gegenüber Platz. Freddy kommt zum Tisch. „Ich bin nicht nur Barkeeper, sondern auch der Kellner", sagt er höflich und mit einem verschmitzten Grinsen.

„Hier im Haus arbeiten zwar auch zwei Lehrlinge, einer in der Küche einer hier im Servicebereich, aber die sind erst morgen wieder da", flüstert ihr Huntington schnell zu.

„Die Weinkarte?", fragt Freddy

„Das wird nicht nötig sein. Wir nehmen eine Flasche des 2001er *Amarone della Valpolicella*. Dazu Wasser ohne Kohlensäure", Huntington macht eine Pause und fragt Debbie: „Ich hoffe, es ist in Ordnung, wenn ich bestelle. Oder mögen Sie lieber etwas anderes?"

„Ihre Bestellung klingt perfekt."

„Gut", meint er darauf zu Freddy.

„Sie wünschen das Abendmenü?"

Huntington sieht wieder Debbie an. „Mrs. Russel, möchten Sie *a la Carte* essen oder vertrauen Sie mir mit dem Menü?"

Debbie lacht. „Absolut. Sie sind der Gastgeber und ich bin gespannt auf Ihre Empfehlung."

„Dann nehmen wir die Kraftbrühe mit frischen Kräutern. Sie wird uns wärmen und nach dem kalten Regen dem Körper gut tun. Danach zweimal Fasan mit Gemüse." Er wirft Debbie einen Blick zu. „Yorkshire Pudding oder kandierte Kartoffeln?"

Sie lächelt nach wie vor. „Ihre Wahl."

„Dann bitte zweimal die kandierten Kartoffeln dazu."

„Möchten Sie auch gleich ein Dessert bestellen, Sir? Wir haben außer unseren hausgemachten *Apple Pie Cookies* auch hervorragendes *Trifle*. Das Obst stammt aus dem Garten, die Creme ist natürlich selbstgemacht und frisch. Wir verwenden für *Trifle* keine Sahne, sondern frisch im Wasserbad gerührten *Custard*. Zudem träufelt unser Koch über das Biskuit feinsten irischen Whiskey", zwinkert Freddy, während er die Zubereitung des Desserts erklärt.

„Eine schwere Entscheidung", antwortet Debbie.

Huntington nimmt ihr die Wahl ab. „Servieren Sie einfach beides. Wir nehmen je eine Schale Schichtdessert und dazu einen *Apple Pie Cookie*."

„Mit Kaffee, Cappuccino oder Tee?"

„Bleiben wir beim Traditionellen oder gehen wir in die Moderne über?"

Wieder überlegt Debbie und diesmal antwortet sie, bevor Huntington eine Entscheidung trifft. „Zweimal Irish Coffee."

Freddy nickt und geht.

„Sie werden staunen. Wir bereiten das Gemüse nicht klassisch englisch zu. Das ist mir persönlich zu wässrig und salzlos. Wir servieren die Beilagen blanchiert mit Biss und leicht gewürzt."

„Ich habe allein vom Zuhören schon so einen Appetit. Ich bin richtig gespannt."

Kurz hintereinander kommen weitere Gäste und setzen sich an die reservierten Tische. Huntington steht kurz auf, begrüßt sie und kommt zeitgleich mit Freddy zurück. Das Öffnen der Weinflasche wird zelebriert. Freddy ist ein Könner seines Fachs. Nachdem der Korken gezogen ist, schenkt er einen Probierschluck ein, Huntington nimmt das Glas, schwenkt es, betrachtet den Wein, riecht und probiert. Dann nickt er dem Kellner zu. „Hervorragend!"

Freddy schenkt Wein und Wasser ein, dann geht er zu den anderen Gästen, um deren Bestellung entgegen zu nehmen.

Der Hotelier hebt das Glas. „Auf Sie!"

„Auf uns und nochmals herzlichen Dank für die Einladung."

Debbie kann die Geschmacksexplosion im Gaumen nicht definieren, doch der Wein ist ein Volltreffer. „Mhmm, einsame Spitze."

„Kennen Sie Amarone?"

„Nein, um ehrlich zu sein, bin ich auf diesem Gebiet nicht sehr bewandert und das, obwohl ich sehr gerne Wein trinke."

„Amarone ist etwas ganz Besonderes und dabei gar nicht mal so teuer. Eine gute Flasche bekommen Sie schon für 15 Pfund."

„Was ist daran so besonders?", fragte Debbie nach und nimmt einen zweiten Schluck. Sie versucht sich im Kosten, indem sie den Wein lange im Gaumen lässt und dann langsam hinunterschluckt.

Mr. Huntington zeigt auf das Etikett der Flasche. „Das ist eine Weinspezialität aus dem italienischen Valpolicella-Gebiet. Die Trauben werden luftgetrocknet und erst wenn sie schon fast rosinenartig sind, gepresst und als Most vergoren. Danach reift er in Eichenfässern, je nach Qualität, zwischen zwei und sechs Jahren, bevor er als Amarone in den Handel kommt. Das Ergebnis ist ein kraftvoller, trockener Wein, der samtig und dennoch intensiv schmeckt."

„Interessant."

Huntington lehnt sich zurück, nimmt ebenfalls noch einen Schluck Wein und meint: „Sie verstehen es bestens, immer wieder von sich abzulenken. Sie sagten, dass Sie aus London kommen?"

„Ja, da gibt's aber nicht viel zu erzählen. Ich bin eine einfache Frau, habe zwei zwischenzeitlich erwachsene Kinder und bin verheiratet."

Bei der Anmerkung, dass sie verheiratet ist, erkennt Debbie in Huntingtons Augen ein leichtes Flackern und die Mimik verrät etwas in Richtung Enttäuschung.

Bilde ich mir das ein oder war das für ihn ein Tiefschlag?

„Zwei erwachsene Kinder hätte ich Ihnen nicht zugetraut. Sie müssen Sie sehr jung bekommen haben."

Debbie lacht lauthals. „Das ist wirklich ein sehr nettes Kompliment."

„Das meine ich ernst."

„Mr. Huntington, ist das eine Finte um mein Alter zu erfahren?"

Er zwinkert. „Um Himmels Willen nein, natürlich nicht. Wenn mich das interessieren würde, hätte ich längst einen Blick in ihre Anmeldung geworfen."

Ausgekontert. Das stimmt. Er kann Alter und Adresse einfach nachlesen. Debbie, du bist naiv, denkt sie und fängt sich wieder in seinen Blicken. Zeitgleich kehrt dieses beschwingte Gefühl aus der Bauchgegend zurück und nach und nach wird ihr klar, dass sie drauf und dran ist, sich zu verlieben.

Dieses Gefühl nennt man Schmetterlinge im Bauch, meine Liebe, haucht sie sich im Gedanken zu und versucht diese Realität zu überspielen und zu verdrängen. Es passt nicht in ihr Leben und es ist und war nie ihr Stil.

„Unsere Ehe läuft nicht besonders gut." Sie macht eine Sekundenpause und denkt über die richtige Wortwahl nach. „Die Ehe wurde zum Alltag und man lebt nur noch nebeneinander vor sich hin. Die Luft ist raus und wir hatten einen riesigen Streit. Es ist eine unüberwindbare Kluft zwischen uns entstanden."

„Und da haben Sie sich ins Auto gesetzt, sind weggefahren und wollen sich Klarheit verschaffen", ergänzt Huntington.

„Ja, genau. Woher wissen Sie das?"

„Ich war auch mal verheiratet. Acht Jahre war es gut, dann zwei Jahre okay und die letzten drei Jahre die Hölle. Nach etlichen Zankereien habe ich den Schritt gewagt und die Trennung einem Schrecken ohne Ende vorgezogen. Das war nicht leicht, aber im Nachhinein das einzig Richtige."

Debbie fühlt sich in diesem Moment wohl und geborgen. Sie hat den Eindruck, über alles reden zu können. Das wiederum hat den Effekt zur Folge, dass in ihrer Bauchgegend erneut ein paar Schmetterlinge schlüpfen und wie wild herumflattern. Sie ist verwirrt. So etwas ist ihr in all den Jahren mit Clark noch nie passiert.

Freddy kommt mit einem Servierwagen angefahren. „Zweimal unsere kräftige Brühe, garniert mit frischen Kräutern."

Noch während er spricht, serviert er.

Das Gespräch ist unterbrochen und das Thema *Essen und Geschmack* wird wieder aufgenommen. Der Hotelier schwelgt förmlich in seinem Element als er berichtet, dass in seiner Küche alles von Hand gemacht wird. „Wir verzichten komplett auf Fertiggerichte und deshalb ist das Essen bei uns zwar etwas teurer, aber Original und äußerst gesund."

Das Hauptgericht ist eine Wucht. Debbie hat noch nie so exzellent zubereiteten Fasan gegessen.

„Was sagen Sie zu den Beilagen?"

„Ein Traum."

Als Freddy abräumt und fragt, ob er mit dem Dessert noch etwas warten soll, stimmen beide sofort zu.

„Ich brauche eine kleine Pause. Ich bin mehr als satt. Bitte sagen Sie dem Koch, dass ich noch nie in meinem Leben so gut gegessen habe. Er ist ein richtiger Künstler."

„Das werde ich sofort ausrichten. Vielen Dank."

„Freddy, bringen Sie uns doch etwas zum *Verdauen*. Einen Cognac *1959 Albert de Montaubert XO Imperia*."

Der Barkeeper und Kellner zieht die Augenbraun hoch. „Eine vortreffliche Wahl, Sir. Kommt sofort."

Debbie kann es kaum glauben. „Das ist nicht Ihr ernst? Der Cognac ist tatsächlich aus dem Jahr 1959?"

„Mrs. Russel, heute ist ein wunderschöner Abend und das Schicksal hat uns beide zusammengeführt. Ich freue mich, dass Sie das Essen, die Getränke und den ganzen Abend so wertschätzen."

Die Londonerin weiß nicht weshalb und warum, sie stellt die Frage intuitiv. „Wollen wir uns nicht duzen und beim Vornamen nennen?"

Kaum ausgesprochen, könnte sie sich ohrfeigen. Ihr gegenüber sitzt wohl der letzte Gentleman Englands, der allen Anschein nach auch vermögend ist. Das ist eine Liga, in der sie noch nie gespielt hat. Dennoch, sie mag ihn sehr und findet ihn äußerst attraktiv. Sie ist richtig sauer auf sich, denn sie denkt, dass diese Frage wie ein Bremsklotz wirken wird.

Ich hätte Haltung bewahren sollen. Ein Gentleman fragt die Dame und nicht umgekehrt.

„Ein wunderbarer Vorschlag. Ich spiele schon seit geraumer Zeit mit dem Gedanken, Sie, äh ... dich, danach zu fragen. Aber ich wollte nicht zu aufdringlich wirken."

„Deborah. Ich heiße Deborah, aber sag bitte Debbie zu mir", kommt es spontan und erleichtert über ihre Lippen.

„Ich heiße Richard." Der Hotelier schmunzelt, während er seine Antwort ergänzt. „Und ich habe keinen Spitznamen."

Freddy bringt den Cognac und zeigt die Flasche vor. Huntington nickt, woraufhin der Weinbrand eingeschenkt wird. Die beiden neuen Duz-Freunde heben ihre Cognac-Schwenker und prosten sich zu.

„Auf dich, Debbie."

„Auf dich, Richard", wiederholt Debbie und trinkt.

Der Cognac schmeckt für sie wie jeder andere Weinbrand auch. Ein weich-scharfer Geschmack verteilt sich im Gaumen, Wärme erfüllt beim Schlucken die Speiseröhre und den Magen. Debbie muss sich eingestehen, dass sie kein Gespür für das Besondere an diesem teuren Cognac hat. Hätte sie nicht gewusst, dass sie einen sehr alten, exklusiven Weinbrand verkostet, hätte man ihr auch sagen können, dass es sich um eine Billigmarke aus dem Supermarkt handelt. Sie überlegt, was sie dem fragend abwartenden Blick des Hoteliers erwidern kann.

„Hui, schmeckt interessant. Der hat es ganz schön in sich", sagt sie, um überhaupt etwas zu sagen, stellt den Schwenker ab und nimmt einen großen Schluck Wasser. Das Brennen lässt nach. Trotzdem spürt sie, wie es von ihrer Kehle, durch die Speiseröhre durch, bis in den Magen, wohlig warm wird.

„Seit wann bist du geschieden?"

Debbie ist neugierig und vom Alkoholgenuss enthemmt.

„Seit genau sieben Monaten."

„Das ist ja ganz frisch. Bist du ... also, hast du eine ...""

„Ob ich eine neue Lebensgefährtin habe?"

„Ich bin ganz schön neugierig, nicht wahr?"

Richard lacht. „Nein, bist du nicht. Das ist doch legitim danach zu fragen. Schließlich essen wir hier gemeinsam und lernen uns ein wenig kennen." Der Blick ändert sich etwas. Richard zieht die Stirn leicht nach oben und seine Augen leuchten richtig. Es hat für Debbie zumindest den Anschein, dass es so ist.

„Und nein, ich habe keine neue Lebensgefährtin. Ich bin Single."

Das ist wieder ein Schritt in die Richtung, die sie eigentlich gar nicht gehen möchte, dennoch freut sie sich. Deborah Russel schwankt zwischen zwei Welten hin und her. Einerseits hat sie nie die Bindung zu Clark aufgegeben oder verflucht, andererseits ist *die Luft raus*, wie es floskelmäßig genannt wird und man hat sich im Lauf der Zeit auseinander gelebt. Debbie spürt, dass sich hier etwas anbahnt, mit dem sie nie gerechnet hat. Sie befindet sich bereits auf einer Straße, die sie nie entlang gehen wollte. Sie bereut es und findet es schön. Sie ist innerlich zerrissen und dennoch schwebt sie auf einer unbeschreiblich schönen Wolke der Gefühle.

Debbie mustert insgeheim den Mann, der ihr gegenübersitzt und gerade dabei ist, ihre Gefühlswelt durcheinander zu wirbeln. Sie denkt, dass er nur wenig älter ist als sie selbst.

Ob ich ihn fragen soll? Zu früh. Das passt nicht. Noch nicht! Ich war ohnehin viel zu neugierig.

Richard begrüßt durch eine höfliche Geste neue Gäste und wünscht ihnen einen guten Appetit. Debbie fühlt sich privilegiert, da sie mit dem Besitzer an einem Tisch sitzt. Ihr kommt es vor, als wäre sie die Hauptdarstellerin in einem uralten Hollywood-Schinken aus den fünfziger oder sechziger Jahren und ihr gegenüber sitzt der damalige Mega-Star *Humphrey Bogart*.

Ja, genau. Ich bin Lauren Bacall. Er Humphrey Bogart, schmunzelt sie. Er hat genau den gleichen gangsterhaften, verschmitzten und dennoch sympathischen Blick. Und er ist umgeben von einer einzigartigen Aura. Ich kann mich nicht lösen, ich bleibe an ihm kleben. Er ist der Held, ich seine Braut.

Wieder spürt sie eine unnachahmliche Leichtigkeit um ihr Herz. Es scheint zu tanzen und zu springen. Debbies Gefühle spielen verrückt. Das weiß sie, doch sie möchte nichts daran ändern. Sie möchte nur, dass es nicht aufhört.

„Es klingt bestimmt schlimm, wenn ich das sage, aber irgendwie muss ich zugeben, dass ich ganz froh bin, dass du in diesen Graben gefahren bist." Er verzieht das Gesicht und versucht eine dunkle Mimik widerzuspiegeln. „Ich bin böse, stimmt's?"

Debbie lacht kurz. „Ha, ha... Ganz im Gegenteil. Du bist alles andere als böse. Ich habe übrigens gerade etwas Ähnliches gedacht. Wenn der Schaden nicht wäre ..."

„Das ist bestimmt halb so wild. Ich werde dir helfen. Ich kenne den Besitzer einer Autowerkstatt recht gut und rufe ihn morgen früh gleich an. Wenn der Schaden zu reparieren ist, wird es dich nicht viel Geld kosten."

„Richard, du bist ein Geschenk des Himmels."

„Und du ein Engel."

Debbie fühlt sich geschmeichelt. „Jetzt wird´s aber ein bisschen arg schmalzig. Der Spruch könnte aus einer Hollywood-Schmonzette sein."

Richard zieht seine Stirn nach oben, neigt den Kopf ganz leicht zur Seite und meint lächelnd. „Aber er hat perfekt gepasst. Prost", antwortet er und hebt sein Glas.

Sie liebt diese Haltung und diesen Blick. In diesem Moment ist Debbie von Richard gefangen. Sie greift zum Glas. Beide stoßen an. Der Blick ihrer Augen fängt sich magnetisch und lässt nicht mehr los. Das leise *Kling*, das beim Aufeinandertreffen der Gläser ertönt, ist wie ein Startschuss für das Schlüpfen und den Abflug weiterer Schmetterlingsschwärme in Debbies Bauch. So schmalzig dieses Kompliment auch gewesen ist, es kommt an. Und zwar richtig heftig. Debbie fragt sich, wie lange sie schon nicht mehr so umgarnt worden ist.

Hab ich das alles verdrängt? Wie war das früher?

Natürlich hat es vor Clark auch andere Männer gegeben. Jeder einzelne Beginn einer neuen Beziehung ist zwar prickelnd gewesen, doch innerhalb eines bestimmten Zeitrahmens, waren sämtliche Profile ihrer Freunde offen gelegt. Positiv und negativ. Letzteres überwog stets. Außer Clark hat es keiner geschafft, nachhaltig in ihrem Herzen zu bleiben.

Richard hat das Kunststück fertig gebracht, sie in eine andere Welt zu hieven. Eine Welt, deren Existenz sie schon längst vergessen hat. Debbie spürt zwar irgendwo in ihr drinnen, dass es nicht richtig ist, was gerade passiert, doch sie verschließt die Augen, setzt sich auf die Wolke voller Gefühle, Wünsche und Träume und fliegt davon.

Der Alkohol beschwingt sie. Lust kommt auf. Lust auf Sex und Lust auf diesen Mann. Sie fragt sich insgeheim, wie es wohl ist mit ihm zu schlafen.

Freddy reißt sie aus den Gedanken. Der kellnernde Barmann hält ein volles Tablett in den Händen. „Irish Coffee, Apple Pie Cookies und Trifle, alles hausgemacht."

Der Nachtisch wird serviert.

Debbie ist mehr als begeistert. „Allein der Anblick ist ein wahrer Traum."

Sie probiert und ein: „Mhmmm ...", verrät, wie gut es ihr schmeckt. „Ich habe noch nie in meinem Leben bessere Cookies und einen derart exzellenten Trifle gegessen. Und das sage ich nicht nur aus Höflichkeit, sondern weil es den Tatsachen entspricht. Richard, wie kann ich mich bei dir bedanken? Du hast mein Wochenende nicht nur gerettet sondern es auch noch so verzaubert, dass ich mich wie eine Prinzessin fühle."

„Das freut mich sehr. Und revanchieren musst du dich nicht. Ich genieße diesen Abend ebenfalls."

Er hebt seine Tasse und nimmt einen Schluck. Es klappert ein wenig, als er die Tasse wieder auf den Unterteller stellt.

„Obwohl, eines wäre wundervoll. Da könntest du dich revanchieren."

Debbie ist sehr gespannt auf Richards Wunsch. Sie würde in diesem Moment zu allem *ja* sagen.

„Nachdem ich morgen Vormittag George zu deinem Rover begleitet habe, würde ich dich gerne abholen und dir den Nationalpark zeigen. Ich kenne Ecken, da kommen normalerweise keine Touristen hin."

„Das klingt wundervoll."

Richard Huntington lehnt sich zufrieden zurück.

Trotz der leicht aufputschenden Wirkung des Kaffees, spürt Debbie den anstrengenden Tag. Sie gähnt und steckt den Hotelier an, woraufhin beide zu lachen beginnen.

„Es war ein langer und ereignisreicher Tag. Sollen wir langsam den Abend beenden und ins Bett gehen?", fragt Richard, bemerkt den kleinen Fauxpas und schiebt nach: „Entschuldigung, das kann man Zweideuten. Ich meine natürlich, jeder in sein Bett. Das ist mir jetzt richtig peinlich."

Debbie grinst. Für einen klitzekleinen Moment überlegt sie, ob sie darauf eingehen und ihm sagen soll, dass sie liebend gern in sein Bett kriechen, sich an seine Schulter schmiegen und seinen Körper abtasten möchte. Doch die Vernunft siegt.

„Das hatte ich auch nicht so aufgefasst. Richard, das war ein toller Abend. Vielen, vielen Dank."

„Eines noch, Debbie."

„Ja."

Er lächelt. „Kann ich bitte deinen Autoschlüssel haben? Ich möchte den Rover morgen sehr früh zur Werkstatt schleppen lassen. Dann hat Henry, so heißt der Werkstattbesitzer, etwas mehr Zeit, um sich den Wagen anzusehen. Vielleicht muss er ein paar Ersatzeile holen."

Noch während Richard spricht, holt Debbie die Schlüssel aus ihrer Handtasche. „Hier. Das ist wirklich sehr lieb."

„Gerne."

Sie liegt im Bett. Tausend Gedanken kreisen in ihrem Kopf herum. Sie denkt an den Unfall, an das Unwetter und an die unglaubliche Vertrautheit, die Richard von Beginn an ausgestrahlt hat. Sie denkt auch an Clark. Sie fühlt ihm gegenüber zwar freundschaftliche Verbundenheit, aber definitiv kein Feuer mehr. Nach und nach wird ihr klar, dass jetzt der Moment gekommen ist, in dem sie die Weichen für ihr Leben neu stellen muss. Die Entscheidungen, die sie jetzt treffen wird, werden die nächsten Jahre, wenn nicht sogar den Rest ihres Lebens bestimmen.

Wieder denkt sie an Richard und spürt diese Leichtigkeit der aufkeimenden Liebe. Sie hat direkt ein bisschen Sehnsucht.

Schmetterlinge, wie ich dieses Gefühl vermisst habe.

Mit einem Lächeln im Gesicht und einem Herz voller Vorfreude auf den morgigen Tag, schläft sie ein.

6

Heftiger Regen klatscht gegen die Windschutzscheibe des zivilen Polizeiwagens von New Scotland Yard. Die Scheibenwischer rasen auf höchster Stufe über das Glas und wischen Unmengen von Wasser zur Seite um auf ihrem Rückweg die gleiche Menge zu verdrängen.

„Der Sturm ist schlimmer als ich dachte."

In Erwartung der nächsten Windböe umklammert Sergeant Collins das Lenkrad etwas fester, um im Bedarfsfall gegenlenken zu können. Die letzten fünf Meilen waren für den Fahrer äußerst anstrengend. Für einen Moment hat Collins sogar mit dem Gedanken gespielt, links ran zu fahren und am Straßenrand zu warten. Er hatte lediglich keine Möglichkeit zum Halten gesehen. Kein Wunder, denn die Sicht beträgt weniger als zwanzig Meter.

Als sie nach zwanzig Minuten Fahrt durch den Starkregen endlich das Ortschild von Newton Abbot passieren, sind die drei Polizisten heilfroh.

„Hier ist es nicht so schlimm", stellt Pepper fest.

„Ich denke, der Sturm treibt die Wolken weiter nach Osten. Das Gröbste dürften wir hinter uns haben", meint Clark und beugt sich von hinten vor.

Die Kleinstadt mit rund 25.000 Einwohnern strahlt zwar an einigen Örtlichkeiten typisch englischen Flair aus, ist aber ansonsten eher unauffällig und grau. Touristen zieht es eher in das 19 Meilen nordöstlich gelegene, mittelalterliche Exeter mit seiner normannischen Burg, oder in die 7 Meilen südlich befindlichen Küstenort Torquay, an der sogenannten *Englischen Riviera*.

„Ich bin mal auf die Pension gespannt, die sie für uns ausgesucht haben", raunzt Pepper.

Auf dem Navigationsbildschirm zeigt der Richtungspfeil geradeaus. Die entsprechende Navi-Stimme tönt blechern aus den Lautsprechern: *Fahren Sie geradeaus und biegen Sie ....*

„Das war ein echtes Sauwetter!", schiebt Pepper hinterher und übertönt die Navi-Stimme.

„War? Es regnet immer noch wie zu Zeiten der Sintflut", bemerkt Collins.

„Ob es in London auch so runterhaut?", fragt Pepper.

Sein Blick wandert von der Straße zum Touchscreen-Bildschirm und zurück. Ergänzend zur künstlich klingenden Stimme sagt er: „Wir müssen an der übernächsten Kreuzung links abbiegen. Du kannst dich schon mal einordnen."

Collins schmunzelt. „Wie meine Frau, die muss auch immer nachplappern, wenn wir nach Navi fahren."

Die Straßen sind beinah menschenleer, der Verkehr erträglich.

„Waren Sie schon einmal hier?", möchte Clark wissen.

Beide verneinen.

Das Navi leitet die Polizisten aus London durch die Stadt und schließlich in die St. Leonard Rd.

Sie haben ihr Ziel erreicht.

Links vor ihnen erkennen sie Parkplatz und Eingang des weiß gestrichenen Polizeigebäudes. Collins parkt erleichtert ein. „Ich fahre ja wirklich gern Auto, aber die letzte halbe Stunde war kein Spaß mehr. Der Sturm war streckenweise gigantisch. Gottseidank sind wir endlich hier."

„Gut gemacht, Collins", lobt Clark. „Lassen Sie uns erst mal rein gehen. Wir werden von einem Sergeant Bakerfield erwartet."

Sie steigen aus. Die wenigen Meter vom BMW zu den Stufen verzichten sie auf die Benutzung ihrer mitgeführten Regenschirme und legen die kurze Strecke im Laufschritt zurück. Constable Pepper möchte gerade läuten, als bereits ein Summton zu hören ist. Der Wachhabende scheint sie schon beim Einparken gesehen zu haben. Sie betreten die Polizeiwache. Ein junger Constable tritt an den Tresen. Pepper zeigt seinen Dienstausweis. „Guten Abend. Wir sind vom New Scotland Yard London."

Der Constable erwidert höflich den Gruß und öffnet eine Schwingtür. „Das habe ich mir schon gedacht. Ihr Besuch wurde uns angekündigt. Kommen Sie rein. Sergeant Bakerfield ist oben in seinem Büro. Ich sage ihm, dass Sie angekommen sind."

Collins reibt sich die Hände. „Ganz schön heftiger Sturm. Gibt's das hier öfter?"

„Zwei-, dreimal im Jahr und zwar immer dann, wenn sich ein Tiefdruckgebiet über dem Atlantik zusammenbraut und der Wind das Wetter direkt an die Küste peitscht."

Ein älterer Polizist schaut aus einem Büro. Er mustert die drei Männer und fragt brummbärig. „Sind das die Londoner?"

„Ja, Henry."

„Wird auch langsam Zeit. Dann kann ich mit Phil endlich ausrücken. Es sind noch zwei Unfälle offen, die wir abarbeiten müssen. Ich hoffe, Bakerfield ist soweit fertig und kann trotz dem Besuch des Scotland Yard die Wache übernehmen."

„Das ist kein Problem, Henry. Ich bleibe einfach ein bisschen länger."

Clark verzieht keine Miene. Er kennt die Abläufe in den Polizeirevieren nur allzu gut. Man hat mit dem Alltag genügend Arbeit und jeder von außen hinzukommende, womöglich noch kräftebindende Auftrag, bringt zusätzlichen Stress.

Collins sieht Pepper an. Dieser runzelt die Stirn. „Freundlich ist was anderes", flüstert er.

Der junge Constable hat die Bemerkung gehört und versucht die Situation zu erklären. „Es geht mit Einsätzen ziemlich zu. Die Überprüfungen für das New Scotland Yard waren umfangreich und haben zusätzlich einen Mann gebunden und ..."

Clark winkt ab. „Schon gut, junger Kollege. Es ist überall der gleiche Stress. Und zu alledem kommen dann noch die Herren von Scotland Yard und setzen sich über alles."

Der Detektiv Chief Inspektor ringt sich ein sympathisches Lächeln ab.

Der Constable errötet ein wenig. „So habe ich es nicht ... also, draußen geht's richtig zu ... äh, ich rufe Sergeant Bakerfield an", rettet er sich schließlich aus der für ihn unangenehmen Situation, geht zu einem Schreibtisch, hebt den Hörer eines Telefons ab und wählt Bakerfields Nebenstelle.

Kurzes Warten.

„Hier ist Constable Harris von der Wache. Die Herren vom New Scotland Yard sind hier ... ja .... Okay, das mach ich."

Er legt auf und wendet sich den zivilen Ermittlern zu. „Kommen Sie bitte mit."

Der Constable führt sie in den Flur des Gebäudes und von dort aus ins Treppenhaus. „Wenn sie in den ersten Stock gehen, dann ..."

Von oben sind Schritte zu hören. „Ich bin schon im Treppenhaus, Harris", ruft er nach unten. „Mr. Russel?"

„Ja", antwortet Clark und schiebt sich vor, um als erster die Treppe nach oben zu gehen.

Bakerfield streckt Clark die Hand entgegen und begrüßt nacheinander die Londoner Kollegen. „Kommen Sie bitte mit in mein Büro."

Im Gegensatz zum Erdgeschoss, sind im Flur des ersten Stocks ein paar moderne Kunstdrucke aufgehängt und geben dem ansonsten kalt wirkenden Dienstgebäude zumindest einen Hauch von Wärme. Auch Bakerfields Büro wirkt freundlicher als erwartet und nicht so nüchtern, wie der Wachraum der kleinen Dienststelle.

Bakerfield hat hier ein wenig Feng-Shui einfließen lassen, denkt Clark und setzt sich an den kleinen Besprechungstisch. Collins, Pepper und Bakerfield setzen sich ebenfalls.

Der Sergeant aus Newton Abbot ist um die 40, hat die Figur eines Ringers und seinen wohl spärlichen Haarwuchs kahl rasiert. Er trägt eine Brille und scheint gerne zu reisen. Zumindest sind die Wände mit vergrößerten Fotografien aus Afrika und Asien geschmückt.

Auf dem gegenüber von ihnen befindlichen Schreibtisch erkennt Clark eine indisch anmutende Figur, in deren Schoß ein Räucherstäbchen niedergebrannt ist.

Daher dieser würzige Geruch. Das könnte ich auch mal machen. Wenn ich das Fenster in meinem Büro öffne, zieht oft der Geruch von der Kantine hinein.

„Darf ich Ihnen einen Tee oder Kaffee anbieten?"

„Ein guter Earl Grey mit Milch wäre ein Traum", antwortet Collins sofort.

Peppers Blick bleibt indessen an der Espresso-Maschine hängen, die im Eck des Büros auf einem Sideboard aufgestellt ist. „Meinten Sie Espresso, Cappuccino oder gebrühten Kaffee?"

Bakerfield folgt dem Blick des Constables und zieht kurz die Mundwinkel nach unten. „Die Maschine ist leider defekt. Ich meinte", er macht eine minimale Pause und räuspert sich dabei, „um ehrlich zu sein, Instant-Kaffee."

„Dann würde ich auch eine gute Tasse Tee vorziehen."

„Ich schließe mich an", sagt Clark, dem ein Kaffee lieber gewesen wäre. Er möchte aber keine Umstände machen.

„Sehr gerne."

Bakerfield verlässt das Büro.

Pepper betrachtet die Wandbilder. „Scheint n Globetrotter zu sein."

Clark legt die mitgebrachte Akte auf den Tisch, zieht sein dienstliches Mobiltelefon aus der Manteltasche und sieht, dass er eine Nachricht erhalten hat.

Collins stimmt Pepper zu. „Sieht ganz danach aus. Da müsste ich mit meiner Frau auch mal hin, aber die hat Angst vorm Fliegen und mit dem Auto ist es mir zu weit nach Afrika." Er lacht schallend, nachdem er den Satz ausgesprochen hat.

Pepper lacht ebenfalls.

Clark liest die Nachricht und unterbricht seine Mitarbeiter. „Wir haben jetzt zwei aktuelle Phantombilder. Sie sind bereits in unserem internen Netz online. Sollten wir hier keinen Erfolg haben, wird am Montag ein neues Fahndungsplakat gedruckt."

Bakerfield kommt zurück. Auf einem Tablett stehen vier Tassen und eine Kanne mit dampfenden Tee. Er stellt das Tablett auf den Tisch. „Vorsicht bitte. Milch und Zucker kommen sofort."

Er geht zu einem kleinen Sideboard, öffnet die Schiebetür, holt Milch und Zucker heraus und stellt beides ebenfalls auf den Tisch. „Bitteschön", deutet der örtliche Polizist aufs Tablett.

„Können Sie sich in das System einloggen? Das Phantombild wurde eingestellt. Ich möchte es ausdrucken."

Bakerfield geht zu seinem Schreibtisch, setzt sich an den PC und tippt etwas auf die Tastatur. „Kein Problem."

Clark nimmt einen Schluck Tee, steht ebenfalls auf und stellt sich hinter Bakerfield. „Darf ich mal ran?"

„Klar doch."

Sie tauschen Plätze und Clark loggt sich beim Rechner des New Scotland Yard ein. Schließlich zeigt er auf den Bildschirm. „Das sind die uns vorliegenden Videoaufzeichnungen. Viel dürften Ihnen bekannt sein. Die letzte Aufzeichnung stammt von heute."

Bakerfield nickt und betrachtet die kurze Filmsequenz. „Damit kann ich leider nichts anfangen."

„Dann gehen wir weiter zum Phantombild", entgegnet Clark und klickt sich durch. Die Zeichnung eines Mannes erscheint auf dem Bildschirm. „Wir haben zwei Bilder. Eines wurde nach Angaben der Bankangestellten angefertigt, das andere von weiteren Zeugen aus einem Café."

Bakerfield nimmt sich viel Zeit, schüttelt aber letztendlich doch den Kopf. „Mit Hut und Brille könnte das jeder sein. Das was ich nicht so nachvollziehen kann, ist der Bartansatz unter der Nase. Soll das ein Oberlippenbart sein?"

„Hier gehen die Zeugenaussagen auseinander. Während die zwei Damen meinten, dass er einen Schnauzer trägt, war sich der männliche Zeuge sicher, dass es maximal ein Dreitagebart war."

„Und das andere Bild?"

Clark drückt auf die Datei, ein Bild mit zwei Zeichnungen öffnet sich. Unter den Phantombildern blinkt ein roter Text. Nicht zur Veröffentlichung bestimmt!

Bakerfield ist erstaunt. „Zwei? Waren das zwei Täter?"

Clark verneint. „Die beiden Zeuginnen aus dem Starbucks Coffee Shop machten leider unterschiedliche Angaben."

Der Kerl auf den Bildern sieht zwar irgendwie gleich aus, aber ein paar Jahre älter. Das könnten Brüder sein, oder Vater und Sohn."

„Das ist das Problem."

Collins und Pepper sind ebenfalls zum Schreibtisch gekommen. „Wie sieht es denn mit dem Geländewagen aus? Konnten Sie hier weiterkommen?"

Bakerfield runzelt die Stirn. „Da haben Sie uns einen richtig arbeitsreichen Job aufgebrummt", stöhnt er, schließt das Portal des New Scotland Yard und öffnet eine eigene Datei. „Wir waren fleißig, allerdings muss ich dazu sagen, dass wir eine ganze Reihe von Zulassungen haben. *SUV`s* sind momentan sehr beliebt. Kann man den Fahrzeugtyp nicht doch ein wenig eingrenzen?"

Constable Pepper antwortet: „Der Zeuge meinte, es wäre ein großes Modell gewesen. Ich muss hier aber eindeutig anführen, dass sich dieser Mr. Forbs mit Autos leider überhaupt nicht auskennt. Er ist eingefleischter Radfahrer und nicht in Besitz eines Führerscheins."

„Das macht es nicht gerade leicht."

Sergeant Collins schiebt sich nach vorn. „Aber es ist ein Anfang. Wenn wir die Zulassungen von Geländewagen nach Modellen ordnen und diese wiederum nach Modellgröße sortieren, könnten wir ..."

Pepper fällt ihm ins Wort. „Wenn der Zeuge von Autos keine Ahnung hat und sagt, es war ein großes Auto, dann ist das alles in dieser Relation zu bewerten. Ich hoffe, dass es überhaupt ein Geländewagen war."

„Also, das wird er ja wohl noch zuordnen können."

„Leute", fährt Clark dazwischen. „Das ist unsere einzig heiße Spur und ich finde den Vorschlag von Sergeant Collins gar nicht mal so schlecht. Zudem wissen wir, dass die Fahrzeugfarbe dunkel ist. Das ist zumindest ein fixes Kriterium, welches wir ins Suchraster einbringen können."

Alle drei sehen nun Bakerfield an. Dieser lässt den Pfeilanzeiger der PC-Maus auf den Drucker-Button wandern und klickt auf die Maus.

„Der ganze Schwung wird ausgedruckt. Insgesamt haben wir 468 Zulassungen abzuarbeiten."

Collins und Pepper stöhnen. „Heute noch?"

Clark blickt auf die Uhr und schnauft hörbar tief durch.

Bakerfield greift zum Telefon, wählt und wartet kurz. „Harris, im Druckerraum im Erdgeschoß wird soeben ein Katalog an Zulassungen ausgedruckt. Insgesamt 468! Wie lange brauchst du, um sie nach Modell zu ordnen, besser gesagt nach Größe im Sinn von groß, mittel und klein? Ach ja, da wir definitiv ein dunkles Modell suchen, kannst du alle hellen Farben aussortieren."

Der Sergeant nickt zufrieden und blickt Clark an.

„Wie viel Zeit wird er benötigen?", flüstert er.

Bakerfield zeigt seine rechte Hand und hält den Daumen nach oben. Er hat verstanden. „Sehr gut, fang bitte sofort damit an." Er legt auf. „Harris ist gut in solchen Sachen. Er meint, dass er in ein bis zwei Stunden damit fertig ist."

„Schneller als ich dachte. Ich gebe dem Kollegen ein Bier aus", meint Pepper sichtlich erleichtert, da er nicht zur Mitarbeit aufgefordert worden war. „Ob wir zwischenzeitlich in unserer Unterkunft einchecken sollen?", schlägt er vor.

Clark übergeht den Vorschlag. Er ist hochkonzentriert. „Sergeant Bakerfield, haben Sie in Ihrem Bereich in der jüngsten Vergangenheit Kennzeichendiebstähle registriert?"

„Das kommt immer wieder vor. Diebstähle oder Verluste von Kennzeichen sind hier genauso Alltag wie in London."

„Sie ahnen, auf was ich anspiele?"

„Ich kann es mir denken." Bakerfield runzelt die Stirn. Er denkt bereits schon wieder einen Schritt voraus. „In etwa einer Stunde kommt Constable Waters in den Dienst. Er hat Nachtschicht auf der Wache. Waters kann sämtliche Anzeigen heraussuchen."

„Er soll sich hierbei auf Geländewagen konzentrieren und zwar mit Zulassungen von Südwest-England, speziell auf die mit einer Zulassung aus Exeter."

„Welches Zeitfenster?"

„Ich würde vorschlagen, maximal ein Jahr. Noch weiter zeitlich zurück können wir immer noch gehen."

„Das ist eine Menge Arbeit."

„Ich weiß, Sergeant Bakerfield, aber wir jagen ja auch keine Falschparker oder Ladendiebe sondern den meistgesuchten Bankräuber Großbritanniens."

„Wir werden unser Bestes geben."

„Und wir werden Sie dabei unterstützen."

Clark sieht Pepper an. „Ich möchte den Vorschlag von Constable Pepper gerne aufgreifen. Wir wäre es, wenn wir jetzt in unsere Pension gehen, einchecken, eine Kleinigkeit essen und in ...hm... sagen wir 90 Minuten wieder hier sind. Dann sammeln wir alle Fakten, arbeiten gemeinsam ab, was zusammengetragen wurde und wenn wir Glück haben, können wir morgen Vormittag schon ein paar Hausbesuche machen."

„Für Harris und mich bedeutet das einerseits Überstunden, andererseits möchte ich unbedingt meinen Beitrag zur Festnahme des Gentleman-Räubers leisten."

„Sergeant, für ihr Engagement möchte ich mich bedanken. Ich bringe Ihnen und Harris etwas zum Essen mit. Was möchten Sie denn gerne?"

„Das ist nicht nötig!"

„Ich bestehe darauf, außerdem kann ich dann gleich etwas für uns besorgen."

„Essen wir nicht in der Pension?" fragt Collins beinahe enttäuscht.

„Heute nicht. Wir haben jede Menge Arbeit."

„Hier ums Eck ist ein guter Inder oder gleich bei Ihrer Unterkunft ein guter Chinese."

„China!", meldet sich Pepper.

„Einverstanden."

„Dann hätten Harris und ich gerne die Nummer 34. Hähnchen Chop Suey - scharf - mit Bambussprossen und Morcheln. Wir essen das immer. Ich gebe Ihnen die Adresse."

Porters Home – Bed and Breakfast - ist über dem Eingang zu lesen. „Die Neonschrift ist neu. Wenn die Zimmer auch frisch renoviert sind, habe ich nichts dagegen", meint Pepper.

Collins drückt die Türklinke nach unten. „Nicht versperrt, dann lassen wir uns mal überraschen."

Der Eingangsbereich ist klein. Gleich an der rechten Seite befindet sich ein Postkartenständer. Im oberen Bereich stecken Ansichtskarten von Newton Abbot, weiter unten ist er mit Info-Flyern aller Art bestückt.

Hinweisschilder zeigen zu Toiletten, in den Gastraum und nach oben zu den Zimmern. Geradeaus befindet sich eine kleine Rezeption. Eine ältere Dame kommt aus dem Gastraum, um die Gäste zu begrüßen. „Guten Abend, die Herren. Willkommen in Newton Abbot. Hatten Sie eine gute Anreise?"

„Ja danke", antwortet Clark und schiebt sich nach vorn.

„Ich bin Mrs. Porter."

Sie verschwindet hinter dem Tresen der Rezeption, greift zu einem Schlüsselboard und legt nacheinander drei Schlüssel auf den Tresen. „Zwei Herren wohnen im ersten Stock, einer im Dachgeschoss. Ich bräuchte noch Ihre Ausweise. Aber das wissen Sie ja. Mir wurde bereits gesagt, dass Sie vom Scotland Yard sind." Sie lacht. „Dann bin ich dieses Wochenende besonders gut geschützt."

„Ja, Mrs. Porter. Das sind Sie bestimmt", schnellt Pepper hervor und stellt sich neben Clark an den Tresen.

Nachdem Mrs. Porter die Anmeldeformulare ausgefüllt und ein paar Hinweise zur Unterkunft gegeben hat, schiebt sie jedem der drei Gäste einen Schlüssel zu. Clark ist im ersten Stock untergebracht, Collins hat das Zimmer gegenüber und Pepper bewohnt einen Raum im Dachgeschoss der kleinen Pension.

Clark betritt das Zimmer. Es ist klein, aber sauber. Ein Bett, ein Schreibtisch, ein kleiner Schrank. Es verfügt über Dusche und WC und das Fenster liegt abseits der Straße in Richtung Innenhof.

Der Chief Inspektor setzt sich aufs Bett und wippt zur Probe etwas auf und ab. Zufrieden mit der Matratze, packt er seine kleine Reisetasche aus. Er verstaut die Kleidung im Schrank und stellt das Waschzeug ins Bad. Als er sein Spiegelbild ansieht, verharrt er für einen Moment.

Was ist nur passiert? Wie konnte das alles geschehen? Hat mich Debbie verlassen oder spinnt sie nur herum? Ich gebe ihr doch alles! Sie braucht sich um nichts zu kümmern. Das bisschen Haushalt, seit die Kinder weg sind, ist ein Kinderspiel. Warum reizt sie mich so und bringt mich mit ihren Ideen auf die Palme?

Er versucht sich an den Streit und die gefallenen Worte zu erinnern. Es war zum Höhepunkt der Auseinandersetzung auch davon die Rede, dass sinngemäß *die Luft draußen ist.* War das nur so dahingesagt, oder stimmt es? Ist eine Trennung besser als zusammenbleiben? Er erwischt sich, als er sich auf ein Gedankenspiel einlässt.

Was ist, wenn sie für immer weg ist? Bin ich dann frei? Ich kann tun und lassen, was ich möchte. Ich könnte sogar mit der frechen Angestellten vom Empfang einmal ausgehen. Ich weiß, dass sie geschieden ist. Sie ist sehr attrak-

tiv und im Büro wird gemunkelt, dass sie auf Männersuche ist. Sie lässt aber nicht jeden an sich ran, ist also kein Männer-Vamp.

Clark wäscht sich die Hände, verlässt das Bad und setzt sich an den Schreibtisch. Er wirft einen Blick auf sein Mobiltelefon.

Nichts!

Anfängliche Sorge wird von aufkommender Wut zur Seite geschoben.

Dann eben nicht!

Der Polizeioffizier steht auf, schnappt sich seinen Mantel, nimmt den Zimmerschlüssel und geht zur Tür. Er schaltet das Licht aus und betritt den Flur. Als er die Tür ins Schloss zieht, öffnet auch Collins die Zimmertür.

„Das nenne ich Timing", grinst der Sergeant.

Clark wirkt geistesabwesend. Collins bemerkt sofort, dass seinen Vorgesetzten etwas bedrückt.

„Sir, ich merke schon die ganze Zeit, dass Sie ein Problem mit sich herumschleppen. Wollen Sie darüber sprechen? Ich versichere Ihnen meine Verschwiegenheit und meine Loyalität."

„Danke Collins, aber ich denke, wir haben jetzt wichtigere Dinge zu erledigen."

„Mr. Russel, man braucht einen freien Kopf, um kluge Entscheidungen treffen zu können. Sie können mir nichts vormachen. Sie haben definitiv ein Problem."

Der Sergeant deutet nach oben. „Pepper braucht bestimmt noch etwas Zeit. Wie wäre es, wenn wir nach unten gehen und uns ein wenig unterhalten? Es kann nicht schaden."

Clark kennt Collins seit ein paar Jahren. Er mag ihn und vertraut ihm.

„Vergessen Sie für einen Moment den Vorgesetzten und reden Sie sich mal alles frei von der Leber."

„Sie wissen, dass das nicht allzu einfach ist."

„Aber natürlich weiß ich das. Ich weiß allerdings auch, dass man sich ab und zu aussprechen muss; alles von der Seele sprechen. Die Meinung eines Vertrauten kann ganz schön hilfreich sein."

Sie gehen hinunter in den kleinen Gastraum der Pension. Mrs. Porter hantiert gerade hinter dem Tresen herum. „Ist alles in Ordnung?"

„Alles wunderbar, vielen Dank."

„Kann ich etwas für Sie tun? Möchten Sie etwas trinken? Vielleicht ein Glas kühles Ale oder einen kleinen Whisky?"

Clark zögert. „Wir müssen noch einmal rüber zur Polizeistation."

Die freundliche Wirtin macht eine kurze, abwinkende Handbewegung. „Ach, das sind ja nur fünf Minuten zu Fuß. Wenn das so ist, können Sie problemlos etwas trinken. Ich bringe Ihnen zwei Whisky. Ich habe eine gute Flasche *Jura*. Sie müssen wissen, dass eine meiner Töchter einen Schotten geheiratet hat und seit zwei Jahren auf dieser Insel lebt. Mark, mein Schwiegersohn arbeitet in der Whisky-Destillerie."

Die Polizisten haben keine Chance dem Redeschwall von Mrs. Porter zu entkommen, geschweige denn das Getränk abzulehnen.

„Das geht übrigens auf's Haus."

Clark gibt sich geschlagen. „Die brennen richtig guten Whisky", sagt er schließlich.

„Also, wenn Sie uns schon so freundlich einladen, dann kann man das nicht ablehnen", grinst Collins voller Vorfreude auf das Glas *Jura*.

Beide setzen sich. Mrs. Porter streckt sich nach oben, kramt eine Flasche des schottischen *Jura* aus einer Reihe verschiedener Whiskyflaschen und schenkt ein. „Den bekommen Sie ohne Eis und ohne Wasser. Das wäre Gift. Zumindest sagt das Mark."

Sie stellt die Gläser auf ein Tablett und geht zum Tisch der Londoner Polizisten. „Zum Wohl! Das ist bei diesem Sauwetter genau das Richtige. Wo ist denn Ihr Begleiter?"

„Vielen Dank."

„Er ist noch oben."

Die Wirtin geht zurück zum Tresen. „Ich lasse die Flasche hier stehen. Wenn ihr Kollege auch einen Jura möchte, darf er sich ein Glas einschenken. Ich muss jetzt ins Büro und lästigen Papierkram erledigen. Sollten Sie noch etwas benötigen, nehmen Sie es sich bitte selbst und schreiben es auf. Wen ich der Polizei nicht mehr trauen kann, wem denn dann? Ha, ha", lacht sie und geht.

Collins hebt sein Glas. „Zum Wohl."

Clark stößt an. „Nennen Sie mich Clark. Wir arbeiten schon seit langem zusammen. Da kann man sich duzen."

„Randolph, aber Freunde nennen mich Randy."

Sie trinken.

„Mhmm, das Zeug ist echt gut."

„Sie ..., äh du kennst Jura noch nicht", fragt Clark.

„Die Marke schon, aber ich habe ihn noch nie probiert."

„Du musst mal auf deren Homepage gehen. Da bekommst du Lust auf Whisky und das raue Schottland. Diese Insel liegt 60 Meilen vor der Küste. Sie haben die alte Destillerie wieder aufgebaut und stellen richtig guten Whisky her. Single Malt! Das ist Genuss pur!"

„Du hast Probleme zu Hause, stimmt´s?", kommt Randy Collins sofort auf den Punkt.

„Meine Frau ist weg. Ich meine, sie hätte zu Hause sein müssen, war sie aber nicht. Sie hat gepackt und ist übers Wochenende weggefahren. Ich habe keinen Schimmer wohin."

„Einfach nur so?"

„Wir hatten einen Streit."

„Schlimm?"

Clark grübelt. „Ich dachte eigentlich nicht, aber scheinbar habe ich mich geirrt."

„Und jetzt geht sie nicht ans Telefon und du weißt nicht, wo sie ist."

„Genau!"

„Wie läuft die Ehe sonst?"

„Wie soll ich das verstehen?"

„Das ist jetzt vermutlich sehr indiskret, wir kennen uns zwar schon lange, aber noch nicht freundschaftlich. Was glaubst du? Ist die Ehe sehr gut oder tröpfelt sie so vor sich hin?"

Clark tut sich sichtlich schwer darauf zu antworten. Er nimmt aus Verlegenheit einen Schluck Whisky.

Pepper kommt in den Gastraum. „Ihr seid schon da?" Als nächstes sieht der Rotschopf den Whisky. „Oh man, da habe ich was verpasst."

„Du kannst dir ein Glas einschenken. Die Wirtin hat es erlaubt."

Der Constable geht zum Tresen und kommt mit einem Glas in der Hand zurück. „Cheers!"

Clark hat sich kurzfristig dazu entschlossen, auch Pepper das Du anzubieten. „Nachdem wir hier gemütlich zusammensitzen, duzen wir uns ab jetzt. Schließlich sind wir ein Team und haben ein Ziel. Ich heiße Clark."

Pepper lässt sich seine Überraschung nicht anmerken. „Peter", sagt er und trinkt sein Glas leer.

„Wir sollten los. Der Chinese liegt auf dem Weg. Den BMW lassen wir stehen."

„Und der Regen?"

Clark wendet sich Peter Pepper zu. „Wir sind Engländer. Regen macht uns nichts aus. Außerdem haben wir immer irgendwo einen Regenschirm."

Randy Collins lacht. „Nimm dir an unserem Chef ein Beispiel. Außerdem haben wir ja Regenschirme dabei."

„Ich bin ein richtiger Engländer. Ich habe als Kind so oft im Regen gespielt, dass meine Haare anfingen zu rosten", scherzt Pepper mit viel Selbstironie und einer Anspielung auf seine roten Haare.

Clark und Randy prusten. Der Gag kam an.

Sie schlagen die Mantelkrägen hoch und treten ins Freie. Obwohl der Regen etwas nachgelassen hat, benötigen sie ihre Schirme. Clark hält Ausschau nach dem chinesischen Restaurant und sieht die rote Leuchtschrift schräg gegenüber. „*Bejing Duck*, ich schätze, ich werde auch eine Ente essen", sagt er.

Sie steuern das schräg gegenüber liegende chinesische Lokal an. Ein älterer Chinese mit Kochschürze unterhält sich mit der jungen Bedienung. Beide grüßen die Gäste und machen eine kleine Verbeugung. „Drei Personen?"

Collins antwortet. „Nein, wir möchten etwas zum Mitnehmen bestellen."

Pepper greift nach der Karte, lächelt die Bedienung an und fragt ganz kess. „Liefern Sie auch?"

„Ja."

„Prima, dann müssen wir nicht warten."

Sie gibt auch Collins und Russel je eine Karte. Pepper hat sich schnell entschieden. „Wenn die Kollegen immer diese Nummer 34 nehmen, kann das nicht schlecht sein. Die nehme ich auch."

„Ich schließe mich an", meint Collins und legt seine Karte weg.

Clark lässt indessen seinen rechten Zeigefinger an den Enten-Gerichten nach unten wandern. „Einmal die knusprige Kanton-Ente mit Sojasprossen und Gemüse."

„Sehr gerne."

„Dann packen Sie bitte noch dreimal die Nr. 34 dazu. Ich zahle das auch gleich und benötige eine Rechnung. Alles zusammen bitte."

„Und liefern Sie es bitte an die Polizeistation", ergänzt Pepper.

„In zwanzig Minuten ist das Essen dort", sagt die Bedienung und gibt dem Koch den Bestellzettel.

„Warum hast du nochmal eine Nr. 34 bestellt? Reicht dir ein Essen nicht?", grinst Pepper.

„Für diesen Constable Waters. Ich hoffe mal, dass er Hunger hat, wenn er zur Nachtschicht kommt."

„Gute Idee. Dann muss er nicht zusehen, wenn wir essen", meint Collins, öffnet die Tür und verlässt als erstes das Lokal.

Waters, ein schlaksiger Kerl mit der Größe eines Basketballspielers, schiebt seine modische Brille nach oben, kontrolliert das gerade überprüfte Kennzeichen und kopiert die Daten in eine Excel-Liste. Er befindet sich in seinem Element. Schnüffeln in der Welt der Daten und Zahlen. Verbrecher im *World Wide Web* jagen. Spuren suchen, finden und verknüpfen.

Collins steht hinter ihm. Er ist erstaunt, wie schnell die Finger des Constable über die Tastatur gleiten. „Wie viele müssen Sie noch prüfen und abgleichen?"

Wieder schiebt Waters seine Brille nach oben. „Blödes Ding", murmelt er. „Die ist neu und muss unbedingt nochmal angepasst werden", murmelt er. Dann öffnet er ein weiteres Arbeitsfenster am

PC. „Noch 72 Stück. Ich denke, dass ich in zwanzig Minuten fertig bin."

„So schnell? Arbeiten Sie bitte sorgfältig."

„Das tue ich immer! Übrigens, vielen Dank für das Essen. Woher haben Sie gewusst, dass ich die Nr. 34 mag?"

„Sergeant Bakerfield meinte, dass ihr das immer bestellt."

Waters nickt, tippt etwas ein, öffnet die Excel-Liste und fügt einen neuen Datensatz ein.

Exakt 19 Minuten später steht er vor dem Büro von Bakerfield und klopft gegen den Türrahmen. „Ich bin fertig."

Der Sergeant und die drei Männer des New Scotland Yard sehen den 1,98 Meter großen Constable an. „Sie sind schneller als jeder Experte, den ich kenne", lobt Clark.

„Abwerben gilt nicht. Waters soll in Newton Abbot Karriere machen", sagt Bakerfield schmunzelnd.

„Danke, Sir", entgegnet Waters.

„Kommen Sie rein."

Der Constable betritt den Raum und geht schnurstracks zu Bakerfields Schreibtisch. „Sergeant, es ist am Einfachsten, wenn ich mich hier einlogge."

„Nur zu."

Waters setzt sich hin, loggt sich ein und öffnet die von ihm befüllte Excel-Datei.

„Ich habe hier alle Datensätze eingefügt. Wir können beliebig Filter setzen und die Fahrzeuge entsprechend ordnen und anzeigen lassen. Ich habe die mir genannten Parameter berücksichtigt und demzufolge kleinere Geländefahrzeuge, wie zum Beispiel den *Suzuki Jimny*, hinten eingeordnet. Ebenso die *SUV* mit hellen Lackierungen."

Zwischenzeitlich sind alle vier Polizisten vom Besprechungstisch aufgestanden und haben sich hinter Waters gestellt. Clark ist von der Arbeit des jungen Constables sehr positiv überrascht und folgt gespannt dessen Ausführungen. Immer wieder aktiviert Waters neue Filter und die Liste verkleinert sich zusehends.

„Ich schlage vor, dass wir uns zunächst auf schwarze Fahrzeuge konzentrieren. Haben wir diese Farbpalette abgearbeitet, öffnen wir die nächste."

„Sehr gut. Wie viele Fahrzeuge sind das?", fragt Collins.

„Moment, Sir." Waters aktiviert den nächsten Filter. „Das wären 53 Pkw."

Pepper pustet lautstark. „Das schaffen wir nie an diesem Wochenende."

„Ich bin noch nicht ganz fertig."

Bakerfield klopft auf Waters Schulter. „Richtig gute Arbeit!"

„Ich habe die Kennzeichendiebstähle der letzten 15 Monate recherchiert und diese nach Fahrzeugtypen geordnet. Von den 17 angezeigten Diebstählen sind drei Kennzeichen aufgefunden worden. Hier handelte es sich nicht um Diebstahl, sondern um Verlust. Die Schrauben hatten sich gelöst. Zwei wurden sichergestellt. Bei fünf handelt es sich um Motorräder und drei Kennzeichen wurden von Geländefahrzeugen entwendet. Diese habe ich näher betrachtet und festgestellt, dass sie einmal von einem auswärtigen Fahrzeug, einmal von einem Land Rover und einmal von einem BMW X 5 entwendet worden waren. Sowohl der Land Rover als auch der BMW sind schwarz lackiert. Sollte der Gentleman-Räuber mit gestohlenen Kennzeichen herumfahren, dann garantiert mit einem, das seinem Fahrzeugtyp entspricht. Bei einer etwaigen Kontrolle könnte er daraus Vorteile in seiner Argumentation schlagen."

Pepper atmet erleichtert durch. „Ich hoffe, dass hier ein Volltreffer dabei ist!"

„Waters, ich lasse Ihnen meine Karte hier. Sollten Sie jemals mit dem Gedanken spielen zum New Scotland Yard wechseln zu wollen, rufen Sie mich sofort an. Ich prophezeie Ihnen eine gute Karriere."

„Keine Abwerbung", wiederholt Bakerfield.

Clark lächelt verschmitzt. Diesen Waters hätte er liebend gern in seinem Team. Er geht zum Besprechungstisch, setzt sich hin, nimmt einen Kugelschreiber und ein leeres Blatt Papier. „Drucken Sie bitte die Liste aus."

„Schon erledigt."

„Waters, können Sie die Land Rover und BMW nach oben setzen?"

„Bereits geschehen, Sir."

Clark ist begeistert. „Mein Angebot gilt", schiebt er nach. „Auch wenn es Sergeant Bakerfield nicht hören möchte. Wir brauchen bei Scotland Yard immer gute Männer." Er wendet sich Bakerfield zu. „Sergeant Bakerfield, ich weiß nicht, inwieweit Sie uns mit Personal unterstützen können, aber mir wären drei Mann ganz recht. Wäre das machbar?"

Bakerfield nickt. „Davon bin ich bereits ausgegangen und habe Harris gesagt, er soll Überstunden machen und länger bleiben."

„Ich würde auch gerne helfen, Sergeant", meldet sich Waters.

„Und die Nachtschicht?", hinterfragt der Sergeant.

„Wir sind voll besetzt. James hat seinen Urlaubsantrag zurückgezogen, weil seine Freundin mit einer Erkältung flach liegt. Er ist hier und kann meinen Dienst übernehmen", erklärt Waters.

Bakerfield ist einverstanden. „Na gut. Unser Dienststellenleiter hat zu mir gesagt, dass ich alles tun soll, was hilft. Mr. Russel, Constable Harris, Constable Waters und ich stehen an Ihrer Seite. Waters, holen doch bitte Harris. Er ist noch im Aufenthaltsraum."

Der schlaksige Polizist greift zum Telefon und wählt die Nebenstelle des besagten Raumes. „Ich bin es, Waters. Ist Harris da? Okay, sag ihm bitte, er soll zu uns hoch kommen. Wir sind in Bakerfields Büro." Er legt auf. „Harris kommt."

Fünf Minuten später sitzen alle Polizisten dicht gedrängt an dem kleinen Tisch. Clark hält die Excel-Liste in der Hand. „Ich schlage vor, dass wir uns morgen um 07:00 Uhr hier treffen. Wir bilden drei Teams. Jeweils ein Mann von uns und einer von Ihnen. Wir haben ein Dienstfahrzeug und benötigen von Ihnen zwei weitere Fahrzeuge."

„Kein Problem", bestätigt Bakerfield.

„Wir arbeiten die Liste ab und gehen von oben nach unten vor. Constable Waters hat exzellente Arbeit geleistet."

Harris hebt die Hand. „Entschuldigung, Sir. Wenn wir die Fahrzeughalter kontaktieren, auf was genau sollen wir sie ansprechen?"

„Ganz einfach. Als erstes prüfen Sie, ob der Geländewagen vor der Tür steht und suchen nach den Aufklebern vom Nationalpark. Der Fluchtwagen des Gentleman-Räubers soll so einen gehabt haben. Sollten Sie fündig werden, verständigen Sie sofort mich! In allen anderen Fällen, befragen Sie die Halter, wo sie sich, bzw. ihr Fahrzeug sich heute zwischen 12.00 und 22.00 Uhr befunden hat. Und falls sie das Fahrzeug nicht selbst benutzt haben, fragen Sie nach dem letzten Fahrer", antwortet Clark mir ruhiger und sachlicher Stimme.

Collins gähnt und steckt sowohl Pepper, als auch Harris an.

„Wir sind alle müde, meine Herren. Vielen Dank für Ihre Mithilfe und die Gastfreundschaft. Die Unterkunft ist auch gemütlich."

Clark steht auf. „Ich schlage vor, wir gehen jetzt zu unserer Pension. Ein paar Stunden Schlaf werden uns guttun. Morgen wird ein harter und vielleicht sehr gefährlicher Tag."

Clark liegt im Bett. Er ist müde, dennoch kann er nicht sofort einschlafen. Seine Gedankenwelt beginnt sich zu drehen. Natürlich beschäftigt ihn die Fahndung nach dem Gentleman-Bankräuber. Die Spur ist heiß und seinem Bauchgefühl nach sind sie so dicht an dem Kerl dran wie noch nie zuvor. Aber auch sein Eheproblem lässt ihn nicht los.

Ausgerechnet jetzt, stöhnt er innerlich.

Im Moment ist er mit der Jagd auf den meistgesuchten Verbrecher des Landes so sehr eingespannt, dass alles andere um ihn herum hinten wegbricht.

Es fühlt sich an, als ob Clark von einem hohen Damm abgeschirmt ist, an dessen Wand die höchsten Gefühlstsunamis abprallen. Kaum taucht Debbies Gesicht auf, verfällt er in eine Art Gedankenstarre.

Wie lange habe ich das schon?

Clark rückt ein Stück nach oben, drückt das Kopfkissen zusammen, lehnt sich an und starrt ins Dunkel des Raumes.

Wir wurden zu Freunden. Der Alltag hat uns gefressen. Wir sind kein sich liebendes Paar mehr, sondern nur noch eine Zweckgemeinschaft.

Er versucht sich an den letzten richtig guten Sex zu erinnern.

Mein Gott, wir haben alles einschlafen lassen. Alles wurde im Lauf der Zeit zur Selbstverständlichkeit. Automatismus!

Fragen tauchen auf.

Bin ich schuld? Ist sie schuld? Hätten wir es verhindern können?

Clark schaltet das Licht an, schlägt die Decke zur Seite und steht auf. Zielstrebig geht er zu Mini-Bar. Er öffnet den kleinen Kühlschrank. Eine Reihe von Miniaturflaschen sind in der Tür aufgereiht. Im Fach darunter liegen Schokoriegel. Im Kühlraum selbst liegen im untersten Fach drei Flaschen Wasser, darüber zwei 0,2 Liter Flaschen Weiß- und Rotwein, im Fach darüber zwei Dosen Cola und zwei Flaschen Bier. Clark nimmt sich eine Miniflasche Jack Daniels, schraubt sie auf und trinkt sie mit zwei Schlucken leer. Er stellt die Flasche ab, schließt die Kühlschranktür und setzt sich aufs Bett. Der Chief Inspektor starrt eine Zeitlang vor sich hin.

Trennung? Versöhnung? Scheidung? Was will ich?

Zum ersten Mal in seinem Leben denkt Clark an Trennung. Es tut irgendwo weh, doch den großen Herzschmerz fühlt er überraschenderweise nicht. Er ist verwirrt, legt sich hin und macht das Licht aus.

Morgen schnappe ich den Gentleman-Räuber, danach werde ich über Debbie und mich nachdenken.

7

Wenn man aufwacht und die Realität als surreal empfindet, wenn man sich fragt, ob man wirklich wach ist oder ob man noch träumt. Wenn man nur ganz langsam begreift, dass man sich nicht in seinem gewohnten Umfeld, sondern fernab des Alltags, in einem luxuriösen Hotelzimmer befindet, dann kann man in etwa ahnen, wie es Deborah Russel geht, als sie ihre Augen öffnet.

Wo bin ich?

Sofort spult die Erinnerung verschiedene Szenen des gestrigen Abends vor ihrem inneren Auge ab. In ihrem Bauch starten Schmetterlinge zum Rundflug und flattern wild umher.

Würde man sagen, dass Debbies Körper chemische Botenstoffe, wie *Endorphine*, *Dopamin* und *Cortisol* produziert, klänge das nicht halb so gut, wie: Debbie hat sich verliebt.

„Richard."

Sie haucht den Namen fast behutsam aus. Ein Lächeln huscht über ihr Gesicht und setzt sich fest.

Ich bin verrückt, vollkommen verrückt. Ich kann mich doch nicht verlieben. Und dann auch noch so schnell! Hals über Kopf. Das gibt's nur im Kino!

Je mehr sie sich gegen die Vorstellung der Liebe wehrt, desto stärker wird der Drang Richard wiedersehen zu wollen. Sie fühlt sich herrlich. Kein Gedanke gilt dem kaputten Auto, keine Sekunde denkt sie an ihren Ehemann.

Debbie dreht den Kopf ein wenig nach links, greift nach ihrer Armbanduhr, die auf dem Nachttisch liegt und wirft einen Blick darauf. Sie legt die Uhr wieder hin, zieht die Decke bis zum Kinn hoch und kann es nicht fassen. Vor 24 Stunden saß sie in London zu Hause in ihrer Küche, trank Tee und war außer sich vor Wut auf Clark. Jetzt liegt sie in einem Hotelbett im *Dartmoor* und schwärmt von einem Mann, den sie vor weniger als 20 Stunden kennengelernt hat.

Minuten vergehen. Debbie liegt da und zieht im Gedanken in eine Schlacht der Gefühle. Ihr kommt die alte indianische Weisheit in den Sinn.

Wie ging das gleich wieder? Ach ja.

Sie stellt sich die folgende Szene bildlich vor.

Kalter Wind weht um die Tipis der Prärie-Indianer und kündigt den langen, harten Winter an. Kleine Rauchsäulen steigen vom knisternd brennenden Feuerholz nach oben. Dunkelorangene Flammenzungen lecken nach Nahrung und tanzen in der Feuerkuhle umher.

An einem dieser Lagerfeuer sitzt ein alter Cherokee-Indianer und wärmt sich. Sein Gesicht ist von der Sonne gegerbt. Sein muskulöser und von etlichen Jagden und Kämpfen narbenverzierter Oberkörper wird von einem Bisonfell bedeckt. Er lauscht dem Wind und dem Knistern des Feuers.

Neben ihm sitzt seine kleine Enkeltochter. Sie hadert schon lange mit einem Problem und sucht eine Entscheidung. Von ihrem Großvater erhofft sie Hilfe und mit entsprechendem Blick sieht sie ihn an.

Der Großvater erkennt die Situation, sieht in ihre rehbraunen Augen und spricht: „Mein Kind, in deinem Inneren tobt ein Kampf zwischen zwei Wölfen. Der eine Wolf steht für das Böse. Er steht für Hass, Zorn, Neid, Eifersucht und Gier. Er verkörpert Selbstmitleid, Arroganz und ist voller falschem Stolz. Er lügt, hat Vorurteile und vermittelt Minderwertigkeitsgefühle."

Der alte Indianer setzt einen finsteren Blick auf und kneift die Augen zusammen. Seine Enkelin beginnt sich zu fürchten. Dann ändert sich die Mimik des Großvaters und die Strenge weicht der Gutmütigkeit, die sie von ihm kennt.

„Und der andere Wolf?", fragt sie mit leiser Stimme.

„Der andere Wolf verkörpert das Gute. Er steht für die Liebe, für Hoffnung, Frieden und Freundschaft. Er kämpft für Aufrichtigkeit, für Mitgefühl und Glaube. Er vertritt die Zuneigung, die Demut, die Güte, die Heiterkeit und die Großzügigkeit."

Der Großvater lächelt sein Enkelkind an und strahlt alles aus, was er über den guten Wolf berichtet hat. Beide strecken ihre Hände zum wärmenden Feuer und reiben sie. Schweigend betrachten sie eine Zeitlang den Tanz der Flammenzungen.

Als das kleine Mädchen lange genug nachgedacht hat, kommt die Frage, auf die der alte, weise Mann bereits gewartet hat. „Sag, Großvater, welcher Wolf wird den Kampf gewinnen?"

Beide sehen sich tief in die Augen. Dann spricht der alte Cherokee-Indianer mit Bedacht: „Es wird der Wolf gewinnen, den du fütterst!"

„Der Wolf, den du fütterst", wiederholt Debbie laut.

Sie beginnt über ihre Ehe nachzudenken. Es waren wunderbare Jahre mit Clark. Sie haben zwei Kinder groß gezogen, auf die sie stolz sind. Sie haben immer gut gelebt und sind zusammen durch dick und dünn gegangen. Irgendwann muss es angefangen haben anders zu werden. Debbie kann den Zeitpunkt beim besten Willen nicht festlegen, aber eines Tages war alles neu. Anders eben! Es muss schleichend passiert sein; unbemerkt vom normalen Leben. Debbie versucht die Situation für sich zu erklären und zu beschreiben.

Gute Freunde. Wir sind zu guten Freunden geworden! Das ist es. Unsere Liebe ist vergleichbar mit tiefer Freundschaft. Wie lange schon empfinden wir keine Lust mehr aufeinander?

Sie hat noch nie daran gedacht Clark zu betrügen, geschweige denn ihn zu verlassen. Aber sie weiß seit geraumer Zeit, dass sich etwas Gravierendes ändern muss. Sie selbst hat bis gestern Abend geglaubt, dass es an ihrem Hausfrauendasein liegt und sie sich nach Arbeit sehnt. Jetzt weiß sie, was ihr fehlt. Es sind die Gefühle. Sie möchte begehrt werden und begehren. Sie schwebt auf Wolken, wenn sie an Richard denkt. Sie möchte leben, lieben und lachen. Sie möchte im Regen tanzen, auf Wolken schweben, mit den Schmetterlingen fliegen und verrückte Sachen machen. Sie möchte Sex, Leidenschaft und Abenteuer. Und sie möchte es nicht mit Clark.

Fair? Ist das Clark gegenüber fair?

Sie stellt sich diese Frage wiederholt und findet keine Antwort. Dann stellt sie sich die Gegenfrage.

Ist es mir gegenüber fair jetzt schon alt zu sein und mein Leben so leben zu müssen, wie es Menschen tun, die aufgegeben haben? Wie es Menschen tun, die keine Blumen und Regenbogen sehen, wenn sie aus ihren Fenstern sehen. Die Antwort ist NEIN! Ich bin Mitte vierzig und es wird nicht mehr viele Schmetterlingstage in meinem Leben geben. Ich muss etwas ändern, sonst frisst mich die Lethargie auf. Und ich ändere es jetzt und hier! Ich weiß nicht, wie weit ich gehen werde, aber ich bin bereit für den nächsten Schritt.

Debbie schlägt die Decke zur Seite, steht auf und geht ins Badezimmer. Als sie ein paar Minuten später unter der Dusche steht, lehnt sie sich gegen die Wand, genießt das warme Wasser und denkt erneut an Richard. Es ist, als ob er sich immer in ihren Kopf schleicht, wenn sie in ein Gefühlsloch zu fallen droht. Sie möchte Clark nicht verletzten. Sie möchte aber auch nicht auf ihr kleines Glück verzichten.

Was soll ich tun?

Da waren sie wieder, die beiden Wölfe in ihr.

Debbie dreht das Wasser ab, greift nach dem Badetuch und frottiert sich ab. Durch das ausgiebige Duschen hat Wasserdampf den Spiegel völlig beschlagen. Sie greift nach dem Fön, um sich ein Sichtfeld frei zu föhnen, als es an der Zimmertür klopft.

Tock tock tock

Verwundert legt sie den Fön weg, schlüpft in den Hotelbademantel und bindet ihn mit dem Hüftgürtel zu.

Tock tock tock

„Moment, ich komme gleich!"

Jetzt wickelt sie sich ein kleines Handtuch um die nassen Haare, verlässt das Badezimmer, geht zur Tür und öffnet.

Ein junger Mann in Kellner-Uniform grüßt höflich: „Guten Morgen, Mrs. Russel. Ich bringe das Frühstück auf Ihr Zimmer."

Der Servierwagen neben ihm ist gut gefüllt.

Das ist bestimmt einer der beiden Lehrlinge, die Richard gestern kurz erwähnt hat.

Debbie ist völlig verwundert. „Ich ... äh ... ich kann mich nicht erinnern, Frühstück aufs Zimmer bestellt zu haben. Sind Sie sicher, dass es für mich ist? Nicht dass ein anderer Gast darauf wartet und sich verärgert beschwert, wenn ich sein Frühstück entgegen nehme."

Der Kellner greift an den Wagen, um anzuschieben. „Keine Sorge, Mrs. Russel. Das ist garantiert für Sie. Mr. Huntington hat das Zimmerfrühstück in Auftrag gegeben."

Debbie macht einen Schritt zur Seite und hält die Tür auf. Als der Servicemitarbeiter den Wagen ins Zimmer schiebt, lugt Debbie kurz in den Flur. Insgeheim hofft sie, dass Richard sich versteckt und mit ihr gemeinsam frühstücken möchte.

Ob ich nach dem Frühstück aus meinem Bademantel schlüpfen würde?

Sie bekommt Farbe ins Gesicht und verdrängt diesen Gedanken schnell.

„Sie können den Wagen einfach stehen lassen. Vielen Dank."

Der junge Keller nickt und verlässt das Zimmer.

„Warten Sie", sagt Debbie und geht zu ihrer Handtasche. Sie holt den Geldbeutel heraus, fischt nach ein paar Münzen und gibt sie dem Angestellten.

„Dankeschön", sagt der junge Mann und schiebt die Hand mit dem Kleingeld in seine Hosentasche. „Ich bin Eric. Sollten Sie einen Wunsch haben, fragen Sie nach mir."

„Sehr freundlich, Eric. Das mache ich."

Eric deutet eine kurze Verbeugung an, dreht sich und geht. Debbie schließt die Tür, nimmt den Servierwagen und schiebt ihn zu dem kleinen Tisch. Sie beschließt erst zu frühstücken und sich danach fertig zu machen.

Das Stylen kann warten, der warme Kaffee nicht.

Jetzt erst fällt ihr die frisch geschnittene rote Rose auf. Sie liegt auf einem Brief.

Wow, damit habe ich nicht gerechnet. Ich liebe Rosen. So ein Charmeur. Ein Gentleman durch und durch.

Debbie nimmt die Rose und schnuppert an den Blüten. Die Blume riecht sehr intensiv nach Orangen mit einem Hauch Myrrhe und Honig. Sehr markant! Sie schließt die Augen und stellt sich vor, wie Richard die Rose für sie geschnitten hat.

Die alte Mrs. Faultner aus der Gärtnerei, in der Debbie immer einkauft, sagte einmal zu ihr: „Rosen duften verschiedenartig. Manche bleiben ewig in Erinnerung. Und wenn Ihnen einmal ein Mann eine Rose schenkt, dann riechen Sie daran. Ist der Duft markant und unvergesslich, werden Sie den Mann, der ihnen diese Blume geschenkt hat, auch nie vergessen."

Jemand mit einer ausgesprochen hübschen Handschrift hat den Brief an sie adressiert. Die Blüten der Rose hatten ihren Namen verdeckt.

Mrs. Deborah Russel

Debbie staunt. Blitzschnell kommen ihr verschiedene Gedanken in den Sinn.

Richard lässt mir Frühstück aufs Zimmer bringen und serviert mir die Rechnung? Nein, er entschuldigt sich für die nächsten Tage und sagt Adieu.

Neugierig öffnet sie den Umschlag.

Identische Handschrift. Der Text wurde von derselben Person geschrieben.

Ihr Herz beginnt zu trommeln. Debbie ist aufgeregt. Schmetterlinge fliegen und landen wieder, um abermals hochgescheucht zu werden. Sie ist mehr als gespannt, was ihr Richard mitteilen möchte. Sie schnauft noch einmal kräftig durch, dann beginnt sie zu lesen.

Meine liebe Debbie,

das Wetter hat umgeschlagen und es soll heute verhältnismäßig schön werden. Ich habe schon in aller Früh deinen Rover zur Werkstatt meines guten Bekannten Henry Snapper schleppen lassen.

Gegen Mittag bekomme ich Bescheid, wie es mit dem Rover aussieht. Wie wäre es, wenn ich dir bis dahin unser schönes Cornwall, insbesondere das Dartmoor zeige?

Ich möchte dich zu einer Kutschfahrt durch das Moor einladen. Das Wetter ist perfekt und ich hoffe, du schaffst es bis 09:00 Uhr.

Richard

Debbies Hände zittern leicht. Ihr Herz rast und trommelt wie wild, die Schmetterlingspopulation in ihrem Bauch nimmt schlagartig zu. So etwas romantisch Schönes hätte sie sich in ihren kühnsten Träumen nicht erhofft. Ihre Gefühlswelt explodiert und ein Tsunami an Endorphinen rast durch ihre Adern. Das Glücksgefühl beschwingt sie. Sie grinst.

Der Typ spinnt. Er spinnt auf eine äußerst sympathische und hinreißende Art und Weise.

Sie wirft sofort einen Blick auf die Uhr.

07:45 Uhr. Ich kann schnell frühstücken und dann habe ich 40 Minuten im Bad. Das schaffe ich locker.

Jetzt weiß sie es. Sie ist verliebt! Durch und durch, ganz und gar. Sie fühlt sich wie ein Teenager. *First Love* in der Schule.

Debbie steht auf und schaltet den Fernseher ein. Sie sucht mittels der Fernbedienung einen Radiosender und als sie Robbie Willliams „... I love my life ... I am beautiful ...“ trällern hört, setzt sie sich wieder hin. Sie stellt sich Teller und Tasse auf den Tisch. Auf dem Wagen sieht sie eine Thermoskanne mit heißem Wasser für Tee und ein Kännchen Kaffee. Sie entscheidet sich für Kaffee und schenkt ein. Ein Würfelstück Zucker und ein Schuss frische Milch kommen dazu. Sie nippt.

Schmeckt.

Ein großer Schluck folgt.

Viel Appetit hat sie nicht. Das späte Abendessen hält noch an. Dennoch isst sie einen Toast mit Marmelade.

„Mhmmm ...", stößt sie überrascht aus. „Das schmeckt wie selbst gemacht. Richard hat eine sehr exzellente Küche. Wow!"

Ein Glas frisch gepresster Orangensaft rundet das schnelle Frühstück ab.

Debbie hat erstklassig geschlafen, fühlt sich von der gestrigen, strapaziösen Autofahrt erholt und hat ihre sämtlichen Sorgen in irgendeine Gehirnschublade gesteckt und verschlossen. Sie tänzelt im Bad herum, schminkt sich dezent, um natürlich zu wirken und betrachtet ihre Figur im großen Spiegel, der im Eingangsbereich hängt. Als sie fertig ist, geht sie noch einmal zu dem Servierwagen, schenkt sich eine zweite Tasse Kaffee ein, der zwar nur noch lauwarm ist, aber dennoch schmeckt und probiert ein Stück von dem Croissant. Wieder kommt ihr ein: „Mhmmm ...", über die Lippen.

Das Buttercroissant ist innen richtig gelblich und zerfließt fast auf der Zunge.

Besser kann man die in Frankreich auch nicht machen.

Entgegen ihrem ursprünglichen Vorhaben verspeist sie es ganz, trinkt den Kaffee leer und putzt sich noch einmal die Zähne. Zehn Minuten später folgt der obligatorische Blick auf die Uhr.

08.55 Uhr. Perfekt!

Gut gelaunt und voller Elan verlässt Deborah Russel ihr Zimmer.

Sie geht zur Rezeption und legt ihren Zimmerschlüssel auf den Tresen. Robert tippt gerade etwas in den PC. „Einen ganz kleinen Moment", sagt er, schreibt den Satz zu Ende und speichert die Seite. „Fertig." Er wendet sich Debbie zu, lächelt strahlend und begrüßt den attraktiven Hotelgast. „Wunderschönen guten Morgen Mrs. Russel. Haben Sie gut geschlafen?"

„Guten Morgen, Robert. Danke der Nachfrage. Ich fühle mich sehr wohl."

„Das freut mich. Ich hoffe, ich habe nicht zu viel versprochen."

„Im Gegenteil, alles ist wunderbar und ich bin sehr dankbar für Ihre Tipps."

„Sie sehen übrigens wieder sehr gut aus, wenn ich mir diesen Hinweis erlauben darf."

Debbie ist diese vornehme Ausdrucksweise alles andere als gewohnt. Begriffe wie: *geiles Outfit*, du siehst *schnieke* aus oder ein einfaches *passt schon*, sind ihr wesentlich geläufiger. Dennoch kommt sie nicht umhin, diesen gehobenen Stil zu mögen. Er birgt etwas Majestätisches in sich.

„Ich habe eine Nachricht für Sie."

„Für mich? Von wem denn?", fragt sie erstaunt.

„Mr. Huntington verspätet sich um etwa 20 Minuten. Er bittet vielmals um Entschuldigung. Möchten Sie in der Lounge warten? Ich kann Ihnen ein kleines Gläschen Prosecco auf Kosten des Hauses und die aktuelle Tageszeitung bringen."

Debbie antwortet ohne nachzudenken sofort: „Ja, gerne."

Der Prosecco wird ihr bestimmt ein wenig ihrer Nervosität rauben und die *Headline* der Tageszeitung dürfte der gestrige Überfall des Gentleman-Räubers sein. Dieser Fall fesselt ganz England. Zudem leitet Clark die Ermittlungen.

Clark, hmmm. Wie geht es ihm? Was denkt er über uns und unsere Ehe? Ist er vollauf mit seinem Kriminalfall beschäftigt oder interessiert es ihn, dass ich weg bin?

Debbie zieht ihre warme Jacke aus und hängt sie an die Garderobe. Sie überlegt für einen Moment, wo sie Platz nehmen soll. Der große Ledersessel hat bereits gestern auf sie einen bequemen, einladenden Eindruck gemacht, also steuert sie direkt darauf zu und setzt sich hin.

Das Wort *komfortabel* muss aus ihrer Sicht neu definiert werden. Debbie hielt bis zum jetzigen Augenblick nicht viel von lederbezogenen Möbeln und erst recht nichts von alten Designs. Sie fragt sich, ob es an ihrer überschwänglich guten Laune oder tatsächlich dem genial bequemen Möbelstück liegt, dass ihr dieses Monstrum an Sessel so gut gefällt. Sie war noch nie so erstklassig gesessen wie in diesem ledernen Ohrensessel.

Überhaupt fühlt sich Debbie seit ihrer Ankunft wie eine Prinzessin in einem Traum, aus dem sie nicht mehr erwachen möchte.

Seit dem Einkaufsbummel mit ihrer Freundin, als sie im Kaufhaus bemerkte, dass ihr die Männer nachsehen, fühlt sie sich wieder von der Männerwelt begehrt.

Das tut gut.

Sie ist ganz Frau und Frauen brauchen diese Bestätigung. Umso mehr ehrt es sie, als sie feststellt, dass Robert ihr immer wieder verstohlene Blicke zuwirft und dabei an Brust und Po besonders lange verweilt.

Der junge Kellner, der ihr das Frühstück aufs Zimmer brachte, kommt mit einem Tablett zu ihrem Tisch. Er grüßt, stellt ein Glas mit Prosecco auf den Beistelltisch neben Debbies Sessel und legt die Tageszeitung daneben.

„Bitteschön, Madame.“

„Danke.“

Debbie nimmt das Sektglas in die Hand und hebt es ein wenig gegen das Licht. Der kalte Prosecco hat das Glas etwas anlaufen lassen. Die Perlen des Schaumweins steigen nach oben, die Farbe ist goldgelb. Sie blickt in Richtung Rezeption, prostet Robert zu und nimmt einen kleinen Schluck. Dann stellt sie das Glas ab, nimmt die Zeitung und lehnt sich entspannt zurück.

Wie erwartet ist die Titelseite einem Thema gewidmet. *Der Gentleman-Räuber schlägt erneut zu – 10.000 Pfund Belohnung*, ist in überdimensionaler Schrift zu lesen. Debbie vertieft sich in den Artikel.

London – gestern Nachmittag schlug der Gentleman-Bankräuber erneut zu....

„Hm... hmmm!“

Sie überhört das Räuspern und liest weiter. Dann wird es wiederholt.

„Hm... hmmm!“

Debbie blickt über den Rand der Zeitung. Ihr gegenüber hat ein weiterer Hotelgast Platz genommen. Es ist ein Herr um die 50 mit auffällig eng zusammenliegenden, kleinen Augen. Er wirkt auf den ersten Blick eher unsympathisch auf Debbie, obwohl er höflich lächelt.

„Entschuldigen Sie, Madam. Ich störe Sie wirklich nur ungern beim Lesen, aber Sie sind doch erst gestern Abend angereist, oder?"

Debbie ist verwundert und überlegt, ob sie überhaupt antworten soll, da wird die Frage von dem Gast selbst beantwortet.

„Ich habe sie beim Einchecken gesehen. Ich bin normalerweise nicht so indiskret und möchte mich gleich nochmal für mein Benehmen entschuldigen, aber es fiel mir auf, das Sie gemeinsam mit Mr. Huntington, dem Besitzer dieses wunderbaren Hotels angekommen sind. Kennen Sie ihn schon länger?"

Noch während der Mann spricht, beginnt Debbie ihn zu mustern.

Der Anzug sieht neu aus, zumindest wurde er nicht oft getragen. Die Hände sind sauber, die Fingernägel gepflegt. Kein Arbeiter, eher der Typ Büroangestellter.

Wie sie bereits festgestellt hat, sind seine Augen extrem auffällig, genauso wie die lange Nase. Er ist groß und sehr schlank.

Obwohl sie an und für sich nicht antworten und das Gespräch lieber beenden möchte, wird sie neugierig. Sie ist gewieft genug, spontan etwas passendes zu sagen und dennoch die Frage im Eigentlichen unbeantwortet zu lassen. „Ja, das stimmt. Mr. Huntington und ich sind in der Tat gemeinsam hier angekommen. Warum interessiert Sie das denn?"

Debbie hat versucht so uninteressiert und normal wie möglich zu klingen und weiß nicht, ob das auch geklappt hat.

„Ach ...", winkt er mit einer Gestik ab, die Debbie an den Komiker *Rowan Atkinson* alias *Mr. Bean* erinnert.

Das könnte Beans Bruder sein, oder die Vorlage. Atkinson muss diesem Kerl begegnet sein, als er Mr. Bean erfand.

Sie muss innerlich schmunzeln.

„... das war so ein stürmischer und trostloser Abend. Als ich mir an der Bar einen Drink holte, habe ich Sie gesehen. Und später beim

Essen auch. Da dachte ich mir, dass Sie sich bestimmt schon länger kennen. Aber wie gesagt. Ich bin einfach eine schlimme Plaudertasche und unheimlich neugierig. Wissen Sie, wenn ich mit dem Bus fahre oder mit der Eisenbahn verreise, dann spreche ich alle möglichen Leute an. So verkürze ich die Langeweile und habe schon etliche spannende Gespräche geführt. Bei Ihnen dachte ich, dass Sie es gewohnt sind, Komplimente zu bekommen. Also wollte ich einen anderen Gesprächsbeginn finden."

Die Art und Weise wie der Mann spricht und gestikuliert, findet Debbie lustig. Den Typ selbst allerdings unsympathisch. Der einzige Grund, weshalb sie sich jetzt auf die Unterhaltung einlässt, ist lediglich herauszubekommen, was der wahre Hintergrund seiner direkten Fragen ist.

„Flüchtig", kommt es kurz und knapp. „Wir kennen uns flüchtig."

Ob das ein Detektiv ist, der für Richards Ex-Frau herumschnüffelt? Möchte sie ihn vielleicht finanziell auspressen?

Debbie lässt ihren Blick einmal schnell durch den Raum wandern.

Der ganze Besitz ist bestimmt eine Menge Geld wert. Es könnte tatsächlich um Millionen gehen.

Ihr Kampfgeist ist geweckt. Sie ist die Frau eines Polizisten von New Scotland Yard und hat in den letzten beiden Jahrzehnten viel gelernt. Zudem besitzt sie einen intuitiven Jagdtrieb. Dieser Kerl quatscht sie an und denkt wohl, sie ist ein dummes Frauenzimmer, dem man spielend leicht Informationen entlocken kann.

Du mieser kleiner Drecksack. Wenn du es auf Richard abgesehen hast und mich ausquetschen willst, hast du dich getäuscht. Ich werde mit dir Katz und Maus spielen.

„Wir sind uns zufällig über den Weg gelaufen und das Wetter hat mir einen Strich durch meine ursprünglichen Pläne gemacht. Deshalb bin ich jetzt hier."

Sie nimmt einen Schluck Prosecco und überlegt, ob sie diesem *Sherlock Holmes-Verschnitt* im *Johnny English-Outfit* eine erfundene Geschichte über sich erzählen soll. Zum Beispiel, dass sie Schauspielerin ist oder eine bekannte Modedesignerin. Darin kennen sich Männer nicht aus. So könnte sie Eindruck schinden, ohne dass er es sofort nachprüfen kann. Letztendlich entscheidet sie sich jedoch dazu, nicht zu viel zu reden und bleibt vorerst mal in der verbalen Defensive.

„Waren Sie schon einmal hier? Was mich betrifft, so bin ich das erste Mal in diesem Hotel. Es liegt einfach toll. Ich möchte *Cornwall* und natürlich das *Dartmoor* kennenlernen und mich erholen. Und ich bin ein alter Fan von *Sir Arthur Conan Doyle*", schmunzelt er und macht dabei einen Gesichtsausdruck, der Debbie stark an Mr. Bean erinnert. Sie reißt sich zusammen, um nicht losprusten zu müssen.

„Sie kennen das Buch vermutlich nicht mehr. Das war lange vor ihrer Zeit ein Bestseller. *Der Hund von Baskerville*. Das ist ein Abenteuer von Sherlock Holmes und Dr. Watson."

„Klar kenne ich den Roman."

„Oder kennen Sie das Buch: *Das Geheimnis von Sittaford*. Diesen Krimi schrieb *Agatha Christie*."

Debbie erinnert sich an die nette Tankstellenbesitzerin, die sie *Mrs. Marple* nannte. „Das Dartmoor war auch Kulisse für andere Filme."

Die kleinen Augen des Mannes stechen für einen kurzen Moment hervor. „Richtig! Zum Beispiel für den Film *Das Wirtshaus im Dartmoor* von *Victor Gunn* Er wurde auch sehr erfolgreich verfilmt. Eine deutsche Produktion. Das darf man gar nicht sagen, aber die Dartmoor-Aufnahmen dieses Filmes wurden damals in Deutschland gedreht.", sagt er und ein zustimmendes Nicken folgt.

Debbie weiß, dass der Mann auf die Beantwortung seiner Frage wartet, schweigt aber und wartet ab.

Der Hotelgast winkt dem jungen Kellner und bestellt einen Tee, dann wendet er sich wieder Debbie zu. „Ich habe mich für dieses Hotel entschieden, weil es so schön alt und dennoch exklusiv ist. Hier könnten sowohl Wallace als auch die Schauspieler von damals gewohnt haben. Diese Gemäuer könnten uns bestimmt tausend Geschichten erzählen." Er blickt sich auffällig um, dann sagt er: „Erstklassiges Haus. Ich schätze, die Renovierungskosten fressen eine Menge Geld. Mr. Huntington investiert sehr viel."

„Ja, Mr. ... ich habe Ihren Namen nicht verstanden?"

„Oh, wie unhöflich von mir. Ich habe mich ja noch gar nicht vorgestellt. Ich heiße Miller, James Miller, Handelsvertreter."

„Mrs. Russel."

„Luxuriös", kommt er unverdrossen auf das Thema Geld zurück.

Debbie glaubt ihm kein Wort.

Wenn dieser Kerl Miller heißt und Handelsvertreter ist, heiße ich Ping Pong und bin Kaiserin von China.

Er beginnt sie zu nerven. Debbie möchte ihn reizen und sagt: „Kann sein, dass das alles nicht billig war. Es ist schön und das genieße ich. Wenn Sie mich jetzt entschuldigen möchten."

Sie hebt die Zeitung wieder nach oben und schlägt die zweite Seite auf. Noch bevor sie ein Wort lesen kann, trifft sie der nächst Wortschwall dieses Mr. Miller.

„Ich bin gestern Abend, ungefähr eine Stunde vor Ihnen, hier angekommen. Die Fahrt von London war anstrengend und dann noch dieses Wetter. Schrecklich! Ich erhoffe hier Ruhe und Erholung. Die Natur ist unvergleichbar schön."

Debbie kann es nicht glauben. Sie bat darum ihre Ruhe zu haben und dieser Typ quatscht einfach weiter. Genervt senkt sie die Zeitung und trinkt ihren Prosecco aus.

Der Kellner kommt und serviert den Tee. Er fragt Debbie, ob er noch einmal nachschenken soll, doch sie lehnt dankend ab.

„Mrs. Russel, als Sie die Zeitung hoch hielten, sah ich die Titelseite. Da ist ein Bericht über den Gentleman-Bankräuber. Das interessiert mich brennend. Darf ich da mal ganz kurz hineinsehen? Ich möchte wissen, ob die Polizei schon eine Spur hat."

Debbie schnauft kräftig durch. Dieser Kerl ist eine Nervensäge. *Vermutlich heißt er doch James Miller und ist Handelsvertreter und reist um die Welt, um alle seine Mitmenschen zu nerven.*

„Wissen Sie was ...", antwortet Debbie, schließt die Tageszeitung und reicht sie dem Hotelgast, „... nehmen Sie die ganze Zeitung, ich muss jetzt sowieso gehen."

Mr. Miller nimmt die Zeitung. „Dankeschön."

Debbie steht auf.

„Mrs. Russel, wo gehen Sie denn schon so früh am Morgen hin?"

Weißglut. Dieser Kerl hat es geschafft, Debbie binnen zehn Minuten zum Explodieren zu bringen. Dennoch bewahrt sie Ruhe und lächelt. „Mr. Miller, ich mache das, wozu ich hierher gefahren bin. Ich werde mir den Nationalpark ansehen und mich erholen."

„Allein?"

Sie muss schon fast über die Dreistigkeit lachen.

„Nein! Mr. Huntington wird mich führen. Er rüstet eine Kutsche auf und wir werden die Landschaft damit bereisen. Ich werde nicht die düstere Kriminalseite dieses Landstrichs, sondern das schöne, wilde und romantische Cornwall kennenlernen. Ich bekomme eine einzigartige Spezialtour. Ist Ihre Neugierde damit gestillt?"

Mr. Miller ist zum ersten Mal sprachlos. Debbie hätte noch gerne ein paar Worte hinzugefügt. Etwas wie: *Sie Schnüffler, für wen arbeiten Sie eigentlich?* Aber der erstaunte Blick des Mannes reicht ihr völlig, um sich als Sieger dieser Verbal-Schlacht zu sehen. Sie geht zur Garderobe, nimmt ihre Jacke und verlässt das Hotel, ohne sich noch einmal umzudrehen. Vor dem Haus bleibt sie stehen und wartet.

So ein dreister Typ, denkt sie. *Das muss ich nachher gleich Richard erzählen.*

Das Paar, das sie gestern schon im Restaurant gesehen hat, schlendert an ihr vorbei. „Honey, wollen wir spazieren gehen oder mit dem Jaguar nach Exeter fahren?"

„Das Wetter hat umgeschlagen. Lass uns doch eine Runde durchs Moor gehen. Durch das viele Wasser hat das Gebiet bestimmt ein neues Gesicht bekommen. Vielleicht sehen wir ein paar seltene Vögel."

„Gute Idee, Darling. Außerdem hat dir der Arzt viel frische Luft verordnet."

Als nächstes hört Debbie das Klappern von Pferdehufen und ein Schnauben. Sie dreht sich um und sieht Richard auf einer Chaise anfahren. Gezogen wird die zweisitzige Kutsche von einem prächtigen Schimmel.

„Hooo ... brrrrr .... Langsam Floyd, bleib stehen."

Er hält direkt vor Debbie an. Das Pferd schnaubt und scheint den Fahrgast kurz anzusehen. Richard springt von der Kutsche.

„Die Verspätung tut mir leid."

„Das ist doch kaum der Rede wert. Ich muss mich für die Hilfe wegen des Autos bedanken."

Richard ist gekleidet wie der typische englische Landadel aus den Filmen nach Büchern von *Rosamunde Pilcher*. Er trägt eine braune Cordhose, ein Tweed-Sakko aus Schurwolle darunter einen Troyer. An den Ellbogen seines Sakkos sind lederne Flicken angenäht.

Debbie fühlt sich um ein Jahrhundert zurückversetzt.

Sie ist überglücklich und würde Richard am liebsten gleich um den Hals fallen.

Modern trifft Old-Style, sind ihre Gedanken.

„Vorhin traf ich in der Lobby einen komischen Kerl", fängt Debbie zu erzählen an. Sie ist sich ziemlich sicher, dass der schlaksige Hotelgast versucht Informationen über Richard heraus zu bekommen und vermutet Geldforderungen der Ex-Frau. Letzteres möchte sie allerdings nicht ansprechen.

Das würde wie Eifersucht oder wie Stutenbissigkeit aussehen. So ein Mist aber auch, was muss mich dieser blöde Kerl auch ansprechen.

Sie denkt nach.

Ich werde es Richard am besten genau so erzählen, wie es sich abgespielt hat.

Der Hotelier hat Debbie zwar zugehört, doch er reagiert nicht direkt darauf. „Eines nach dem anderen", sagt er mit einem verschmitzten *Gentleman-Lächeln* und schiebt das Thema beiseite. „Bitte einsteigen."

Er reicht Debbie die Hand. Sie legt ihre Finger hinein, spürt so etwas wie Elektrizität der Gefühle, fängt den Blick seiner Augen ein und saugt sich für einen Sekundenbruchteil daran fest. Am liebsten würde sie ihm um den Hals fallen und küssen.

Ein Traummann, schießt es ihr durch den Kopf.

Debbie steigt ein. Die ledernen Sitze sind hart, aber nicht unbequem. „Sag mal, wie alt ist die Kutsche denn? Das Teil sieht aus, als hätte es Museumswert."

Der Hotelier geht um die Kutsche herum und steigt von der anderen Seite zu. Als er neben Debbie sitzt, strömt ein Dufthauch seines Eau de Toilette zu ihr herüber.

Er hat sein Duftwasser gewechselt. Das ist „Jean Paul Gaultier – le Male". Unverkennbar!

Irgendwann hatte es sich in der Ehe von Deborah und Clark Russel eingespielt, dass sie seine Eau de Toilette aussucht. Ihm war es egal, wonach er duftet und sie konnte frei wählen. Debbie ist sich sicher, niemand kennt sich in Männer-Düften besser aus als sie. Hier kann ihr so schnell niemand etwas vormachen.

„Hat sie auch, Debbie. Schon vor hundert Jahren ist sie durch dieses Land gerollt. Ich habe sie restaurieren lassen und benutze sie nur zu besonderen Anlässen."

Sie ist geschmeichelt, fühlt sich wohl und spürt wie sinngemäß die Funken fliegen und schwebende Herzen um die Kutsche herumtanzen.

Verliebt sein ist ein Gefühl, das ich nie missen wollte und dennoch im Lauf der Zeit vergessen habe.

Debbie kann ihr Glück kaum fassen.

Dieser Mann muss mir doch ansehen, wie sehr ich ihn anhimmle.

Sie lächelt. „Dann bin ich also ein besonderer Anlass?", fragt sie hämisch und dem Grinsen nach mit einem Schuss Humor.

Die Antwort haut sie um, als träfe sie der Schlag eines Schwergewichtboxers mitten auf die Nase.

„Debbie, du bist kein besonderer Anlass im herkömmlichen Sinn. Du bist etwas Einzigartiges. Du bist wie der Sonnenschein an Regentagen. Letzte Nacht lag ich im Bett und habe den ganzen Abend Revue passieren lassen. Ich war die letzten Wochen wie in Trance. Jeder Tag hat sich geglichen. Tagein, tagaus das gleiche Spiel. Es war, als hätte ich in einer *Schwarz-Weiß-Welt* gelebt. Plötzlich schießt du in mein Leben. Du stehst, mitten im heftigsten Gewittersturm des Jahres, einsam und verlassen auf einer Landstraße. Als ich mit dir zusammen unter dem Regenschirm stand, war das der schönste Moment seit vielen Monaten. Ich kann nicht beschreiben, was geschehen ist, Debbie, ich kann nicht sagen, was gerade in meiner Gefühlswelt passiert, aber es ist schön. Du hast mit deiner unbeschwerten Art meine Welt wieder bunt gemacht. Und dafür danke ich dir. Und wenn das kein Grund ist, dass ich diese Kutsche aus dem Stall hole und sie von meinem prächtigsten Schimmel ziehen lasse, dann gibt es nie wieder einen Grund.“

Debbie fängt jedes einzelne Wort ein und bettet es auf rosa Wolken, die ihr Herz umzingeln. Sie kann es nicht fassen. Hat das wirklich einer der attraktivsten Männer Englands zu ihr gesagt?

Deborah Russel, das ist nicht wahr, was du gerade gehört hast.

Es gibt nur zwei Dinge, die man nach so einem Kompliment tun kann. Entweder man umarmt den Mann und küsst ihn oder man lacht über die schmeichelnden Worte auf eine Art und Weise, die sie weder lächerlich erscheinen lassen, noch zu viel Zuspruch schenken. Debbie entscheidet sich für das Lachen.

„Und du bist ein Kavalier der alten Schule, dessen Komplimente mindestens so angestaubt sind, wie die Kutsche selbst.“

Sie wartet einen Sekundenbruchteil um Richards Reaktion zu testen, dann schiebt sie nach: „Und du bist unheimlich süß.“

Richard lacht ebenfalls.

Er sieht so toll aus, wenn er lacht.

„Weißt du, dass alles mit dir so unbeschwert und leicht ist? Du bist eine wunderbare Frau, Debbie.“

„Du Charmeur.“

„Das bin ich dir gegenüber sehr gern. Und jetzt fühle dich wie in der guten alten Zeit. Ich zeige dir Cornwall und das Dartmoor von seiner besonderen Seite.“

Mit dem Schnalzen von Richards Zunge zieht der Schimmel an.

„Langsam, Floyd.“

Richard lässt die Zügel etwas lockerer und zeitgleich fällt das Pferd in eine lockere Gangart. Sie rollen. Debbie fühlt sich wie eine Baronesse.

„Ist es dir kalt? Ich habe eine Decke dabei.“

„Nein. Bis jetzt noch nicht.“

Dumme Antwort, schimpft sie sich selbst. *Unter der Decke hätte sie mit Richard ... hm .... Kontakt aufnehmen können. Auf eine erotische Art und Weise.*

Debbie spürt, wie ihr etwas Blut in die Wangen schießt.

Mädel, du musst auf andere Gedanken kommen.

„Geht es dir soweit gut?“

Debbie wirkt für einen Moment nachdenklich. Richard bemerkt das und konkretisiert seine Frage: „Ich meine wegen dem Unfall. Dir gehen doch bestimmt tausend Dinge durch den Kopf."

„Nun ja", meint Debbie. „Wie es mit dem Rover aussieht, interessiert mich schon. Ich brauche den Wagen. Ansonsten bin ich hier, um das Wochenende zu genießen und Abstand von London zu gewinnen ...". Sie hat absichtlich das Wort *London* gewählt. Sie wollte nicht sagen: Abstand von zu Hause, Abstand von Clark, Abstand von der eingefahrenen Ehe. Sie wollte es neutral ausdrücken. London war okay. Abstand von *London* war absolut gut ausgedrückt.

„Henry bekommt den Wagen wieder hin oder er wird dir ein gutes Angebot für ein Ersatzfahrzeug machen. Ich kenne ihn seit meiner Kindheit und versichere, dass er dich nicht über den Tisch ziehen wird."

„Das klingt schon mal gut."

Insgeheim hat Debbie selbstverständlich daran gedacht, Clark zu verständigen. Er regelt normalerweise solche Dinge. Doch sie möchte sich von ihm lösen und dazu gehört auch, dass sie solche Entscheidungen selbst trifft. Sie schnauft einmal kräftig durch.

„Das klingt nicht nur gut, sondern ich bin sehr zufrieden. Wann sagst du, kann ich bei deinem Freund anrufen und mich erkundigen?"

„Gegen Mittag. Er hat mir übrigens am Telefon erzählt, dass er zeitgleich mit einer Polizeistreife am Unfallort eingetroffen ist. Sie waren dabei, das Fahrzeug zu überprüfen."

„Puh, dann ist ja alles richtig gut gelaufen."

„So kann man es auch sehen", lächelt der Hotelier.

„Prima, dann können wir jetzt den Ausflug genießen."

Beide sehen sich für einen kurzen Moment an. Debbie rückt etwas dichter an Richard ran. Er lächelt immer noch, aber diesmal mit einem anderen Blick in den Augen.

Ein Blick zum dahinschmelzen.

Er schnalzt mit der Zunge und Floyd, der Schimmel, zieht die kleine Kutsche mit Leichtigkeit hinter sich her.

Die Luft ist kühl und klar. Das gestrige Unwetter scheint alles rein gewaschen zu haben. Ein Hochdruckausläufer hat die letzten Wolken noch in der Nacht weitergetrieben.

Typisch englisches Küstenwetter, denkt sich Debbie.

Die Sonne kämpft sich durch letzte vorbeitreibende Wolken. Ihre Strahlen durchdringen die vereinzelt über dem Land liegenden Nebelschleier. Debbie atmet tief ein.

„Ja, du musst es inhalieren", sagt Richard. „Das ist England. Das ist unser Dartmoor. Sieh dich um. Saftiges Grün, Heidekraut und Ginsterlandschaften, Weiden voller Schafherden, äsendes Rotwild am Rand der Waldgebiete. Im Dartmoor gibt es Wasserfälle und Brücken aus der guten, sehr alten Zeit. Wenn wir über eines dieser wundervollen Bauwerke rollen, wähnst du dich in einem *Robin Hood-Film*", schwärmt Richard.

Sie sind jetzt mehr als eine halbe Stunde unterwegs und Debbie genießt die Fahrt.

Vor ein paar Minuten hatte sie zur Decke gegriffen. „Es wird doch langsam frisch", hatte sie gesagt, die Wolldecke ausgebreitet und über beide gelegt. Dann rückte sie ganz dicht an Richard.

Der Hotelier ist in seinem Element. Er geht gekonnt mit Pferd und Kutsche um und berichtet voller Lust und Liebe über das Land. Mal erfährt Debbie etwas Lehrreiches, mal muss sie lachen weil Richard eine amüsante Anekdote erzählt.

Sie kann ihm stundenlang zuhören. Sie liebt seine gewählte Ausdrucksweise, sein schier unendliches Wissen und vor allem seine gelassene und dennoch äußerst humorvolle Art.

Egal mit welcher Situation Richard konfrontiert ist. Sie hat immer das Gefühl, der Mann hat alles im Griff. Beim Unfall, beim Abendessen, bei Gesprächen mit seinen Angestellten und schließlich jetzt beim Kutschenausflug.

Seit ein paar Minuten schweigt der Mann, der ihr den Kopf mehr als verdreht hat. Nur das Klappern von Floyds Hufen und das Rollen der Räder sind zu hören. Idylle pur!

„Ich liebe es hier draußen in der Natur zu sein. Hier kann ich mich richtig erholen. Den ganzen Stress des Alltags abwerfen und die Sinne schweifen lassen", unterbricht Richard die Stille.

Sie fahren eine kleine Anhöhe hoch. Oben angelangt, zieht Richard an den Zügeln. „Halt, Floyd! Bleib stehen! Brrr ..."

Schnaubend bleibt der Hengst stehen.

„Von hier oben hat man den schönsten Blick über das Moor", erklärt er Debbie und legt seinen Arm um die Schultern der hübschen Frau.

Debbie lehnt ihren Kopf an Richards Schultern. Sie ist innerlich immer noch zerrissen, folgt aber ihren Gefühlen. Einerseits bekommt sie Herzflattern, wenn dieser *letzte Gentleman Englands* sie berührt, andererseits ist sie Clarks Ehefrau. Sie ist ihm bisher immer treu gewesen und hatte auch nie einen Grund, ihn zu hintergehen. Aber jetzt überschlagen sich die Ereignisse. Die Vernunft sagt *nein* und das Herz schreit laut *jaaaa!*

Was soll ich tun? Verdammt! Ich will ihn und ich möchte Clark nicht verletzen.

Sie spürt die innere Anspannung steigen. Sie weißt, dass sie eine Entscheidung treffen muss. Schnell!

Wieso spüre ich so eine Sehnsucht? Es ist wie ein Weckruf. Die Zeit der Veränderung ist da.

Debbie grübelt und denkt. Sie kämpft und ringt mit sich selbst. Sie hat den Kampf der beiden Wölfe wieder angestoßen.

Manchmal sind die Dinge, vor denen du am meisten Angst hast sie zu tun, die Dinge, die dir die Freiheit bringen, hat sie einmal gelesen. *Komisch, solche Dinge kann ich mir merken.*

Sie lächelt und drückt sich richtig dicht an Richard ran.

„Warum nur, muss das Glück hin und wieder an Schmerz gebunden sein?", haucht sie aus.

„Weißt du, warum die besten Menschen immer leiden?"

„Nein."

„Weil sie nie fragen und immer alles geben, ohne etwas dafür zu verlangen. Und das sieht keiner. Man wird leer gesaugt. Man hofft zumindest etwas von dem, das man gibt, auch zurück zu bekommen, doch meistens bleibt dieser Wunsch unerfüllt."

„Da ist etwas dran. Ich fühle mich leer."

„Du fühlst dich leer und zu mir hingezogen."

Sie muss nicht lange nachdenken um die Antwort zu geben. „Das stimmt."

Er lächelt sanft, seine Augen glänzen, als er sagt: „Und ich fühle mich zu dir hingezogen. Aber ich weiß, dass das jetzt ein ganz unglücklicher Moment ist. Du bist nicht frei. Du weißt nicht einmal, ob du frei sein willst."

„Richard, mit diesen Worten triffst du genau ins Schwarze. Ich bin so hin- und hergerissen."

„Debbie, wenn zwei Menschen zusammengehören, werden sie ihren Weg finden. Es mag zwar dauern und vielleicht gibt es ein paar Umwege, aber sie werden sich finden. Alles was zusammengehört, findet sich eines Tages."

„Schöne Gedanken."

„Gedanken wiegen nichts, aber man kann dennoch unter ihrer Last zusammenbrechen. Ich weiß, wovon ich rede. Ich habe gerade eine Scheidung hinter mir und es war alles andere als einfach."

Debbie hört zu und betrachtet zeitgleich die Landschaft. Sie fühlt sich geborgen. Zum ersten Mal seit vielen Jahren fühlt sie sich so richtig tief geborgen. Sie saugt die Worte Richards förmlich auf. Sie möchte ihn kennenlernen und seine Geschichte erfahren. Sie will alles wissen. Und sie möchte daraus lernen, sucht Parallelen zu sich und hofft auf viele Gemeinsamkeiten.

„... und als ich endlich die Scheidungspapiere in der Hand hielt, dachte ich mir, dass ich nie wieder heiraten werde. Ich war frei, fühlte mich frei und wollte immer frei bleiben."

Er macht eine kurze Pause und sieht Debbie an.

„Das hat sich schlagartig geändert, als ich dich kennengelernt habe."

Ihre Gefühlswelt rebelliert. Sie möchte einerseits laut *Ja* brüllen und sich andrerseits in ein Schneckenhaus zurückziehen, um nachzudenken. Sie ist nicht frei und wäre es so gern. Ein Tsunami an Gefühlswellen rollt über sie hinweg. Sie ringt nach den richtigen Worten.

„Ich bin verwirrt. Wir sind keine Teens mehr. Wir sind zwei erwachsene Menschen und haben wohl schon die meiste Zeit unseres Lebens hinter uns."

„Naja", fährt Richard schmunzelnd dazwischen. „Ich bin da ganz optimistisch und gehe von 100 Jahren Lebenserwartung aus."

Er bringt Debbie damit zum Lachen. Dann stupst sie ihn leicht neckisch in die Seite. „Hey, wir führen ein sehr ernstes Gespräch und du scherzt."

Debbie hat das Gefühl, als ob sie Richard seit ihrer Kinderzeit aus gemeinsamen Sandkastentagen kennt. Wie uralte Freunde, denen man bedingungslos vertraut, die die gleiche Sprache sprechen und bei denen man sich wohl und geborgen fühlt.

Wieder einmal fangen sich ihre Blicke und verharren in einer Art Zeitschleife. Es ist, als würden sie ein Vakuum betreten. Alles um sie herum bleibt stehen. Es gibt keine Fragen und keine Antworten. Es gibt kein gestern und kein morgen, sondern nur das *Jetzt* und *Hier*. Jeder einzelne Gedanke schwimmt in die gleiche Richtung.

Seelenpartner? Gibt es so etwas?

Debbie hat schon viele Bücher darüber gelesen und sich auch hin und wieder mit Freundinnen über dieses Thema unterhalten. Manche schwören darauf, andere meinen, das sei pure Einbildung.

Ob Richard mein Seelenpartner ist?

Es fällt kein Wort. Ihre Köpfe nähern sich. Das Schnauben des Schimmels klingt für Debbie wie die Musik eines Orchesters, das ihre Lieblingsmelodie spielt. Ort und Zeit sind komplett mit einer Märchenwelt verwoben. Debbie sieht nur noch Richards Augen. Sie fühlt sich wie ein *Teenager in love*. Erste Liebe.

Sie könnten auf einem zerfledderten Sofa im Hinterzimmer eines Jugendzentrums sitzen oder auf dem Rücksitz einer alten Karre liegen. Sie könnten an der Hauswand in einer dreckigen Seitenstraße Londons lehnen oder auch eng umschlungen auf der Tanzfläche einer Diskothek stehen.

Der Moment wäre immer und überall der Gleiche, der Ablauf stets identisch. Zwei Herzen finden sich, die Gefühle zweier Menschen explodieren.

Wieder nähern sie sich. Ihre Lippen sind nur noch wenige Zentimeter voneinander entfernt. Debbie ringt nach einer Entscheidung. Sie kämpft und weiß, dass jegliche Vernunft längst verloren hat.

Kopf oder Herz? Wer trifft die Entscheidung? Welchen Wolf füttere ich? Den der Liebe und Leidenschaft oder den der Ehe und Traurigkeit? Verdammt, ich bin eine Gefangene meines Lebens und möchte endlich ausbrechen. Da sitzt ein Mann, für den ich hier und jetzt durchs Feuer gehen würde. Er hat mir das wieder geschenkt, das ich vor Jahren verloren, nie mehr wiedergefunden und schließlich vergessen habe. Liebe! Kopf oder Herz?

111

Noch während diese Gedanken sie durchströmen, ist die Entscheidung gefallen.

Ich wähle das Herz!

Lippen treffen aufeinander. Sie schließen beide die Augen. Ihre Zungen berühren sich. Erst ganz zaghaft, als ob sie einander erst kennenlernen müssten, dann etwas fester und schließlich beginnt ihr wilder Tanz.

Debbie genießt den langen Kuss. Sie vermag die Schmetterlinge, die gerade schlüpfen und in die Höhe schießen, nicht zu zählen. Sie hat sich für das Herz entschieden und fühlt sich wie im Paradies.

Richard ist ein begnadeter Küsser, denkt sie.

Mit den Zähnen hält er sanft ihre Oberlippe fest, als sie sich nach einer gefühlten Ewigkeit etwas zurücknehmen. Er lässt los. Ihre Hände suchen sich, finden sich und halten sich fest.

„Ich ...", stammelt sie, „... ich weiß gar nicht, was ich ... sagen soll."

„Nichts! Manche Augenblicke bedürfen keiner Worte. Lass uns einfach dasitzen, uns halten und den Moment genießen."

Sie nickt und drückt seine Hände etwas fester.

„Egal, was ich sagen würde, wie ich es versuche, diesen Moment, jetzt und hier, kann ich nicht beschreiben. Es gibt keine Worte dafür." Er blickt sich um. „Wenn ich dieses Land vor mir liegen sehe, denke ich, dass es der schönste Flecken Erde ist, den es gibt. Und die Tatsache, dass ich eine Frau gefunden habe, zu der ich mich hingezogen fühle, obwohl ich sie noch gar nicht kenne, aber der Meinung bin, dass ich sie seit einer Ewigkeit suche ...", er verharrt einen Augenblick, um die richtigen Anschlussworte zu finden.

Debbie lässt eine seiner Hände los, legt ihren Zeigefinger auf seinen Mund und sagt: „Du bist der schönste und schmalzigste Romantiker den ich kenne. Niemand sonst hätte diese Situation besser beschreiben können als du. Lass uns das genießen. Ich möchte nicht an später denken. Ich bin glücklich. So glücklich, wie seit Jahren nicht mehr."

Richard küsst ihren Finger. Debbie nimmt ihn weg. Wieder berühren sich ihre Lippen.

8

„Guten Morgen, Chief Inspektor Russel", begrüßt der schlaksige Constable Waters die Kollegen des New Scotland Yard aus London, als diese die Wache der Polizeidienststelle betreten. „Ich hoffe, Sie haben gut geschlafen."

Clark, Collins und Pepper grüßen beinahe gleichzeitig zurück.

„Die Pension ist ganz gemütlich", prescht Collins vor. „Und die Wirtin, Mrs. Porter richtig nett."

Über Waters Gesicht huscht ein Lächeln. „Da bin ich richtig froh. Ich habe die Zimmer im *Porters Home* organisiert. Ich kenne Mrs. Porter seit meiner Kindheit. Unsere Verwandtschaft aus Schottland übernachtet immer bei ihr. Wissen Sie, wenn alle kommen, ist unser Haus zu klein. Mein Vater hat fünf Geschwister."

Pepper stutzt. „Respekt, da ist dann allerhand los."

Clark wiederholt gerne: „Alles richtig gemacht. Eine sehr nette Pension und Mrs. Porter ist wirklich absolut freundlich."

Waters blickt auf die Uhr. „Sie sind sehr früh dran. Sergeant Bakerfield ist noch nicht hier, Harris ist hingegen schon oben im Büro und bereitet alles für die Aufteilung der Adressen vor. Bakerfield wird aber bestimmt gleich eintreffen."

„Danke für die Info. Müssen wir ins gleiche Büro, in dem wir gestern waren?" fragt Clark.

Im Wachraum sitzt ein Polizist der Frühschicht. Er hatte aufmerksam das Gespräch verfolgt und spricht jetzt Waters an. „Russel? Sagtest du wirklich Mr. Russel?"

Waters sieht ihn an. „Ja, warum fragst du?"

Clark bleibt interessiert stehen. „Ja, ich bin Chief Inspektor Clark Russel von New Scotland Yard, London. Kennen wir uns?"

„Nein, Sir, aber ...", der Polizist lässt den Satz erst einmal unbeendet und sucht etwas in seinen Notizen. Er findet einen halb fertig gestellten Bericht, legt einen Finger auf die Zeile in der der Name steht und spricht weiter: „... mir kam der Name gleich bekannt vor. Vielleicht ist es nur purer Zufall, aber heute in den frühen Morgenstunden hat eine Streife einen Rover gefunden. Das war Richtung *Widecombe in the Moor*. Unfallwagen. Die Karre ist in den Graben gerutscht und dort liegen geblieben. Vom Fahrer, besser gesagt der Fahrerin, keine Spur."

„Und was hat das mit mir zu tun?", fragt Clark und versucht seine Nervosität bezüglich Debbie zu unterdrücken.

Das kann nicht sein. Das ist nichts weiter als ein Zufall, redet er sich binnen Bruchteilen von Sekunden ein.

Dumpf hallt die Stimme des Polizisten in sein Ohr. „Ich habe den Halter überprüft. Der Wagen ist auf eine Mrs. Deborah Russel aus London zugelassen."

Clark kann es nicht fassen, ist schockiert. Er fühlt sich, als ob er gegen eine Wand laufen würde.

Deborah? Hier im Dartmoor? Ein Unfall?

Der Wachbeamte steht auf und geht auf Clark zu. In seiner Hand hält der den Bericht. Vor dem Chief Inspektor des Scotland Yard bleibt er stehen und reicht ihm den Bericht. „Hier Mr. Russel. Kennen Sie zufällig eine Deborah Russel?"

Clark verliert sämtliche Farbe aus dem Gesicht. Ohne zu antworten, beginnt er hastig zu lesen. Dann blickt er hoch und sagt fast lautlos: „Das ist unser Wagen. Das ist der Rover von meiner Frau. Was wissen Sie noch?"

Der Constable zuckt mit den Achseln. „An und für sich nichts Sir, ich kann nur das wiedergeben, das auch in diesem, sagen wir mal, halb fertigen Protokoll steht. Die Streife fand den Rover verlassen vor. Er war versperrt und nicht fahrbereit. Der Airbag hat ausgelöst, es wurde kein Blut gefunden. Eine Abfrage bei der Rettungsleitstelle der Notdienste verlief negativ, was bedeutet, dass nicht nur bei uns, sondern auch dort kein Notruf eingegangen war."

Clark beginnt wieder normal zu denken. Die Routine verdrängt den Anfangsschock. Der Ermittler sortiert seine Gedanken, ordnet sie und sucht nach Informationen. „Weshalb ist der Bericht unvollständig?"

„Während die Kollegen vor Ort waren, kam der Abschleppwagen der Autowerkstatt von Snapper. Henry Snapper saß selbst hinterm Steuer und sagte unseren Jungs, dass er einen Auftrag hat. Nun, da kein Fremdschaden ersichtlich war, wurde die Unfallaufnahme abgebrochen."

„Wer waren die beiden Polizisten vor Ort?"

„Das waren Adams und Miller."

„Sind sie noch unterwegs?"

„Einen Moment Mr. Russel, ich kann das prüfen."

In diesem Moment geht die Tür auf und zwei Streifenpolizisten betreten die Wache. Der Constable reagiert sofort. „Da seid ihr ja", sprudelt es heraus. Er wendet sich Clark zu. „Mr. Russel, das sind die beiden Kollegen, die am Unfallort waren."

Einer von ihnen sieht erst Clark, dann den Wachbeamten, dann wieder Clark an. „Um was geht´s?"

Der Wachbeamte deutet auf den Chief Inspektor. „Adams, ihr kommt wie gerufen. Das ist Chief Inspektor Russel vom New Scotland Yard aus London. Es geht um den Unfall."

Adams und Miller sind verdutzt. „Unfall? Welchen denn? Wir haben drei Stück aufgenommen. Zwei Kleinunfälle und ...."

Miller beendet den Satz: „Und einen Halbunfall. Da ist ein Rover in den Graben gerutscht, draußen im Moor auf der Straße Richtung Widecombe in the Moor. Moment mal", sagt er auf einmal und kratzt sich am Hinterkopf. „Sagtest du Russel?" Er wechselt seinen Blick zu Clark. „Russel heißt die Halterin des Rover. Haben Sie den Wagen in den Graben gelenkt?"

Clark schüttelt den Kopf. „Nein. Das ist der Wagen meiner Frau, sie ist ...", er zögert eine Sekunde, „...sie ist übers Wochenende weggefahren. Was wissen Sie über den Unfallhergang und wer ist dieser Henry Snapper?"

Die beiden Streifenpolizisten stehen jetzt vor Clark. „Seit wann ist Ihre Frau denn unterwegs?"

„Seit gestern."

„Und sie hat Sie nicht verständigt? Also, nach dem Unfall?"

Clark übergeht diese Frage. „Sie war also nicht vor Ort, als Sie beide dort waren?"

Adams spricht jetzt weiter. „War ein ziemliches Unwetter gestern Abend. Ich denke, sie war entweder zu schnell oder ist einem Reh ausgewichen. Dort gibt's immer wieder Wildunfälle. Ich werde mal beim Jagdpächter nachfragen. Vielleicht wurde ihm ein Wildunfall gemeldet."

„Nicht über uns", mischt sich der Wachbeamte ein.

Adams nickt. „Stimmt, dann wäre der Unfall schon aktenkundig."

Miller fragt: „Oder kennen Sie zufällig den Jagdpächter. Machen Sie hier öfter Urlaub oder stammen Sie sogar aus dem Dartmoor?"

„Nein. Wir kennen hier niemanden. Deborah muss einem Wild ausgewichen sein. Sie fährt nicht schnell. Sie hasst es zu rasen."

„Und sie hat Sie nicht verständigt?"

„Sie hat mich nicht erreicht. Ich bin seit gestern mit dem Raubüberfall beschäftigt!", schiebt er so brummig nach, dass weder Miller noch Adams ein weiteres Mal nachhaken.

„Snapper betreibt eine kleine Autowerkstatt in Widecombe in the Moor. Ich suche Ihnen gleich die Nummer raus", sagt der Wachbeamte.

Bakerfield kommt durch den Hintereingang herein und begrüßt die Londoner Kollegen. „Guten Morgen zusammen. Warten Sie auf mich?"

„Guten Morgen", wird geantwortet.

Bakerfield öffnet die Tür zum Flur. „Lassen Sie uns in mein Büro gehen. Wir haben viel zu tun."

Der Constable hat Snappers Nummer gefunden, notiert sie auf einen Zettel und gibt ihn Clark. Dieser schiebt den Zettel mit einem: „Danke", in die Manteltasche. Dann geht er in Richtung Ausgang. „Ich komme gleich nach. Ich muss schnell ein Telefonat führen."

Fragend sehen sich Adams, Miller und der Wachbeamte an, zucken mit den Schultern und Miller flüstert schließlich: „Eheprobleme. Jede Wette!"

„Oder ein Liebhaber? Dieser Scotland Yard Typ war seiner Gesichtsfarbe nach ziemlich überrascht, dass seine Frau hier in der Gegend ist."

„Egal", sagt Adams.

„Wie sieht der Rover aus?", will der Constable wissen.

„Sie könnte auch betrunken gewesen sein. Ich wollte das nur nicht vor dem Chief Inspektor sagen."

„Verletzt scheint sie sich nicht zu haben."

„Ich hoffe nur, dass es kein Vermisstenfall wird. Mit dieser Suche nach dem Gentleman-Räuber haben wir schon Hektik genug. Ich hab mich auf ein ruhiges Wochenende eingestellt", verzieht Adams missmutig das Gesicht.

Nach etwa fünf Minuten läutet es. Das Gespräch verstummt, als Clark wieder rein kommt. Ohne ein Wort zu sagen, geht er durch den Wachraum in den Flur und dann in Bakerfields Büro.

„Kaffee?", fragt der Sergeant der Newton Abbot Polizeistation.

Clark nickt und setzt sich auf den angebotenen Platz. „Gerne."

Der Raum füllt sich zusehends. Neben Harris und Waters sind noch drei weitere Polizisten im Raum. Bakerfield schlängelt sich durch die Kollegen, geht in die Küche und kommt kurz darauf zurück. Er stellt Clark eine Tasse Kaffee hin. „Milch und Zucker stehen vor Ihnen." Dem Sergeant sind die Blicke des Londoner Polizisten nicht entgangen. „Ich habe noch zwei weibliche Polizistinnen und Constable Duncan mit an Bord genommen. Sie bilden die Reserve und kümmern sich um etwaige Abfragen, die wir möglicherweise haben werden."

„Ein Terminal hier auf ihrer Dienststelle?"

„Richtig. So können wir eventuell aufkommenden Funkverkehr über das normale Einsatz-Netz umgehen und schneller arbeiten. Zudem, dachte ich, könnten bei Durchsuchungen auch Frauen von Vorteil sein. Wir wissen ja nicht, wo und wie wir diesen Gentleman antreffen."

„Sehr gut, Sergeant Bakerfield. Sie verstehen ihr Handwerk", lobt Clark, woraufhin sich Bakerfield mit zufriedenem Grinsen zu seinen Leuten stellt.

Der Chief Inspektor greift zur Milch, kippt etwas davon in den Kaffee, nimmt, ohne umzurühren, einen Schluck und steht auf. „Noch einmal guten Morgen zusammen", übertönt er das aufkommende Gemurmel.

Stille kehrt ein.

„Ich möchte mich und mein Team noch einmal kurz vorstellen."

Nachdem er sich, Pepper und Collins namentlich vorgestellt hat, erläutert er den aktuellen Sachstand sowie das jetzige Vorhaben der Halterüberprüfungen. „... und gestern kamen wir überein, dass es wohl am schnellsten geht, wenn wir drei Teams bilden und die Liste der zugelassenen Fahrzeughalter planmäßig abarbeiten. Jeweils ein örtlicher Beamter und ein Mann von New Scotland Yard bilden ein Team. So können wir Sachkenntnis und Ortskenntnis vereinen. Jedes Team erhält eine Liste von Haltern dunkler, großer Geländewagen. Mr. Waters hat alle in Frage kommenden Fahrzeuge aufgelistet und die Halteradressen geprüft und in drei Gebiete aufgeteilt. Hier wiederum hat er die Besitzer der Geländewagen nach den uns bekannten Fakten, wie das Alter oder nach dem Geschlecht gelistet und sie in der zu kontrollierenden Reihenfolge angeordnet. Jedes Team kann sich also von oben nach unten durcharbeiten."

Harris hebt den Arm. Clark unterbricht.

„Bitte."

„Wie sollen wir vorgehen, Sir? Sofort den Grund unseres Kommens nennen oder etwas Vorschieben?"

„Das Reden dürfen Sie anfangs gerne meinen beiden Mitarbeitern überlassen."

Nicken, Gemurmel.

„Es sieht zwar so aus, als ob wir einfach nur Klingelputzen gehen und braven Bürgern unangenehme Fragen stellen, aber bedenken Sie ...", Clark macht eine Pause und sieht mit ernstem Blick in die Runde. „... dass wir einen sehr gefährlichen und bewaffneten Verbrecher suchen! Er ist ein Profi und wird, sobald wir bei ihm auftauchen, sofort wissen, um was es geht. Wir müssen damit rechnen, dass er sofort zur Waffe greift."

Eine der Polizistinnen meldet sich zu Wort. „Sir, haben wir Spezialeinheiten im Rückgriff?"

„Eine Gruppe schwer bewaffneter Kollegen unserer Spezialeinheit ist auf dem Weg und wird um 09:00 Uhr im Einsatzgebiet sein. Ihr Abruf mit Zugriffsbefehl erfolgt über mich oder über Sergeant Collins."

„Danke, das beruhigt mich etwas."

Clark möchte nochmals eindringlich vor dem gesuchten Verbrecher warnen. „Bitte bedenken Sie, dass der Gentleman verschiedene Facetten zeigen kann. Er könnte Sie in seinem bislang freundlichen Stil zu sich ins Wohnzimmer bitten, Tee servieren und dann eine

Waffe ziehen. Es ist aber auch möglich, dass er in seinem normalen Umfeld ganz anders auftreten und ein bärbeißiger Kauz sein könnte. Trauen Sie nichts niemandem!"

„Wenn wir ihn haben, nach was suchen wir dann?"

„Eines mal vorweg. Ein Zugriff erfolgt nur als Notzugriff. Besteht hinreichender Tatverdacht, möchte ich, dass das Einsatzkommando den Zugriff tätigt. Aber wie gesagt, wenn es nicht anders geht, nehmen Sie ihn fest. Dann suchen Sie natürlich nach Beweismitteln aller Art. Das beginnt bei seinen Maskierungsutensilien, der Schusswaffe, nach Plänen und Aufzeichnungen und natürlich nach der Tatbeute oder Hinweisen auf deren Verbleib. Er hat seit seinem ersten Überfall eine Tatbeute von über 250.000 Pfund Sterling geraubt. Soviel Geld muss Spuren hinterlassen haben. Entweder in Form von Besitz aller Art, in Form von Schuldenausgleich oder in Form von Neigung zum Glücksspiel oder anderen teuren Hobbies, wie Reisen. Irgendetwas werden wir finden. Aber natürlich nur, wenn wir ihn haben."

„Gibt es einen richterlichen Beschluss?"

„Da New Scotland Yard federführend ist, kümmern uns um sämtliche rechtlichen Formalitäten. Der Beschluss ist vorbereitet. Ein Anruf genügt, und ein Name wird eingesetzt. Der richterliche Jour-Dienst wird ihn unterzeichnen und per E-Mail-Anhang versenden."

Die Antwort ist zufriedenstellend, die nächste Frage wird gestellt. „Wie gefährlich schätzen Sie den Gentleman ein?"

„Er war bei jedem seiner Raubüberfälle mit einer Faustfeuerwaffe bewaffnet und er trägt diese Waffe nicht nur zur Dekoration. Davon bin ich überzeugt. Dennoch dürfen wir nicht mit gezogenen Pistolen bei den Haltern der Geländewagen auftauchen. Das ist Ihnen doch bewusst, oder?"

„Ja."

„Natürlich."

„Selbstverständlich."

Die Ansprache von Clark ist klar und deutlich gewesen. Jeder der anwesenden Polizisten weiß worauf es ankommt.

Bakerfield meldet sich zu Wort. „Wenn wir durch sind, Chief Inspektor, wie geht's dann weiter?"

Clark massiert mit der linken Hand ganz kurz seinen Nacken und antwortet: „Dann treffen wir uns wieder hier auf der Polizeistation von Newton Abbot und werten die Lage aus. Wir sprechen uns ab, klären, welcher Halter auf die Beschreibung des Täters passen könnte, wer sein Fahrzeug an jemanden verliehen haben könnte oder wir erweitern die Liste, die Constable Waters gestern erstellt hat."

Der Sergeant der Newton Abbot Polizeistation wendet sich den Einsatzkräften zu. „Wir tauschen jetzt alle unsere Mobiltelefonnummern aus. Jedes Team erhält zudem zwei Handfunkgeräte. Waters ..."

„Sergeant?", antwortet der Constable.

„Sie notieren bitte alles auf eine Liste. Mobilrufnummern, Teams und Einsatzbereich. Die Teams erhalten die Funkrufnamen *Abbott eins* bis *drei*. Die Zentrale hier unter Leitung von Mrs. Willings, hört auf *Abbot Zero*!"

„Verstanden."

Clark räuspert sich, als etwas Unruhe aufkommt. „Wir tragen alle unsere schusssicheren Westen. Sie sind sicherlich auch damit ausgerüstet."

Bakerfield bestätigt. „Richtig! Wir tragen sie auch!"

Clark nimmt einen kräftigen Schluck aus seiner Tasse. Der Kaffee ist nur noch lauwarm, schmeckt aber trotzdem gut. War der Chief Inspektor anfangs noch komplett verwirrt und fragte sich, was denn mit Debbie passiert war, ist er jetzt voll und ganz auf den Fall konzentriert. Alles Private ist beiseite geschoben. Clark ist in seinem Element. Er ist Vollblut-Polizist und das Jagdfieber hat ihn gepackt. Seine Frau rutscht hinten durch. Er bemerkt es gar nicht. Es ist für ihn Normalität. Alle Augen ruhen auf ihm. Die Polizisten warten auf seine letzten Anweisungen. Er räuspert sich. „Gut", beginnt er anschließend und blickt Bakerfield an. „Sergeant, wir kommen zur Einteilung. Ich würde mich freuen, wenn Sie mich begleiten würden."

Bakerfield nickt. „Einverstanden."

„Collins, ich denke, Sie könnten mit Harris fahren und Pepper könnte mit Constable Waters ein Team bilden."

Alle vier sind einverstanden. Jeder checkt instinktiv seine Ausrüstung. Die Newton Abboter Polizisten testen zusätzlich die Funkgeräte. Bakerfield hält drei Listen in der Hand und übergibt sie Clark. Dieser reicht eine weiter an Collins und eine übergibt er Pepper.

„Es geht los, meine Herren! Hoffen wir, dass wir diesen Gentleman erwischen und ihn endlich seiner gerechten Strafe zuführen können. Und denken Sie daran, dass jede Kontrolle hier im Terminal angemeldet wird. Wir müssen immer wissen, wo die Einsatzkräfte sind. Zudem möchte ich, dass sie in regelmäßigen Abständen Meldung erstatten. Bleibt eine Meldung aus, werden Sie, Mrs. Willings, das jeweilige Team anfunken. Jede Auffälligkeit ist unverzüglich zu melden!"

„Verstanden, Sir."

Bakerfield sitzt hinter dem Lenkrad. Er konzentriert sich auf den Verkehr und steuert Richtung Ortsausgang. Er und Clark haben den Bereich des Dartmoors und damit ein paar weit abgelegene Höfe zu kontrollieren. Der Chief Inspektor hat dieses Gebiet absichtlich gewählt. Seine Gedanken sind zwar generell auf den Gentleman-Räuber fokussiert, doch er kann nicht gänzlich verhindern, dass sie auch immer wieder sie zu Debbie streifen.

Was macht sie hier? Wenn sie in diese Gegend fährt, was ist ihr Ziel?
Immer mehr versinkt Clark in private Gedanken.

Ob Debbie ein Verhältnis hat und jetzt zu ihrem Lover fährt? Oder sie sind gemeinsam weggefahren. Ich habe gar nicht gefragt, ob auch der Beifahrer-Airbag ausgelöst hat.

„Verdammt!", rutscht es ihm heraus.

Bakerfield wirft seinem Beifahrer einen schnellen Blick zu, konzentriert sich aber sofort wieder auf den Verkehr. „Haben Sie etwas vergessen, Mr. Russel? Soll ich umdrehen?"

Clark ist die Situation etwas peinlich. Er beschwichtigt. „Nein. Tut mir leid, ich war in Gedanken versunken und da ist es mir so rausgerutscht. Alles in Ordnung! Ich hab sozusagen nur laut gedacht."

Der örtliche Polizist betätigt den Blinker, wechselt die Fahrspur, setzt erneut den Blinker und biegt auf eine größere Ausfallstraße ein. Clark sieht ein Hinweisschild und liest *Dartmoor*. Sie schweigen.

Am Ortsausgang beschleunigt Bakerfield. Um auf andere Gedanken zu kommen und die aufkommende, ihn erdrückende Stille etwas zu durchbrechen, möchte Clark gerade fragen, wann sie ungefähr ihr erstes Ziel erreichen und somit das dienstliche Thema um ihren Einsatz in die Gesprächsmitte rücken. Bakerfield ist jedoch schneller und legt sinngemäß einen Finger auf die Wunde.

„Es ist wegen Ihrer Frau!"

Clark atmet kräftig durch. Tausend Gedanken verschiedenster Art werden durch diese Feststellung ausgelöst und strömen augenblicklich durch seinen Kopf.

Das geht ihn nichts an. Wo zum Teufel steckt Debbie? Was ist hier los? Er soll sich auf den Verkehr konzentrieren. Ich erzähle doch einem Fremden nichts von meiner Frau. Das geht niemanden etwas an. Was zur Hölle möchte ICH überhaupt? Soll es zu Ende sein oder soll ich kämpfen?

Der Sergeant spricht indessen weiter: „Ich habe es vorhin mitbekommen." Er macht eine ganz kurze Pause, bevor er weiterredet. „Also, dass Ihre Frau auch hier in der Gegend ist und gestern offensichtlich einen Unfall hatte. Es ist ganz normal, dass so etwas beschäftigt und ich weiß, dass es sie wurmt."

Clark grübelt, ob er dieses doch sehr privat-intime Thema leicht anschneiden oder komplett übergehen soll.

Bakerfield legt nach: „Wenn das meine Frau wäre, würde mich das richtig beschäftigen. Der Kopf wäre nicht frei. Die Kollegen meinten, Sie waren komplett verwundert. Ungefähr so, als wüssten Sie nicht, dass Ihre Frau auch hier ist. Wenn es Sie belastet und vom Einsatz ablenkt, sollten wir darüber sprechen."

„Sergeant Bakerfield, danke für Ihre Bemühung. Ich war natürlich über den Unfall ein wenig besorgt, aber es ist schon okay."

„Ist Ihre Frau Ihnen nachgereist?"

Clark blickt den kahlköpfigen Polizisten an. Er ist bemüht, ruhig zu bleiben und sich nichts anmerken zu lassen. „Wenn es Sie beruhigt, nein, sie ist mir nicht nachgereist. Sie ist gestern Nachmittag zu einem Wochenendtrip aufgebrochen. Ich schätze, hier an die Küste oder ins Dartmoor. Ich kenne ihr Reiseziel nicht und es ist purer Zufall, dass sie hier ist."

„Aha."

Dieses *Aha* ist allumfassend. Beide wissen das. Es steht für: *Die Frau ist weg und der Ehemann weiß nichts davon.* Es steht für: *Streit. Es* steht für: *Die Ehefrau ist eifersüchtig und reist ihrem Gatten hinterher.* Es steht für: *Sie hat eine Affäre.* Es steht für: *Die Ehe ist am Ende und jeder tut was er möchte* und es steht ebenso für tausend andere Möglichkeiten. Dieses *Aha* sagt alles. In der richtigen Tonlage ausgesprochen, nervt es. Bakerfield sprach es in genau der Tonlage aus, die Clark auf die Palme bringt.

Aha, hallt es in ihm wider. *Wie er das gesagt hat! Debbie hat das auch drauf. Wie ich dieses Schnippische hasse. Aha! Mist! Das ist meine Sache!*

„Sie wussten nicht, dass sie hier ist und jetzt liegt der Rover im Graben und Sie wissen nicht was los ist! Das ist keine schöne Situation. Haben Sie Kontakt zu Ihrer Frau?"

„Wie gesagt, Sergeant Bakerfield, ich habe alles im Griff. Konzentrieren wir uns auf den Gentleman", versucht Clark noch einmal das Thema in eine andere Richtung schweifen zu lassen.

„Also kein Kontakt! Das ist nicht gut."

Der Chief Inspektor merkt, wie sein Adrenalinspiegel steigt. Unter seinen Achseln wird es feucht. Er reibt sich die Hände. Farbe schießt ins Gesicht.

„Ich denke, das ist meine Privatsache."

„Richtig. Und wenn wir nicht in einem Auto säßen und eine Liste von möglichen tatverdächtigen Bankräubern abarbeiten würden, wäre mir das auch ziemlich egal. So ehrlich bin ich. Aber wir sitzen nun einmal in diesem Dienstwagen, fahren mitten ins gottverlassene Dartmoor und checken die von Constable Waters nach Ihren Angaben gefertigte Liste ab. Und wenn es einigermaßen nach Plan läuft, Mr. Russel, kann es gut sein, dass wir beide beim Gentleman-Räuber klingeln. Und wenn wir dann während der Befragung feststellen, dass er es ist, möchte ich gern, dass Ihre Gedanken nicht bei Ihrer Frau weilen!"

„Mr. Bakerfield, ich bin Profi genug ..."

„Und Sie sind ein Mann!", fällt der Sergeant ihm ins Wort. „Kommen Sie, Mr. Russel. Sie wirken etwas zerstreut. Es beschäftigt Sie. Unser erster Verdächtiger wohnt etwas abgelegen im Moor. Es dauert eine Weile bis wir dort sind."

Clark unterdrückt seine immer stärker aufkommende Wut. Während er den Worten lauscht, versucht er klar zu denken. Im Grunde hat Bakerfield recht. Er würde an dessen Stelle auch alles daran setzen, dass die Männer im Einsatz einen klaren Kopf haben.

„Lassen Sie uns die Zeit nutzen. Manchmal sind es ja nur ganz kleine Dinge, die einen beschäftigen und sie sind im Nu ausgeredet. Oder Kollege Zufall hilft. Vielleicht sitzt Ihre Frau mit einer Freundin gerade jetzt bei einem Frühstück und telefoniert mit der Autowerkstatt Snapper." Bakerfield spürt, dass er auf dem richtigen Weg ist. Sein Beifahrer scheint in sich zu gehen. „Ich versichere meine Verschwiegenheit. Und ich weiß, dass es mich absolut nichts angeht, aber gerade der Umstand, dass wir uns nicht kennen, erlaubt mir, ein neutrales Urteil zu fällen. Aber es funktioniert auch nur, wenn wir miteinander sprechen."

„Was macht Sie so zuversichtlich, dass Sie mir helfen können?"

„Ich kenne Probleme!"

„Eheprobleme?"

„Anfangs ja. Wissen Sie, ich war verheiratet. Zehn Jahre lang. Wir waren glücklich, doch ich hatte immer das Gefühl, dass etwas nicht passt."

„Und dann?"

„Wir machten getrennt Urlaub. Es passierte auf einer Reise durch Sri Lanka. Ich musste mir eingestehen, dass ich mich zu Männern hingezogen fühle."

Clark reißt die Augen auf und starrt Bakerfield an.

„Sie sind ... Sie sind homosexuell?"

„Ich ahnte es, wusste es aber nicht. Es war wie ein Schock für mich. Zwei Jahre brauchte ich, um es mir selbst einzugestehen und ein weiteres, um es meiner Frau beizubringen. Heute leben wir getrennt und sind gute Freunde. Viele meiner Kollegen wissen es nicht. Sehen Sie, ich vertraue Ihnen."

Clark ist verblüfft und verwirrt zugleich. „War das jetzt so etwas wie ein Coming out?"

„Betrachten Sie es wie Sie möchten. Aber sind Sie ehrlich zu sich selbst. Wir haben noch eine gute halbe Stunde Fahrzeit vor uns. Machen Sie Ihren Kopf frei!"

Clark fühlt sich mies. Er hat dem Polizisten aus Newton Abbot Neugierde und andere Dinge unterstellt und vor allem jegliches Einfühlungsvermögen abgesprochen.

„Mr. Russel, ich hatte immer die Hoffnung, dass sich alles eines Tages von selbst klärt, aber das tat es nicht. Man muss seinen Hintern heben und es selbst tun. Man muss alle Unklarheiten aus dem Weg räumen und auch wenn der Weg noch so steinig erscheint, man muss ihn gehen, die Steine aus dem Weg räumen und aus ihnen ein Fundament bauen. Man muss ehrlich zu sich selbst sein, sonst lebt man in einem Lügengebilde. Und man muss nach den richtigen Worten suchen, denn Worte können schärfer als Schwerter sein."

In Frank Bakerfield öffnet sich das Tor der Erinnerung. Seine Frau ist seine beste Freundin. Er versteht sich bestens mit ihr, dennoch ist er nicht glücklich. Sex war zwischen ihnen nie ein Problem, aber erfüllt hat es ihn nie. Die Lust rutschte in den Keller und schon nach kurzer Zeit des Zusammenlebens reduzierte sich die sexuelle Zärtlichkeit von jedem dritten Tag auf einmal die Woche, ein- bis zweimal im Monat und schließlich auf wenige Tage im Jahr. Er hatte seine Lust auf Männer verdrängt, fühlte sich verloren und war unglücklich. Der Solo-Urlaub war purer Zufall. Sie hatten die Reise zusammen geplant, doch sie bekam nicht frei, musste berufsmäßig in die USA reisen.

„Flieg allein nach Sri Lanka, Schatz", hatte sie gesagt. „Ich bin zwei Wochen in Los Angeles. Ob du in Newton Abbot oder auf Sri Lanka bist, ist doch egal. Es reicht, wenn einer seinen Urlaub verliert."

Frank Bakerfield weiß noch genau, wie er innerlich triumphierte. Er wollte damals die Gelegenheit nutzen und in sich kehren. Er wollte zu sich selbst finden. Zudem wusste Frank Bakerfield, dass in Sri Lanka Homosexualität in der Bevölkerung toleriert war. Beide vorherrschenden Religionen, Buddhismus und Hinduismus haben damit kein Problem. Zwar ist Homosexualität dort nach dem Gesetzt strafbar, wird jedoch nicht verfolgt.

Als er damals in das Flugzeug stieg, war seine Gefühlswelt voller Kontraste. Er weiß noch genau, wie er sich nach seiner Landung im

Hotel verkroch. Er war zwischen den sexuellen Normen verloren und ein Niemand.

Erst am dritten Tag verließ Frank das Hotel und stromerte durch die Stadt. Irgendwann landete er in dieser Bar. Und wieder irgendwann saß auf einmal *Shan* neben ihm. Shan studierte Journalismus und sprach fließend Englisch. Sie tranken und redeten und wieder irgendwann lagen sie zusammen im Bett.

Seit diesem Tag wusste Frank Bakerfield zwei Dinge. Erstens, dass er homosexuell war und zweitens, dass der Kampf gegen sein altes Leben begonnen hatte.

Lästerliche Witze im Job, verächtliches Gerede seiner Eltern und das Befriedigen seiner Lust waren noch das Geringste. Das große Problem bestand darin, sich selbst und seiner Ehefrau gegenüber ehrlich zu sein. Frank Bakerfield hat diesen Balanceakt geschafft. Weder seine Eltern, noch seine Ex-Ehefrau machten es ihm schwer. Im Gegenteil. Die Offenheit, mit der der Polizist sein *Coming-Out* zu Hause vorgetragen hat, war auf volles Verständnis gestoßen.

Heute ist Frank Bakerfield glücklich und ausgeglichen. Er lebt mit einem Inder zusammen, bereist die Welt und seine beste Freundin ist seine Ex-Frau.

All das im Kopf, wirft er einen schnellen Blick zu Clark. „Glauben Sie mir, Mr. Russel. Ich weiß, was Probleme sind und wie man damit umgeht."

Clark ist nachdenklich geworden. Etwas ändert sich gerade in ihm. Gedanken kommen auf und werden in eine bestimmte Bahn gelenkt. Als ob jemand einen Schalter umgelegt hat, beginnt Clark Sergeant Bakerfield zu mögen. Die Professionalität des Polizisten hat er gleich erkannt und respektiert. Dieses Gefühl ihn zu mögen beruht hingegen auf rein zwischenmenschlicher Basis. Es ist der gewährte Einblick in die Seele des Polizisten, der das Vertrauen weckt. Vertrauen zu einem Menschen, dem gegenüber man sich gefühlsmäßig nackt machen kann, ohne sich für etwas schämen oder rechtfertigen zu müssen.

Keine Geheimnisse, ich muss mir alles von der Seele reden, sonst hat es keinen Sinn!

Clark ist sich absolut sicher. Es brodelt und kocht in ihm. Alles hat sich angestaut und muss raus. Es ist wie glühendes Magma, welches sich nach oben schleicht und eruptionsartig aus einem Vulkan schießt.

„Wir hatten einen riesigen Streit", beginnt er und während der ansonsten immer starke und unbeirrbare Mann des New Scotland Yard seine Geschichte erzählt, merkt er, wie schwach und hilflos er sich eigentlich fühlt.

Bakerfield hört aufmerksam zu. Er stellt keine Fragen, achtet auf den Verkehr und nickt in regelmäßigen Abständen. Hin und wieder huscht ihm ein: „Ja", ein: „So" oder ein: „Hm...", über die Lippen.

Nach geraumer Zeit biegt er auf eine kleine Nebenstraße ab und hält dort am Straßenrand an.

„... und dann betrete ich heute die Wache und erfahre, dass Debbies Wagen in einem Straßengraben aufgefunden wurde."

Bakerfield antwortet nicht sofort. Er mustert Clark, blickt auf die Uhr und sagt schließlich: „Ich heiße Frank!"

Clark nimmt die ausgestreckte Hand und schüttelt sie. „Nenn mich Clark."

„Gut, Clark. Dieses Thema scheint mir wesentlich komplexer zu sein. Es ist nicht nur der heftige Streit, der dich und deine Debbie auseinandergerissen hat. Da steckt viel mehr dahinter. Dieser Streit brachte lediglich das berühmte Fass zum Überlaufen. Ihr lebt tagein, tagaus nebeneinander her. Ihr entwickelt euch weiter. Ihr seht euch jeden Tag, doch die Interessen driften unmerklich auseinander. Und an diesem einen Tag hat sich alles entladen."

„Und was meinst, du, bedeutet das?"

„Es ist die Stunde der Wahrheit gekommen, Clark. Du und deine Frau, ihr müsst wissen, was ihr wollt. Ihr müsst eine Entscheidung fällen, die euer weiteres Leben beeinflusst und lenkt."

„Was soll sich ändern?"

„Hier liegt der Knackpunkt. Du hast garantiert schon mal drüber nachgedacht, was wäre, wenn ihr euch trennen würdet. Das stimmt doch, oder?"

Clark fühlt sich zwar ein wenig in die Enge getrieben, aber er bleibt seinem Grundsatz treu. Keine Lügen!

„Ja", räumt er ein. „Ja, ich habe darüber nachgedacht. Kurz!"

„Man kann dieses Thema nicht mit zwei Sätzen kommentieren und es wird auch keine schnelle Lösung dafür geben. Clark, ihr beide solltet genau überlegen, wie es weitergeht. Entweder wird es eine gemeinsame Zukunft geben ..."

„Wir hatten bisher immer eine gute Ehe. Warum soll das von jetzt auf sofort vorbei sein?"

„Verstehst du nicht? Ihr habt euch gefühlsmäßig bereits vor längerer Zeit getrennt und lebt jetzt zusammen wie gute Freunde oder Geschwister. Aber es fehlt der Funke, der alles zum Glühen bringt."

„Das kann man *so* wirklich nicht sagen. Es ist schon anders."

„Sei mal ehrlich zu dir selbst. Brennt das Feuer in dir oder hast du sie *nur* gern? Kommt eine Trennung nicht Frage, weil du niemanden verletzten möchtest, obwohl du selbst nicht glücklich bist?"

Schweigen. Die Fragen rattern durch Clarks Kopf.

Bakerfield spricht weiter. „Du musst dir eine Auszeit nehmen und dich richtig besinnen."

„Eine Auszeit?"

„Genau das. Und damit meine ich auch *Auszeit*. Mach es wie deine Frau. Fahr einfach ein paar Tage weg und denke nach. Ich glaube, dass deine Debbie dir einen Schritt voraus ist. Lass sie im Gedanken einmal los. Nicht wie im Streit oder so, sondern einfach mal gehen lassen. Sodass man als Freunde zusammen sein kann."

„Dann hätte sie bald einen anderen Mann. Das kann ich nicht!"

„Warum? Hast du keine Lust auf eine andere Frau? Hattest du schon während der Ehe mal etwas mit einer anderen Frau?"

Clark reißt die Arme hoch und winkt. „Ich finde, das geht jetzt ein wenig zu weit."

„Du musst nicht mir, sondern *dir* diese Frage beantworten", reagiert Frank auf das Abwinken und betont das Wort *dir* dabei extrem. „Denke in Ruhe über meine Worte nach. Wenn der Tag der Entscheidung gekommen ist, muss man wissen, welchen Weg man einschlägt. Man lebt nur einmal und ob dieses Leben glücklich, langweilig oder abenteuerlich ist, entscheidest nur du allein. Sei ehrlich zu dir selbst!"

Clark schweigt immer noch. Er atmet hörbar tief ein und nickt. „Ich denke, ich habe verstanden, was du mir sagen möchtest. Und ich denke, du hast Recht. Vielen Dank für den Rat."

„Sehr gerne und Clark, ich meine es richtig ernst."

„Ich weiß!"

„Ist jetzt alles soweit ein wenig klar?"

„Du glaubst also, dass Debbie sich jetzt diese Auszeit genommen hat, die ich mir auch nehmen soll?"

„Ich bin zwar weder ein Hellseher, noch kenne ich eure Lebensumstände, aber so, wie du mir die ganze Sache geschildert hast, bin ich davon überzeugt, dass deine Frau jetzt im Moment genau das tut. Ja! Sie hat sich eine Auszeit genommen und denkt über eure, besser gesagt, ihre Zukunft nach."

„Dann werde ich das wohl auch tun."

„Erstens bist du schon mitten drin im Nachdenken und zweitens haben wir jetzt einen Job zu erledigen. Bist du soweit?"

Clarks nachdenklicher Gesichtsausdruck ist verschwunden. Entschlossenheit und ein Funkeln in den Augen sind zu erkennen. Frank Bakerfield sieht das aufkommende Jagdfieber.

„Eine letzte Frage."

„Ich höre."

„Soll ich ihr eine WhatsApp-Nachricht schreiben?"

„So etwas kann man über keinen Messenger-Dienst machen. Glaube mir, das wäre völlig verkehrt."

„Alles klar, dann kann es losgehen. Ich meine unseren Job!"

„Dann schnappen wir uns den Gentleman-Bankräuber!"

„Das tun wir!"

Bakerfield setzt den Blinker und fährt los. Nach zwei Meilen taucht ein Gehöft auf. Der Polizist aus Newton Abbot hält direkt darauf zu. „Dort vorne wohnt unser erster Kandidat. Dr. Ernest Struggles, er ist Tierarzt."

„Hört sich sehr seriös an."

„Ist er auch. Meiner Meinung nach scheidet er aus. Allerdings ist Dr. Struggles ein Gentleman. Er ist immer höflich und drückt sich gewählt aus."

Clark hebt die Augenbrauen. „Das heißt?"

„Nichts. Er fährt einen Geländewagen und das Auftreten passt auch. Ansonsten kann ich ihn mir als Straftäter überhaupt nicht vorstellen. Dr. Struggles ist meines Wissens nach gut situiert. Der Hof gehört seit Generationen seiner Familie. Sein Vater hat damals Veterinärmedizin studiert, die Landwirtschaft seiner Eltern nicht übernommen und stattdessen eine Tierarztpraxis eröffnet. Unser Dr. Struggles hat sie übernommen und führt sie erfolgreich. Ich kenne ihn. Er hat damals meinen Terrier behandelt."

„Man weiß nie, was sich hinter den Kulissen abspielt."

„Aus diesem Grund sind wir hier. Fragen kostet nichts und anfangs sind alle verdächtig", antwortet Frank Bakerfield, parkt vor dem Wohnanwesen und steigt aus.

Clark steigt ebenfalls aus. Er prüft mit einem Handgriff den Sitz seiner schusssicheren Weste, rückt sie zurecht und greift als nächstes zu seiner Dienstwaffe, um auch deren Sitz zu korrigieren. Das Holster hatte sich beim Sitzen leicht verschoben. Zufrieden folgt er Sergeant Bakerfield, der bereits vor der Tür steht und läutet.

9

Richard Huntington hält Deborah Russel fest im Arm. Unter der Decke ist es kuschelig warm. Die Sonne gewinnt immer mehr an Kraft und ihre Strahlen erwärmen zusehends die Moorlandschaft. Beinah pastellfarben liegt sie vor ihnen. Floyd, der Schimmel, scheint die Ruhepause ebenfalls zu genießen. Immer wieder bückt er sich und schnappt sich etwas Heidegras. Ein Bussard zieht seine Kreise und der Ruf eines Raben hallt durch die klare Luft.

„Ich könnte stundenlang so dasitzen und die Stille genießen", flüstert er. Der Hotelier riecht Debbies Haare und drückt sie ein wenig fester an sich. „Du verzauberst mich."

„Du bist so ein Charmeur. Es klingt so ... wie soll ich sagen? So, als ob du diese Sprüche aus einem nicht allzu kleinen Repertoire an Gentleman-Anmach-Sprüchen holen würdest."

„Das ist gemein, Debbie. Das glaubst du doch nicht wirklich?"

Kurze Pause. Der Schatten des Bussards zieht über sie hinweg.

Richard hält seine frische Liebe nun ganz fest. „Alles was ich sage, entspringt meinem Herzen. Debbie, bitte denke nicht im Entferntesten daran, dass ich dieses Szenario immer wieder mit einigen meiner attraktiven weiblichen Hotelgäste mache. Das hier ist Premiere."

Sie grinst, genießt es, umgarnt zu werden. *Wie lange ist das schon her? Ewig!*

„Du schenkst mir das Gefühl von Glück. Es ist so unbeschreiblich. Ich finde gar nicht die richtigen Worte dafür", knüpft Richard an.

„Ich weiß was du meinst. Mir geht es genauso. Diese Kutsche steht nicht auf der Erde, sondern schwebt auf Wolken, getragen von Schmetterlingen. So viele fliegen gerade in meinem Bauch herum."

„Weißt du, wie gerne ich das höre?"

Debbie löst sich etwas aus der Umarmung, dreht sich um und blickt in Richards Augen. Sie küssen sich kurz. „Ich komme mir nur so fehl am Platz vor."

„Wie meinst du das?"

„Ich bin eine verheiratete Frau, habe momentan eine Krise in meiner Ehe und schon liege ich in den Armen eines anderen Mannes."

Richard hakt ein. „Das, was du Krise nennst, sucht eine Entscheidung. Vielleicht wiederhole ich mich, aber auch ich war schon einmal an so einem Punkt. Das kann man nicht aussitzen und einfach weitermachen wie zuvor. Man muss eine Entscheidung treffen. Ich bin fest davon überzeugt, dass das Schicksal uns beide zusammengeführt hat."

„Wie meinst du das?"

„Liebe kann man nicht steuern. Gestern, als du in diesem unsäglichen Gewittersturm an der Landstraße gestanden bist, habe ich mich in dich verliebt. Auf Anhieb! Ich kenne das nicht. Ich habe so etwas noch nie erlebt. Ich war natürlich verwirrt. Ich dachte, dass es nur eine Momentaufnahme sein wird, doch dieses Gefühl verstärkte sich beim Essen und als ich dich heute Morgen sah, war mir klar, dass ich mich unsterblich in dich verliebt habe."

Sie legt ihren Kopf an seine Schulter. „Das klingt so schön. Ich habe auch jede Menge Gefühl im Bauch, mit dem ich nicht so recht weiß, was ich anfangen soll. Ich bin zerrissen. Kann man Liebe wirklich schon nach ein paar Stunden empfinden? Das ist doch Liebelei. Wie unter Teenagern. Heute unsterblich verliebt, morgen Sex, übermorgen eine neue große Liebe."

„Wir sind keine Teens mehr. Lass es uns doch versuchen. Lass uns kennenlernen und gib unserer Liebe eine Chance. Gib deinem Leben eine Chance. Man lebt nur einmal. Du kannst deinem Schicksal nicht davonrennen. Frag dein Herz. Es schlug schon, als dein Kopf noch nicht denken konnte."

Das kommt deutlich und treffend.

„Du kennst mich doch gar nicht. Ich könnte eine entlaufene Mörderin sein. Oder ein Betrügerin. Oder eine krankhaft eifersüchtige ..."

Jetzt legt er seinen Finger an ihre Lippen. Sie verstummt. „Oder eine liebende Frau", beendet er den Wortschwall.

Richard spricht aus, was Debbie nicht so richtig begreifen möchte. Sie ist eine liebende Frau, die sich von der Vergangenheit lösen muss, um in die Zukunft zu gehen.

„Geh jetzt, solange ihr noch Freunde seid."

„Das sagst du so einfach. Liebe ist ein scharfes und zweischneidiges Schwert, Richard. Du bist ungebunden und frei. Ich dagegen muss mein altes Leben aufgeben und Menschen damit wehtun, die ich lieb habe. Selbst wenn ich meinen Mann nicht mehr so liebe wie damals, er ist mein Mann und mein Freund."

„Richtig! Er ist dein Freund und das soll er bleiben. Du bekommst von mir jede Hilfe, die du brauchst."

„Wir kennen uns noch nicht einmal 24 Stunden und reden übers Zusammenleben. Weißt du, wie kindisch das eigentlich ist?"

Richard lächelt. „Das ist die wahre Liebe, Debbie. Zwei frisch verliebte Teenager würden nicht anders reagieren. Und so fühlen wir uns doch gerade. Wie zwei Teens."

„Ich habe das Gefühl, als säße ich in einem Ruderboot und vor mir liegt ein Inselparadies, nur die Paddel fehlen. Ich kann das Paradies sehen, komme aber nicht hin."

„Dann lass dich einfach treiben."

Richard küsst erst ihr Haar, dann senkt er seinen Kopf ein wenig und küsst ihr Ohr. Warmer Atem kriecht hinein und löst ein wohliges Kribbeln aus. Sie presst sich fest an ihn. Ihre Gefühle spielen verrückt. Debbie beobachtet die Moorlandschaft. Schmetterlinge tanzen umher. Eine sanfte Brise zieht vom Meer kommend ins Landesinnere und streicht über die wild wachsenden Blumen, Kräuter und Gräser.

Sie hört das Gezwitscher der vielen heimischen Vogelarten, die wie im Chor ein himmlisches Lied anstimmen. Ihr Blick folgt dem Grün auf die nächste malerische Erhebung und erkennt am Horizont eine kleine Gruppe Damwild.

Richard greift nach ihren Händen. „Debbie, ich habe in meinem Leben noch nie eine Frau so begehrt, wie ich dich begehre."

„Fängst du schon wieder an, so unwiderstehlich zu sein, du letzter Gentleman? Ich warne dich, ich neige dazu, das sehr zu mögen und kann nicht für die Folgen garantieren", haucht sie ihm entgegen.

„Das ist der Moment, in dem ich mich gerne von einem Teenager abhebe. Es klingt einfach besser, als *ich steh auf dich*, oder *ich fahre voll auf dich ab*", erklärt er mit einem unverschämt süßen Lächeln auf den Lippen.

„Wie wäre es denn mit einem *ich mag dich sehr?* Oder einem *ich bin gerne mit dir zusammen?*"

„Das drückt nicht annähernd aus, was ich empfinde."

„Bleiben wir realistisch", versucht sie noch einmal eine Ausflucht, „nach so kurzer Zeit kann man definitiv noch nicht von der großen Liebe sprechen. Man fühlt lediglich die Schmetterlinge da drinnen", sagt Debbie und deutet mit dem Daumen auf ihren Bauch.

„Lass uns nochmal ein Stück fahren. Floyd wird langsam ungeduldig. Außerdem möchte ich dir noch ein paar Sehenswürdigkeiten im Dartmoor zeigen."

„Gerne."

Debbie nimmt ihre Handtasche und sucht ihre kleine Creme für trockene Lippen. Sie findet sie, holt sie raus und trägt etwas davon auf.

Richard hält die Zügel und schnalzt mit der Zunge. „Auf geht's Floyd, alter Junge."

Die Kutsche setzt sich in Bewegung. Debbie legt die Creme zurück und erkennt, dass auf ihrem Mobiltelefon Nachrichten eingetroffen sind.

Ein schneller Blick kann nicht schaden, denkt sie und öffnet WhatsApp.

Richard schielt kurz zu ihr herüber. „Beeil dich, Debbie. Ich meine, falls du antworten möchtest. Noch eine gute Meile und wir sind außer Empfang."

„Eine Nachricht ist von meinem Sohn, drei von meiner Tochter und ...", sie spricht es nicht aus.

„Die anderen von deinem Mann. Das ist doch klar. Debbie, wenn wir zueinander stehen, dann sollte es keine Geheimnisse geben. Ich bin offen und ehrlich zu dir."

Sie überfliegt die Nachrichten ihrer Kinder und öffnet schließlich den Chat mit ihrem Mann. Hastig und mit etwas Grummeln im Bauch beginnt sie zu lesen. Plötzlich stockt sie und liest die letzte

Nachricht noch einmal. Dann lässt sie das Mobiltelefon los und lehnt sich zurück. Instinktiv rutscht sie ein wenig von Richard weg.

„Was ist los, Darling? Ist etwas passiert?"

„Er ist hier."

Dieses Gefühl, das Richard und Debbie beinah im gleichen Moment durchströmt, ist kaum in Worte zu fassen.

Es ist, als reise man durch eine Traumwelt. Sonnenstrahlen beleuchten jeden Winkel. Eine Brise Meeresluft lässt Blumen, Gräser und Baumwipfel leicht hin und her wiegen. Vögel zwitschern und die *Dartmoor-Ponys* ziehen über die *Tors*, wie flachen Wiesenhügel mit bis zu zehn Meter hohen Granitfelsbildungen genannt werden.

Die salzige Seeluft wird vom Geruch des Torfes und dem Zauber der Heidelandschaft durchtränkt. Malerische Flussläufe führen zu romantischen Wasserfällen. Man taucht in dieses vollendete Glück ein und plötzlich färbt sich der Himmel dunkel. Schwarze Wolken schieben sich zwischen Sonne und Landschaft, die sanfte Meeresbrise formt sich zu einer unsichtbaren Faust, die sich wild wie ein Tornado zu drehen beginnt.

Es ist dieses Gefühl, wenn sich das rote Herz schwarz färbt und sich die Schatten nicht nur über das Land, sondern sich auch über die Seele legen.

Der leuchtende Glanz in den Augen verschwindet und erkennbare Traurigkeit kommt zum Vorschein. Das Herz trommelt ebenso schnell wie zuvor, dennoch ist der Takt nicht vergleichbar. Dieser Rhythmus löst Nachdenken, Unsicherheit, beinah so etwas wie Angst aus. Schiebt sich diese Angst hoch und höher, kann sie in einer Art Urknall das Kommando in der Gefühlswelt übernehmen und die vorherrschende Euphorie in eine biochemische Tristesse verwandeln. Die romantische Seifenblase des Glücks, in der sich Debbie und Richard befinden, platzt durch diese eine Nachricht

Debbie ist verwirrt. Richards Gesichtsausdruck wird ernst. „Sag das nochmal! Er ist wo?"

„Er schreibt, dass er hier in der Gegend ist. Hier im Dartmoor", presst sie mit einer Tonlage aus, die Richard die Ernsthaftigkeit begreifen lässt.

Sekunden des Schweigens vergehen. Der Schimmel zieht die Kutsche einen sanften Hügel hoch.

„Ich dachte, du bist ziellos umhergefahren. Wie kann dein Mann wissen, dass du hier bist?"

„Das weiß ich auch nicht."

„Ist er dir gefolgt?"

„Das ist unmöglich. Er war noch im Büro, als ich losgefahren bin."

„Weshalb weiß er dann, dass du hier bist? Hat dein Mobiltelefon angepeilt, oder ...", grübelt Richard.

„Ich gehe sehr stark von einem Zufall aus. Clark ist Chief Inspektor beim New Scotland Yard. Wenn, dann ist er beruflich hier. Das würde auch erklären, dass er von meinem Unfall mit dem Rover erfahren hat."

Debbie sieht Richard an und meint eine Art Verdunkelung in dessen Blick zu erkennen.

„Ein Inspektor bei New Scotland Yard? Wenn er beruflich hier draußen im Dartmoor ist, was führt ihn denn her?"

Debbie weiß, dass sie nichts über Clarks Arbeit sagen darf und hält deshalb die Antwort pauschal. „Er redet nicht über seine Arbeit."

„Dann lass uns mal spekulieren, Schatz ..."

Debbie denkt nach. Sie fühlt sich unwohl, gespalten. Die beiden Wölfe in ihr beginnen erneut den Kampf. Der zuvor unterlegene fordert den Sieger heraus.

Richard hingegen spürt, wie ihm seine gerade eben gewonnene und noch so zarte große Liebe zu schwinden droht. Er sucht nach Antworten. „Wenn er tatsächlich rein beruflich hier ist, Schatz, dann muss es etwas Größeres sein, an dem er arbeitet. New Scotland Yard wird sicherlich keinen Chief Inspektor ins Dartmoor schicken, um einen Apfeldieb festzunehmen."

Debbie zuckt mit den Achseln.

„Brr... Floyd."

Das Pferd bleibt stehen. „Debbie. Ist dein Mann wegen dir oder rein beruflich hier?"

„Ich kann es nicht hundertprozentig sagen, aber ich denke, es ist absolut beruflich."

„Schatz, zweifelst du? Das, was sich zwischen uns beiden entwickelt, ist etwas ganz Großes. Du warst dir doch bis zu dieser WhatsApp-Nachricht sicher."

„Es ist eben nicht einfach, Richard."

„Ist es dir lieber, wir fahren zurück ins Hotel? Oder willst du lieber zur Autowerkstatt? Ich meine, falls dein Mann dort aufkreuzt."

Das gesamte Verhalten des Hoteliers hat sich schlagartig verändert. Deborah ist es anfangs nicht aufgefallen. Richard ist nachdenklich, schweigsam und hat so etwas wie *Sorgenfalten* auf der Stirn.

„Das wäre lieb, wenn wir drehen könnten. Ich fühle mich im Moment etwas unwohl. Bist du mir deshalb böse?"

„Nein, Schatz. Egal, was sich auch abspielen wird. Ich meine, sollte dein Ehemann im Hotel erscheinen. Ich stehe zu dir und hinter dir. Ich möchte, dass wir uns näher und innig kennenlernen. Ich kämpfe um dich."

„Das ist lieb von dir", antwortet die Londonerin, vermisst aber in Richards Augen das Leuchten.

Geschickt lenkt der Hotelier den Schimmel und die Kutsche herum, dann schnalzt er mit der Zunge und sie fahren zurück zum Hotel.

„Wir können noch so oft ins Moor fahren", sagt er.

„Das können wir bestimmt", antwortet Debbie, kämpft sich aber durch ihre vielen Gedanken, statt Richard zuzuhören, der immer wieder auf Punkte in der Landschaft zeigt und Geschichten erzählt.

Warum diese Sorgenfalten? Warum hat er so einen gebrochenen Blick? Hat er Angst? Angst vor Clark? Angst, dass mein Ehemann in das Hotel stürmt um eine lautstarke Szene zu veranstalten oder ihn zu verprügeln?

Aus Debbies Sicht ist das zwar möglich, weil Clark als Chief Inspektor die Möglichkeit hat, ihren Aufenthaltsort zu ermitteln, jedoch glaubt sie nicht daran. Außerdem weiß Clark definitiv nichts von ihr und ihrer neuen Liebe.

Das ist das Stichwort. Schon drehen sich ihre Gedanken weniger um Clark, als um ihre neue Liebe. Es ist noch so gut wie nichts geschehen. Sie hatten keinen Sex und somit noch nicht den Status eines *One Night Stand* oder gar einer handfesten *Affäre* erreicht.

Wir haben lediglich den ersten Schritt in diese Richtung gemacht. Und dazu stehe ich. Ich ging diesen Schritt gern und von ganzem Herzen.

Debbie stellt sich Fragen um Fragen.

Wohin nur mit den ganzen Gefühlen? Was ist das hier? Liebe oder Liebelei?

Ist ihre alte Beziehung wirklich gestorben? Oder wird sie nur blind? Blind aus Liebe, denn diese macht ja bekanntlich blind.

Sie sieht Richard an und fühlt sich augenblicklich zu ihm hingezogen. Sie rutscht näher und legt ihren Kopf an seine Schulter.

„Wir schaffen das, Debbie. Meine Gefühle sind echt. Das schwöre ich dir."

Es tut gut, diese Worte zu hören. Sie schwebt in einem Raum ohne Zeit und Grund. Sie wandelt auf einem Drahtseil über einem Abgrund. Kein Netz würde sie fangen. Richard geht neben ihr und reicht ihr die Hand. Er ist ihr einziger Halt.

Deborah Russel muss sich nichts mehr vormachen. Sie hat sich vollends in den Hotelier Richard Huntington verliebt. Sie muss aus ihrem bisherigen Leben ausbrechen. Irgendwie! Klar, sie wird London anfangs definitiv nicht gleich den Rücken kehren. Es ist ihre Stadt, ihre Metropole und dort leben die Menschen, die ihr viel bedeuten. Aber sie kann sich für eine Zeitlang ein Pendeln gut vorstellen. So lange, bis die Zeit gezeigt hat, wohin es ihr Herz stärker zieht.

Bis gestern war ich die Frau von Chief Inspektor Clark Russel, das Hausmütterchen, das Heim und Herd hütet. Heute bin ich Mrs. Deborah Russel, eine selbstbewusste Frau, die weiß, dass sie noch ein Leben vor sich hat.

Aber eben nur ein Leben und dieses möchte sie genießen. Mit allem, was sie sich wünscht. Richard klettert mit ihr auf eine Wolke von Gefühlen, die ihr genau das geben, wonach sie sich heimlich seit langer, langer Zeit sehnt. Liebe.

Wenn es der richtige Mann für mein restliches Leben ist, wird er mir Zeit geben. Ich werde keine voreilige Entscheidung treffen. Ich möchte in Freundschaft aus der Ehe herausgehen und einen neuen Abschnitt beginnen.

Klare Gedanken formen sich zu einem Vorhaben.

Wieder schwenken ihre Gedanken um.

Clark! Romantik und Sehnsucht gibt es in seiner Welt nicht mehr. Er ist eingefahren und bliebe ich bei ihm, weiß ich jetzt schon, dass ich am dritten Freitag im August, in sieben Jahren zum Bowling gehe und exakt zwei Wochen später mit Freunden das Derby-Fußballspiel von Arsenal gegen Tottenham ansehe. Alles ist durchstrukturiert und vorgeplant. Er ist zum Pedant geworden.

Und eine Affäre? Was wird passieren, wenn ich vorerst bei Clark bleibe und mit Richard eine Affäre beginne? Ich kann problemlos ein bis zweimal im Monat hierher fahren.

Sie grübelt und weiß, dass sie dann *beide Eisen im Feuer* hätte und die Entscheidung auf einen späteren Zeitpunkt verschieben könnte.

Und wenn es herauskäme? Sicher würde er hier auftauchen, ihr eine Szene machen und Richard durch das halbe Hotel prügeln.

Oh ja, Clark konnte ganz schön wütend werden. Vor zwei Jahren, auf dem Rummelplatz, machten drei Trunkenbolde ihre Tochter an. Erst waren es Pfiffe, dann dumme Sprüche und schließlich eindeutige, derbe Worte mit sexuellem Hintergrund.

Clark bat die drei Typen zuerst höflich, das zu unterlassen. Sie lachten ihn aus. Der Alkohol hatte die Halbstarken mutig gemacht. Ein Wort gab das andere und Clark sagte ihnen schließlich, was er von ihnen hielt. Das war allerdings nicht mehr sehr freundlich.

Verbal waren sie ihm um Längen unterlegen und die ohnehin aufgeheizte Stimmung explodierte. Aufgestachelt und durch den Alkoholgenuss völlig enthemmt, gingen zwei von ihnen mit Fäusten auf Clark los. Das war ein Fehler. Der erste rannte in die Faust des Polizisten und zog sich sofort einen Nasenbeinbruch zu. Der andere schlug ins Leere und stolperte. Clark riet ihm aufzuhören, doch der Bursche war völlig wütend und griff erneut an. Diesmal rammte Clark seine Fäuste ein paarmal gegen den Körper und einmal ins Gesicht des Angreifers. Als er am Boden lag, konnte man sehen, wie sein linkes Auge zu schwoll. Der dritte zog indessen seinen Gürtel aus, um damit auf Clark einzuschlagen. Debbie sieht die Szene immer noch vor sich. Sie hatte Angst um ihren Mann. Clark grinste nur. Er sagte: „Ein Schlag und du liegst neben deinen Freunden auf dem Boden!"

Der Halbstarke schlug zu, Clark riss den linken Arm angewinkelt nach oben, fing damit den Gürtelschlag ab und wuchtete seinen Gegner mit nur einem Schlag zu Boden. Zeugen hatten eine Polizeistreife gerufen und nach Aufnahme der Aussagen, sowie einer ärztlichen Behandlung, alle drei in die Ausnüchterungszelle gesteckt.

Das war das erste und einzige Mal, dass Debbie ihren Mann kämpfen gesehen hat. Sie mag keine Gewalt und das Handeln von Clark war ihr fremd, aber sie und ihre Tochter fühlten sich seit diesem Vorfall immer beschützt.

Mein Clark. So ist er. Zu Hause lammfromm und brav und in der Arbeit kann er zum stahlharten Helden mutieren. Arbeit ... hm ... warum ist Clark hier? Er arbeitet am Fall des Gentleman-Räubers. Blitzartig verknüpft sie verschiedene Gedanken. *Gestern schlug dieser Verbrecher doch wieder zu. Clark ist ihm garantiert auf den Fersen, diesem Gentleman.*

Ein Gefühl des Unwohlseins überkommt sie. Sie setzt sich wieder aufrecht hin.

„Alles klar, Debbie?"

„Äh ... ja. Schon!"

Woher kam Richard, als er anhielt und sie mit ins Hotel genommen hat. Richtig, aus London. Richard ist ein Gentleman. Ob er der Gentleman-Räuber ist? Verdammt, nein, das kann nicht sein!

Instinktiv schüttelt sie den Kopf, als sie damit die aufkommende Vorstellung hinauswerfen könnte.

„Ist wirklich alles klar? Warum schüttelst du mit dem Kopf?"

„Ich habe nur an etwas gedacht", antwortet Debbie und versucht den Gedanken, dass ihre neue Liebe ein eiskalter Verbrecher sein könnte, zu verdrängen. Es gelingt ihr sofort, denn sie denkt an diesen sehr dubiösen Mr. Miller. Er hat ebenso Stil, stellte dumme Fragen und interessierte sich auffällig für den Zeitungsartikel des Banküberfalls.

Wann hat er eingecheckt? Doch auch gestern!

„Richard, wer ist eigentlich dieser Gast, der gestern in deinem Hotel angekommen ist?"

„Welcher?"

„Miller!"

„Ach der. Er hat sich als James Miller eingetragen. Handelsvertreter. Sehr gesprächig. Typisch für Vertreter. Ich weiß gar nicht, was er verkauft. Warum fragst du?"

„Ist er ein Stammgast?"

„Nein. Es kann zwar sein, dass er schon einmal hier war, aber ich glaube nicht. An diesen Mann würde ich mich sicherlich erinnern."

„Er hat sich komisch benommen."

„Ich weiß im Moment nicht worauf du anspielst."

„Er sagte mir, dass er aus London angereist ist. Und er interessierte sich auffällig für den Zeitungsartikel über den Gentleman Bankräuber. Er hat, zumindest soweit ich es beurteilen kann, zwar nervige, aber gute Manieren. Er könnte als Gentleman durchgehen."

„Debbie, ist das nicht zu viel Detektivspiel? Wenn jemand so einer Tat bezichtigt wird, sollte man schon mehr Beweise haben als ein Bauchgefühl."

„Es würde erklären, weshalb Clark hier ist."

Mist, habe ich zu viel verraten?

„Dein Mann arbeitet am Fall des Gentleman-Räubers?"

Debbie sucht eine Brücke, um aus dieser Einbahnstraße wieder herauszukommen. „Also, ich meine es wäre eine Erklärung, denn welcher Polizist Englands arbeitet nicht am Fall dieses Serienverbrechers?"

„Du glaubst doch nicht, dass dein Mann diesen Mr. Miller verfolgt? Das wäre keine gute *Publicity* für mein Hotel."

„Es war ja nur eine Idee. Vielleicht ist da ja gar nichts dran."

Richard schnalzt mit der Zunge: „Lauf, Floyd. Braver Junge, lauf!"

Der Schimmel erhöht das Tempo.

„Es war richtig umzukehren. Sollte etwas in meinem Hotel vor sich gehen und ein Polizeieinsatz bevorstehen, möchte ich anwesend sein."

„Richard, wie gesagt, es war nur ein flüchtiger Gedanke von mir."

„Deine Intuition und Roberts Anmerkung geben mir doch ein wenig Grund zur Sorge."

„Roberts Anmerkung? Was hat Robert damit zu tun?"

„Miller unterhielt sich mit ihm. Er kam immer wieder auf das Thema Geld zu sprechen und sah sich komisch um. Ich kann das jetzt nicht einordnen. Vielleicht möchte er sich mit seinem Anteil einkaufen oder es hier verstecken. Ich weiß nicht, aber wenn Robert und du diesen Mr. Miller für verdächtig halten, dann kann doch etwas mit diesem Kerl nicht stimmen."

„Bauchgefühl. Das waren deine Worte."

„Ich denke, ich lade diesen Mr. Miller vor dem Mittagessen auf einen Aperitif ein und unterhalte mich ein wenig mit ihm. Wenn wir drei Meinungen haben, reicht das eventuell für einen Anruf bei der Polizei."

„Aber sei dabei bitte vorsichtig."

Richard lächelt Debbie an. „Wieso? Sorgst du dich um mich?"

Sie rückt näher an ihn heran. „Schon ein wenig."

„Das ist süß."

„Unsere Liebe ist zwar jung, aber sie ist da. Natürlich sorge ich mich um dich."

„Ich werde bestimmt sehr vorsichtig sein, Schatz. Bedrückt dich noch etwas?"

Debbie überlegt kurz, ob sie es ansprechen soll oder nicht. Schließlich sagt sie: „Wenn man in unserem Alter etwas Neues aufbauen möchte, sollte man von Beginn an ehrlich sein. Als ich vorhin die Nachricht von Clark las, warst du so ernst. Warum?"

„Ganz einfach. Mir wurde die Situation bewusst, in der wir uns befinden."

„Wie meinst du das?"

„Wir spüren ein Verlangen in uns. Füreinander und miteinander, aber du gehörst zu ihm. So meine ich das."

„Dein Gewissen?"

Richard lächelt wieder und zieht die Stirn nach oben. Es sieht schelmisch frech und süß aus.

Wenn er dieses Lächeln aufsetzt, schmelze ich dahin. Dann kann er alles mit mir machen. Wow, das darf ich ihm wohl nie verraten, durchströmt es sie.

„Ich weiß nicht, ob dein Mann vielleicht schon in meinem Hotel ist. Ich möchte aber unbedingt noch einen Kuss von dir. Bekomme ich ihn?"

Debbie grinst jetzt ebenfalls. „Kannst du kutschieren und küssen?"

„Finde es heraus!"

Sie hebt den Kopf, rückt ihren Körper in Position und presst ihren Lippen auf Richards. Das Glücksgefühl kehrt zurück. Euphorie für einen Moment. In diesem Kuss liegen Verzweiflung, Angst und Hoffnung. Er schmeckt bitter-süß. Sie fordern das Schicksal mit ungewissem Ausgang heraus. Sowohl Debbie als auch Richard blicken in eine nebulöse Zukunft.

Als die Umrisse des *Dartmoor Country Hotels* vor ihnen auftauchen, rückt Debbie instinktiv ein Stück zur Seite. Sie versucht ihre Nervosität zu verbergen, indem sie einfach still da sitzt und die letzte halbe Meile der Kutschfahrt nicht mehr spricht.

Richard ist ebenfalls sehr angespannt. Debbie spürt das. Sein Gesichtsausdruck ist ernst. Die beschwingte Leichtigkeit fehlt.

„Haaalt!", ruft er dem Schimmel zu und zieht die Zügel straff.

Schnaubend bleibt Floyd stehen.

George kommt angelaufen. „Sie sind schon wieder zurück?"

„Ja, es ist etwas dazwischen gekommen. Gab es am Vormittag etwas außergewöhnliches, George?"

„Nein. Robert war mit dem Land Rover beim Tanken und hat ihn gewaschen. Ach ja, eine junge Frau hat angerufen und gefragt, ob wir noch ein Zimmermädchen brauchen. Sie meldet sich am Montag nochmal."

„Danke."

George greift in seine Manteltasche, zieht ein Stück Mohrrübe heraus und gibt sie dem Schimmel. „Ich kümmere mich um Floyd und die Kutsche."

Richard stimmt zu, steigt aus und geht um die Kutsche herum. Er reicht Debbie die Hand und hilft ihr beim Aussteigen. „Keine Polizei, kein Scotland Yard. Scheinbar hat dein Mann eine andere Aufgabe oder *unser* Mr. Miller ist gar nicht so verdächtig", flüstert er ihr zu.

„Wir werden sehen."

Sie blicken sich an. Debbie fühlt sich zu diesem Mann hingezogen. „Danke für die Ausfahrt."

„Das wiederholen wir und dann zeige ich dir das Dartmoor von seiner wilden und romantischen Seite."

„Ich fand es heute auch sehr schön und romantisch, mein Schatz", sagt sie und benutzt dieses Kosewort absichtlich, um seine Reaktion zu sehen.

Volltreffer, denkt sie und ihr Herz schlägt Purzelbäume, als dieses Lächeln und der Glanz in seine Augen zurückkehren.

„Ich werde mich am Nachmittag um ein paar Dinge kümmern und würde mich freuen, wenn wir heute Abend zusammen ..."

Noch bevor er ausgesprochen hat, formt Debbie einen Kussmund und macht ein schmatzendes Geräusch. „Mhmm ... das möchte ich doch hoffen. Ich freue mich auf später."

Sie dreht sich um und geht, wissend, dass sein Blick auf ihrem Hintern ruht, zum Hoteleingang.

In diesen Kerl muss man sich einfach verlieben

Robert sitzt wieder hinter der Rezeption. Er sieht den Hotelgast und greift nach hinten. „Ihr Schlüssel, Mrs. Russel."

Debbie verspürt trotz des üppigen Frühstücks etwas Appetit. Sagen Sie, Robert, hat das Restaurant geöffnet? Gibt's jetzt schon etwas zu essen?"

„Von 11.00 bis 15.00 Uhr, Mrs. Russel."

„Wunderbar. Ich habe ein bisschen Hunger bekommen. Die frische Luft draußen im Moor ist sehr appetitanregend."

„Wenn Sie wirklich nur eine Kleinigkeit *lunchen* möchten, empfehle ich den *Toast Dartmoor*."

Debbie gefällt dieser Vorschlag. „Hört sich gut an."

„Sie werden ihn lieben. Ein hauchdünnes Filetsteak auf hausgemachtem Dressing mit Champions und Salatblatt."

„Wow. Das klingt grandios. Vielen Dank für den Tipp."

„Sehr gerne."

Debbie geht zur Treppe und auf direktem Weg in ihr Zimmer. Sie benötigt weniger als eine Viertelstunde, um sich frisch zu machen. Gut gelaunt betritt sie schließlich das Restaurant. Sie wählt einen Tisch an der Wand und setzt sich hin.

Vor hier aus kann ich das ganze Lokal überblicken.

Außer ihr befindet sich lediglich das ältere Ehepaar im Restaurant.

Der gleiche junge Mann, der ihr das Frühstück aufs Zimmer gebracht hat, kommt mit der Speisekarte an ihren Tisch. Er erkennt Debbie und lächelt. „Guten Tag, Mrs. Russel. Darf ich Ihnen die Speisekarte überreichen?"

„Hallo Eric", grüßt sie zurück. „Nein danke, ich weiß schon was ich möchte."

Er klemmt die Karte unter den linken Arm, zückt Block und Stift und sieht Debbie an. „Ihr Wunsch? Wissen Sie schon, was Sie trinken möchten?"

Wo haben die denn alle dieses freundliche Getue gelernt. Hier fühlt man sich wie ein Adeliger auf seinem Schloss im Mittelalter. Jeder hofiert einen. Toll! Das muss ich Richard sagen. Mit diesem Stil ist er bestimmt einzigartig. Wenn sich das herumspricht, wird er mit diesem Hotel zum Millionär.

„Ich hätte gern eine große Tasse heißen guten englischen Tee und zum Essen ein stilles Wasser."

„Sehr gerne, was darf ich zum Essen bestellen?"

„Den *Toast Dartmoor*."

„Eine gute Wahl. Der ist sehr lecker", rutscht es Eric heraus. Das klingt zwar nicht so förmlich, aber dafür unheimlich nett.

Noch bevor Debbie ihren Tee serviert bekommt, betritt Mr. Miller das Restaurant, blickt sich um, sieht Debbie und kommt direkt auf sie zu.

Oh mein Gott. Das darf doch nicht wahr sein, denkt sie, bemüht sich aber um einen höflichen Gesichtsausdruck.

„Guten Tag, Mrs. Russel. Gestatten Sie, dass ich mich zu Ihnen setze?"

Debbie ist davon ausgegangen, dass er sie grüßt und weitergeht. Überrascht nickt sie, bereut es jedoch im gleichen Moment.

Ich bin so dumm. Wieso habe ich nicht abgelehnt. Oh je, jetzt muss ich mit diesem Kerl quatschen.

Ihr fällt auf, dass der Anzug, den Mr. Miller trägt, zu kurz für ihn ist. Sie muss innerlich schmunzeln.

Schlaksiger Typ und Anzug von der Stange. Hässlich!

Als er sich setzt, rutschen die Ärmel nach hinten und geben links und rechts zu viel Hemdsärmel frei.

Die Hosenbeine sind bestimmt auch weit über die Knöchel gerutscht und wie ich den Geschmack dieses unsympathischen Typen einschätze, trägt er weiße Socken. Was will er von mir?

Während sie kurz darüber grübelt und es sich bildlich vorstellt, durchfährt sie ein kleiner Schauer.

Um Gottes Willen! Er will mich doch nicht anbaggern um mit mir auszugehen oder sogar ..., sie wagt es mit leichtem Ekel nicht weiter darüber nachzudenken.

Wie ein Scanner fliegt ihr Blick über den ganzen Mann. Sie erkennt einen Ehering und ist vorerst beruhigt.

„Sie müssen mich für sehr aufdringlich halten, Mrs. Russel, aber ich schätze einfach das Gespräch mit meinen Mitmenschen. Sagen Sie mal, Sie haben doch auch die Sache mit dem Gentleman-Bankräuber gelesen."

Jetzt wird es doch interessant. Vielleicht kann ich ihm etwas entlocken. Dann werde ich Clark umgehend informieren.

„Ja, klar. Heute Morgen in der Zeitung. Da waren Sie ja dabei. Warum fragen Sie?"

Eric bringt Debbies Tee und das Wasser. Er serviert etwas umständlich und ist sehr bemüht keinen Fehler zu machen. Als alles auf seinem Platz steht, wendet er sich dem neuen Gast zu.

„Sir? Haben Sie einen Wunsch?"

„Tee ist eine hervorragende Idee. Bringen Sie mir bitte auch eine große Tasse *Earl Grey*. Bitte mit Milch und Zucker."

„Gerne, Sir. Möchten Sie auch etwas essen?"

„Nein, ich bin auf Diät", kommt es etwas schroff.

Debbie muss grinsen. Ein großer, schlanker Kerl gibt an, auf Diät zu sein. Irgendwie findet sie das witzig.

Ob das seine Art von Humor ist? Das wäre trockener, englischer Humor vom Feinsten. Vielleicht wird die Unterhaltung ja ganz amüsant.

Debbies Grinsen ist Mr. Miller nicht entgangen. Als der Kellner weg ist, grinst auch er und erklärt: „Das sage ich immer, wenn ich bereits gegessen habe und satt bin. Die Gesichtsausdrücke der Bedienungen sind einfach unbezahlbar ... ha, ha, ha", lacht er.

„Aha", versucht Debbie Haltung zu bewahren. Sie verzieht keine Miene.

Mr. Miller merkt das und rudert etwas zurück. „Außerdem, wenn ich zum Essen gekommen wäre, hätte ich auch etwas bestellt oder die Speisekarte verlangt."

Dieser Satz macht ihn wieder unsympathisch. Debbie ergreift Partei für den jungen Kellner. „Der junge Mann heißt Eric und er ist sehr bemüht. Er ist noch ein Lehrling und ich bin der Ansicht, dass er einen sehr guten Job macht."

„Ich habe es auch gar nicht böse gemeint", winkt er sofort ab. „Übrigens, kennen Sie Mr. Huntington zufällig doch etwas näher?"

Schlagartig ist das Thema gewechselt und mit der Frage, die der schlaksige Mann nachgeschoben hat, ist auch sein Schmunzeln gewichen. Stattdessen kneift er die Augen zusammen und visiert Debbie regelrecht an. Sie fühlt sich nicht wohl und merkt sofort, dass dieser Mr. Miller ein Geheimnis hütet. Die Gedanken der Londonerin überschlagen sich.

Was willst du von mir, du mieser Kerl? Debbie sei vorsichtig, er ist mit allen Wassern gewaschen und sehr gewieft. Ein falscher Satz und er dreht dir das Wort im Mund um. Pass auf! Konzentriere dich!

Sie hievt das Tee-Ei aus der Tasse, lässt es etwas abtropfen und legt es auf den kleinen, dafür vorgesehenen Seitenteller. Dann gibt sie etwas Zucker in den Tee. Auf Milch verzichtet sie. Während sie umrührt und den Löffel ablegt, fragt sie: „Wie meinen Sie das?"

Mr. Miller betrachtet Debbie und ihre Bewegungen so genau, als wolle er sie scannen. „So, wie ich es gesagt habe."

Sie hebt die Tasse an und nimmt einen Schluck. „Köstlich. So eine Tasse Tee ist doch immer wieder erfrischend wohltuend."

Mr. Miller dreht sich zur Seite, um nach dem Kellern zu sehen. „Ja, da gebe ich ihnen recht. Wo bleibt denn mein Tee?"

„Wir sitzen hier nicht in einem Schnellrestaurant, Mr. Miller. Hier bekommen Sie beste Qualität in vorzüglichen Ambiente. Das dauert eben."

„Ja, Mrs. Russel. Ich bin wohl zu ungeduldig", antwortet er, blickt sie wieder mit zusammengekniffenen Augen an und grinst erneut. Debbie weiß nicht, ob dieses Grinsen freundlich oder eher hämisch ist. Sie fühlt sich jedoch als Siegerin, so als ob diese Runde an sie gegangen ist.

Eins zu null für mich, Mr. Miller, denkt sie.

Mr. Miller beugt sich vor. „Um den Faden nicht zu verlieren, Mrs. Russel, mir ist nicht nur aufgefallen, dass Sie gestern gemeinsam anreisten, am Abend dinierten und heute Morgen ...“

Eric steht plötzlich am Tisch. „Ihr Tee, Sir.“

Mr. Miller unterbricht den Satz und lehnt sich wieder zurück. Nachdem Eric serviert hat und gegangen ist, spielt der Hotelgast mit dem Tee-Beutel. Er hebt ihn mehrfach aus dem Wasser und lässt ihn etwas hineinsinken. „Wissen Sie, weshalb ich kein Tee-Ei, sondern einen Teebeutel bekam? Und dieser bereits eine Minute in der Tasse verweilt, bevor der Tee serviert wird?“ Ohne auf die Antwort zu warten, spricht er weiter. „Man muss ihn mindestens zwei und darf ihn höchstes drei Minuten ziehen lassen. Dann hat sich sein Aroma perfekt entfaltet. Und er befindet sich in einem Beutel, weil sich die Blätter des Earl Grey in einem Tee-Ei nicht entfalten können.“

„Sie scheinen sich mit Tee gut auszukennen.“

„Ich liebe Tee und vor allem Earl Grey“, antwortet er und gibt den Beutel aus der Tasse. Dann zuckert er den Earl Grey und fügt etwas Milch hinzu. „Es ranken sich etliche Geschichten um diesen wunderbaren Tee, der ursprünglich nur in China angebaut wurde.“

„Interessant. Welche Geschichten denn?“, hakt Debbie nach.

Miller ist scheinbar in seinem Element. „Manche sagen, dass ein Handelsschiff, auf dem reiner Schwarztee nach England verfrachtet wurde, in einem Sturm sank. Man konnte es bergen, doch der Tee hatte sich mit dem ebenfalls an Bord befindlichen Bergamotte-Öl vermischt. Um ihn nicht wegzuwerfen, verschwieg man das und verkaufte den Tee. Der Geschmack kam an.“

„Stimmt das? Für mich klingt das nicht gerade plausibel. Wenn ein Schiff sinkt, dringt Wasser ein. Alles wäre verdorben gewesen.“

Miller lacht. „Ha, ha.“

„Wie lautet die wahre Geschichte dieses Tees?“

„Das ist ganz einfach. Die Schiffsreisen dauerten viele Wochen und außer Tee wurden auch andere Dinge transportiert, wie zum Beispiel Öle, Fische oder Tabak. Zudem moderte es in den Lagerräumen der Handelsschiffe. Damit der chinesische Tee nicht den Geruch der anderen Waren oder Modergeruch annahm, versetzte man ihn mit

Bergamotte-Öl. Es wirkt sich positiv auf Herz und Kreislauf aus. Der Tee belebt und wirkt stimmungsaufhellend. Ein wahres Wundermittel."

„Aha."

„Ich mag ihn typisch englisch mit Zucker und einem Schuss Milch. Die nimmt die Bitterstoffe heraus. Fanatische Earl Grey-Trinker genießen ihn ausschließlich pur."

„Danke für die Lehrstunde."

„Der Namenspatron, 2. Earl Sir Charles Grey war britischer Premierminister und hob 1833 das Preismonopol der Ost-Indien Company auf. Erfunden hat er ihn nicht, aber in gewisser Weise den Weg nach England geebnet."

Debbie ist zwischenzeitlich etwas genervt.

Hätte ich doch nie gefragt. Dieser Typ kann richtig langweilen. Wie kann man nur so viel über Tee quatschen?

Miller ist sehr aufmerksam und registriert sofort, dass Debbie in Gedanken überall ist, nur nicht bei Earl Grey und dem Schwarztee. Er nimmt einen Schluck Tee, stößt ein: „Ahh ... sehr gut", aus und gibt dem Gespräch eine neue Zielrichtung. Er greift das von ihm zuvor angeschnittene Thema wieder auf. „Heute Morgen drehte ich eine erfrischende Runde um das Hotel. Ich sah, wie einer der Angestellten einen Schimmel vor eine Kutsche spannte. Richtig Idyllisch ..."

Debbie ahnt was jetzt kommt. Er hat sie und Richard beobachtet. Fieberhaft sucht sie ihre Erinnerung ab, kann diesen schlaksigen Kerl aber nicht unterbringen. Sie hat ihn definitiv nicht gesehen.

Er hat uns also heimlich beobachtet. Dieser Mann ist gefährlich. Was will er?

„... und dann kam Mr. Huntington. Schick gekleidet. Elegant. Tja, und dann ..."

„Kam ich. Na und? Wir fuhren eine Runde durch das Moor. Das war eine spontane Idee. Und ich denke, das geht sie nichts an. Mr. Miller! Worauf wollen Sie hinaus?"

Er beugt sich vor und senkt seine Stimme. Debbie weiß jetzt, woran er sie die ganze Zeit erinnert.

Er sieht aus, wie diese Totengräber in Hollywood-Western. Lang, schlaksig, Hosen und Sakkos zu kurz und einen stechenden Blick.

„Ich möchte garantiert nicht indiskret sein. Sollte ich den Eindruck erwecken, tut mir das aufrichtig leid."

Ein wenig Wut kommt in Debbie auf. Entsprechend patzig reagiert sie. „Sie sind indiskret und das finde ich nicht in Ordnung."

Ohne darauf einzugehen, spricht Miller weiter. „Es hat schon seinen Grund, weshalb ich so um den heißen Brei herumrede. Natürlich habe ich ein Ziel. Wie ich gestern bereits erwähnt habe, bin ich Handelsvertreter."

„Ja. Und was hat das damit zu tun, dass ich mit Mr. Huntington gestern zu Abend gegessen und heute Vormittag eine Kutschfahrt gemacht habe?"

„Meine Hoffnung liegt darin, dass Sie mir vielleicht helfen könnten."

Debbie versteht nicht, wie sie diesem Mann auch nur annähernd helfen könnte. „Wie denn?"

Eric kommt und serviert das Essen. „Ihr *Toast Dartmoor*, Mrs. Russel."

Der Anblick ist ein Gedicht. Debbie weiß sofort, dass sie die richtige Wahl getroffen hat. Auf zwei Scheiben Toast ruht, auf einem mit leicht orangefarbenem Dressing beträufelten Salatblatt, ein hauchdünnes Filetsteak. Champignons, drei Tomatenscheiben, garniert mit frischen Kräutern und ein paar grünen Pfefferkörnern, runden den Augenschmaus ab. Neben dem Toast liegen zwei im Speckmantel gebratene Feigen. Debbie greift sofort zu Messer und Gabel.

„Sie entschuldigen, Mr. Miller. Ich esse."

„Guten Appetit."

Er sieht ihr zu. Trinkt von seinem Tee und scheint Appetit zu bekommen, als sie das Steak anschneidet und das Zartrosa zum Vorschein kommt. „Das sieht einfach zu verlockend aus. Sagen Sie, wie heißt dieser Kellner nochmal?"

Debbie schluckt einen Bissen hinunter, nimmt einen Schluck Wasser und sagt: „Eric."

Mr. Miller hebt die Hand und ruft nach Eric. Dieser kommt zum Tisch.

„Stimmt etwas nicht?", fragt er mit leicht besorgtem Blick.

„Alles top, Eric. Super. Das schmeckt perfekt."

Die Gesichtszüge erhellen sich.

„Ich hätte auch gerne so einen Toast. Wenn man das sieht, bekommt man Hunger."

„Und er macht auch nicht dick, Mr. Miller. Der *Toast Dartmoor* ist für eine Diät geeignet."

Debbie muss innerlich lachen.

„Sonst noch einen Wunsch?", fragt Eric sehr höflich nach.

„Nein, nur den Toast."

Der Hotelangestellte nickt, verbeugt sich leicht und geht.

Debbie widmet sich wieder dem Hotelgast. „Landmaschinen?", fragt sie.

„Ja. Ich vertrete eine große Firma und würde unsere Produkte gerne Mr. Huntington anbieten."

„Wieso fragen Sie ihn nicht selbst? Sie scheinen nicht gerade schüchtern zu sein!"

„Ich wollte nicht zu forsch an die Sache herangehen und dachte mir, dass ich mit etwas Hintergrundwissen besser argumentieren könnte. Wissen Sie, vor kurzem brannte eine Scheune auf diesem Gelände ab. Ich habe es zufällig erfahren und fragte mich, ob da nicht auch die eine oder andere Landmaschine ebenfalls verbrannt ist."

„Ich verstehe nicht?"

„Also, wenn ich einen großen Auftrag schreibe, kann ich ein gutes Angebot unterbreiten. Ich möchte aber nicht mit den Preisen runtergehen und nur ein oder zwei Maschinen verkaufen. Ich hätte dann nichts verdient."

„Aha."

„Ich möchte ihn nicht über den Tisch ziehen, Mrs. Russel, sondern ein gutes Geschäft für beide Seiten einfädeln."

„Woher haben Sie das mit dem Brand erfahren?"

Miller lehnt sich wieder zurück. „Ich habe es zufällig gehört, als ich auf der Durchreise war. Im Pub. Deshalb habe ich ein Geschäft gewittert und bin von London aus noch einmal zurückgefahren."

Debbie spürt, dass an dieser Geschichte etwas nicht stimmt. Andererseits kann es auch wahr sein. Dieser Mann ist völlig undurchsichtig und sehr geschickt in seiner Argumentation.

„Sie hätten sich da besser mit den Angestellten von Mr. Huntington unterhalten als mit mir. Oder noch besser, mit Mr. Huntington selbst."

„Nun, ich dachte, Sie könnten mir besser helfen."

„Nein. Tut mir leid."

„Schade."

Debbie wartet ein wenig, dann wechselt sie das Thema. „Wieso interessieren Sie sich so offensichtlich für den Gentleman-Bankräuber?"

Sie mustert das Verhalten des angeblichen Handelsvertreters. Ein kaum merkliches Zucken an einem seiner Augenlider war zu erkennen, sonst nichts. Zu spät begreift sie, dass sie ein gefährliches Spiel beginnt. Sie könnte sich ohrfeigen.

Ich hätte diese Frage nicht stellen sollen. Wenn er der Täter ist, kann es gefährlich für mich werden.

„Wieso sollte ich mich nicht für den Gentleman-Bankräuber interessieren? Ganz Großbritannien möchte den Kerl fassen."

Mist! Er ist ein guter Schauspieler. Lässt sich nichts anmerken.

„Er wird der Polizei ins Netz gehen. Früher oder später."

„Hoffentlich früher. Der Kerl ist dreist und gefährlich. Ich glaube, dass die Belohnung der Banken nach dem letzten Überfall nochmal erhöht werden wird."

„Wie hoch ist sie doch gleich wieder?", schiebt Debbie nach.

Die Augen des Vertreters glänzen. „10.000 Pfund Sterling. Eine Menge Geld. Wenn man den Täter kennen würde, könnte man sich auf die Schnelle sehr viel Geld verdienen. Wie sieht es aus, Mrs. Russel? Könnten Sie der Polizei helfen? Sagen Sie es mir, dann helfe ich Ihnen."

Debbie ist gewarnt. Sie versucht zu lächeln und winkt ab. Dann nimmt sie den letzten Bissen Toast. Das verschafft ihr Zeit. Schließlich sagt sie mit halb vollem Mund. „Leider nicht. Ich bin eine ganz normale Hausfrau und habe diesbezüglich weder einen Verdacht noch näheres Wissen."

Er mustert sie, legt den Kopf leicht nach links. Es ist eine Erlösung, als Eric an den Tisch kommt und gut gelaunt den bestellten Toast Dartmoor serviert. Debbie nutzt die Gelegenheit, öffnet ihren

Geldbeutel und zieht eine zehn-Pfund-Note heraus. „Eric, das ist für Sie. Bitte schreiben Sie die Rechnung aufs Zimmer."

Der junge Kellner strahlt. „Sehr gerne, Mrs. Russel. Vielen Dank."

Debbie trinkt das Wasser leer, nimmt ihre Handtasche und verabschiedet sich von Mr. Miller. „Danke für die Gesellschaft und die kleine Tee-Kunde. Ich hoffe, Sie können ein paar Ihrer Maschinen verkaufen. Viel Glück und guten Appetit."

Der Handelsvertreter ist bezüglich des schnellen Aufbruchs etwas überrascht, widmet sich aber schnell seinem Toast. „Es war mir eine Freude. Vielleicht sehen wir uns später noch einmal. Ich möchte mir die Hotelanlage noch einmal in Ruhe betrachten. Ein tolles Gebäude und so perfekt renoviert. Das war bestimmt nicht billig. Schönen Tag noch."

„Ihnen auch."

Debbie geht ins Foyer und direkt zur Rezeption. Sie möchte sich nach der Adresse von Snappers Werkstatt erkundigen. Da läutet das Telefon. Der Platz des Rezeptionisten ist jedoch leer. Debbie wartet. Robert eilt aus einem kleinen Nebenbüro hinter den Tresen.

„Nehmen Sie das Telefonat an. Ich habe Zeit. Es läutet schon länger", sagt Debbie.

Robert hebt ab. „Dartmoor Country Hotel, Rezeption, Sie sprechen mit Robert Haynes. ... Ah... Dr. Struggles ...", er hebt die Muschel des Telefons zu und flüstert. „Das ist unser Tierarzt. Eines der Pferde hat sich vermutlich einen Huf entzündet. Er wollte eigentlich schnell vorbeikommen."

„Lassen Sie sich Zeit."

„Danke", sagt er kaum hörbar und spricht mit dem Anrufer. „Ich bin noch dran, Dr. Struggles. Wie? Sie kommen etwas später. Die Polizei war bei Ihnen ...", er hört dem Tierarzt aufmerksam zu. „Interessant ... Was? Scotland Yard! ... Was Sie nicht sagen ... Sie glauben, dass dieser Inspektor Russel auch zu uns kommt. Wieso denn das?"

Pause. Der Anrufer spricht etwas länger.

„Ach, wegen dem Geländewagen. Sie überprüfen alle Fahrzeughalter in dieser Gegend ... Nein, Dr. Struggles. Sie waren noch nicht hier ... ah... dann werden sie erst zur Farm von Mr. Carlings fahren.

Die haben auch einen Geländewagen ... alles klar, Mr. Struggles. Ich richte es Mr. Huntington gerne aus. ... ja ... Ihnen auch... bis später."

Robert legt auf. Sein Blick wirkt leicht niedergeschlagen, besser gesagt, nachdenklich. Dann greift er zum Zimmerschlüsselbrett und sucht Debbies Schlüssel.

„Den Schlüssel habe ich doch vorhin schon geholt", schmunzelt sie.

„Ach ja... ich bin etwas durcheinander."

„Ich wollte wissen, wo ich die Werkstatt von Snapper finde."

„Das ist einfach, Mrs. Russel." Er stockt. Ihm fällt die Namensgleichheit auf. „So ein Zufall. Scotland Yard prüft die Halter von Geländewagen, die in dieser Gegend zugelassen sind und dieser Inspektor, der das durchführt, heißt auch Russel. Kennen Sie ihn zufällig?"

Debbie weicht der Frage aus. „Russels gibt's viele in England. Das ist wirklich ein Zufall. Was sagten Sie, wann möchten die Leute vom Scotland Yard hier sein?"

„Dr. Struggles meinte, dass sie erst zur Carlings-Farm fahren. Dann dauert es mindestens eine Stunde bis sie hier sind. Die Polizisten sind gerade weggefahren."

Debbie ist nicht daran interessiert, dass Sie hier im Hotel auf ihren Mann trifft. Sie fällt eine schnelle Entscheidung. „Robert, wie war das doch gleich mit Snappers Werkstatt? Wie komme ich da am schnellsten hin?"

„Gut, dass Sie fragen. Er hat vorhin hier angerufen. Ihr Rover ist leider zu stark beschädigt. Er könnte es zwar reparieren, aber es würde mindestens eine Woche dauern und es lohnt sich nicht. Er würde Ihnen den Wagen aber als *Ersatzteillager*, wie er es bezeichnet, abkaufen und hätte ein baugleiches Modell zum Verkauf auf seinem Autohof stehen. Er würde Ihnen einen guten Preis machen."

„Mein Auto ist nicht zu retten, so ein Mist! Dann brauche ich einen anderen Wagen."

„Henry zieht sie nicht über den Tisch. Sie können ihm vertrauen. Er ist eine ehrliche Haut."

Debbie ist erleichtert. „Danke Robert. Das beruhigt mich etwas. Ist es weit?"

„Ich habe heute die Frühschicht, Mrs. Russel. In 45 Minuten werde ich abgelöst. Ich kann Sie hinfahren, wenn Sie möchten."

„Das wäre toll. Sehr gerne, aber nur wenn es wirklich keine Umstände macht."

„Überhaupt nicht, ich muss etwas besorgen und fahre ohnehin dort vorbei."

„Das klingt fantastisch."

„Treffpunkt in einer dreiviertel Stunde hier?"

„Ich warte in meinem Zimmer. Ich werde pünktlich sein."

In Debbies Kopf rattert es los, bevor sie die Treppe erreicht. Ein Tsunami an Gedanken rollt über sie hinweg. Gesichter tauchen auf und verschwinden. Clark, Richard, Mr. Miller, George und auch Robert lachen sie an. Sie ist verwirrt. Debbie schließt die Tür auf und betritt das Zimmer. Sie geht ins Bad, kurz darauf setzt sie sich an den Tisch, um nach und nach die letzten beiden Tage zu rekonstruieren und zu ordnen.

Wenn Mr. Miller der Gentleman-Bankräuber ist, wird ihn Clark in Kürze festnehmen. Ich glaube, dass er die Banken in London ausraubt und sich dann aufs Land zurückzieht. Die Beschreibung passt auf den Kauz, der sicherlich unheimlich galant auftreten kann. Als Vertreter kann er mit Menschen umgehen, sie lenken und manipulieren. Er zieht sich nach seinen Verbrechen zurück, flüchtet quasi in die Provinz. Mal nach hier, mal nach dort, mal nach da. Jetzt ist er hier im Dartmoor gelandet. Das ist sein Pech. Mein Mann hat seine Spur aufgenommen und er wird ihn jagen, bis er ihn erwischt. So kenne ich meinen Mann. Er sammelt Puzzlestück für Puzzlestück, fügt es zusammen und sobald sich ein deutliches Bild ergibt, schlägt er zu. Gnadenlos!

Sie jubiliert innerlich. Eine Art von Zufriedenheit macht sich breit, die sie nicht einordnen kann. Sie überlegt, ob sie sich umziehen soll, entscheidet sich aber dagegen. Sie geht ins Bad, um sich zurecht zu machen. Als sie in den Spiegel blickt, überkommen sie Zweifel.

Hm ... Miller benimmt sich äußerst verdächtig, aber warum hakt er so oft auf Richard herum und versucht Informationen über ihn heraus zu bekommen? Warum verhält er sich nicht still und unauffällig? Das macht alles keinen Sinn. Das mit den Landmaschinen nehme ich ihm nicht ab. Kein Vertreter sucht Kontakt über einen Dritten, wenn es nicht unbedingt sein muss. In diesem Fall ist es absolut irrelevant. Wenn, dann hätte er einen der

Hotelangestellten nach dem Schaden des Brandes fragen müssen. Nein, er hätte Richard persönlich ansprechen müssen.

Debbie ist völlig verwirrt. Glaubte sie noch vor zwei Minuten an Mr. Millers Schuld, kommt sie jetzt davon ab.

Irgend etwas stimmt hier nicht.

Sie versucht sich an das kurze Gespräch mit Robert zu erinnern. Er sagte, dass Clark gerade bei einem Tierarzt war und auch hierher kommen wird.

Scotland Yard checkt die Halter von Geländewagen ab, die hier im Dartmoor zugelassen sind. Es scheint eine Öffentlichkeitsfahndung zu sein, sonst wäre Clark um Längen vorsichtiger an die Sache heran gegangen. Das weiß ich. Als Frau eines Polizisten lernt man mit den Jahren so zu denken, wie ein Polizist denkt.

Debbie begibt sich zurück ins Zimmer. Ihr kommt eine Idee. Sie geht zum Schreibtisch, greift zum Telefon und ruft die Rezeption an. Nach dreimal Läuten hebt Robert hab.

„Rezeption, Robert am Apparat, was kann ich für Sie tun?"

„Robert, hier ist Mrs. Russel."

„Mrs. Russel, haben Sie es sich anders überlegt?"

„Nein", antwortet Debbie schnell. „Ich wollte Sie nur schnell fragen, welchen Wagen Mr. Miller fährt."

„Mr. Miller? Warum denn das?"

„Nun", schwindelt Debbie, „ich saß mit ihm beim Mittagessen zusammen und wir sprachen über meinen Unfall. Er empfahl mir die Automarke, die er fährt. Jetzt bin ich als Frau mit diesem Thema nicht so vertraut und ich habe die Automarke vergessen. Vielleicht können Sie mir helfen."

Robert lacht kurz. „Kein Problem. Mr. Miller fährt einen Kleinwagen, einen Toyota. Das ist ein japanisches Auto."

„Einen japanischen Kleinwagen?"

„So ist es, Mrs. Russel."

„Danke, dann hatte ich das doch richtig in Erinnerung."

„Keine Ursache. Bis gleich dann."

„Ja, Robert, bis gleich."

Sie legt auf. Ein japanischer Kleinwagen passt überhaupt nicht ins Profil.

Verflucht Miller, was ist dein Geheimnis? Um was geht's dir? Ich glaube nicht, dass du der Gentleman-Räuber bist, aber an dir stinkt etwas gewaltig.

Debbie bewegt sich gedanklich in einer Sackgasse. Sie weiß, dass Clark in Kürze hier sein auftaucht. Er wird sich mit Richard unterhalten, warum auch immer, dann feststellen, dass ein gutsituierter Hotelier wohl kaum der Gentleman-Räuber sein kann und wieder fahren. Doch ihr Wunsch ist es, dass er diesen Mr. Miller genauer prüft. Insofern er überhaupt Miller heißt und Handelsvertreter ist. Debbie fasst einen Entschluss. Sie nimmt ihr Mobiltelefon und öffnet den WhatsApp-Chat mit Clark. Mit gemischten Gefühlen beginnt sie zu schreiben.

Hallo Clark, ich habe erfahren, dass du hier im Dartmoor bist und wohl auch ins Dartmoor Country Hotel kommst, um etwas zu prüfen. Hier hat ein Mr. Miller eingecheckt. Ich weiß nicht warum, aber er kommt vielen Leuten sehr verdächtig vor. Sie glauben, dass er etwas mit dem Gentleman-Bankräuber zu tun hat. Angeblich verkauft er Landmaschinen, doch ich glaube, dass das nicht stimmt. Vielleicht hilft dir dieser Hinweis.

Ich bin wohlauf, hatte aber einen kleinen Unfall. Das erzähle ich später mal. Wir müssen ohnehin ernsthaft miteinander reden. Es hat sich viel ereignet. Mehr möchte ich jetzt gar nicht schreiben. Bitte sieh dir Mr. Miller genau an und überprüfe ihn.

Vielen Dank

Gruß

Debbie

Sie liest sich den Text zweimal durch, überlegt noch eine weitere Minute, dann sendet sie ihn ab. Sie spürt dass sich ihr Puls nur langsam normalisiert. Noch nie war ihr Clark so fremd, wie in diesem Moment.

Liebe fragt nicht! Sie kommt und geht, wie es ihr gefällt. Man ist ihr machtlos ausgeliefert.

10

„Meinen Geländewagen ansehen? Was soll damit sein?"

Der Tierarzt ist weit über 60 Jahre alt und ziemlich korpulent. Clark hat versucht, diesem Mann höflich zu erklären, weshalb er dessen Land Rover genauer betrachten und Hinweise über mögliche Fahrzeugnutzer haben möchte. Allerdings weiß er auch sofort, dass dieser Mann, der vor ihm im Türrahmen steht, nicht der gesuchte Serientäter sein kann.

Vielleicht jemand, der sich das Auto ab und zu ausleiht. Einer seiner Söhne, sofern er welche hat. Oder ein Verwandter, ein Nachbar, ach, ich denke zu viel.

Struggles kratzt sich am Hinterkopf, rückt seine Brille gerade und fragt: „Sergeant Bakerfield. Können Sie mir sagen, was das hier soll? Sie sind von hier, aus dieser Gegend. Diesen Inspektor ..."

„Russel. Chief Inspektor Russel vom New Scotland Yard aus London", erklärt Clark zum wiederholtem Mal.

„Richtig, Russel. Also ich kenne Mr. Russel nicht und kann mir nicht vorstellen, weshalb er meinen Wagen sehen möchte."

„Dr. Struggles. Das ist reine Routinearbeit und ich bin hier, um das New Scotland Yard zu unterstützen."

„Wobei?"

„Wie der Chief Inspektor schon eingangs erwähnt hat. Wir sind auf der Suche nach Beweismitteln in Bezug auf den *Gentleman-Bankräuber*", antwortet der Sergeant.

Dr. Struggles lacht. „Sie denken doch wohl nicht, dass ich der Bankräuber bin."

„Nein!"

„Nein", kommt es von Clark und Bakerfield gleichzeitig.

Clark entspannt sich ein wenig und nimmt eine lockere Haltung ein. „Fahren nur Sie den Wagen?"

„Natürlich. Meine Emmy hat keinen Führerschein und unseren Töchtern ist der Land Rover zu groß."

„Den Schwiegersöhnen nicht", versucht Clark scherzhaft anzubringen.

Dr. Struggles bleibt ernst. „Wollen Sie den Wagen sofort sehen?", fragt er mit einem eher unfreundlichen Ton.

Scheinbar hat Clark ein Thema angeschnitten, das problematisch ist. Sofort kommt ihm in den Sinn, dass dieser Tierarzt entweder Probleme mit den Freunden seiner Töchter hat oder diese womöglich lesbisch sind.

So ein Quatsch! Beide sind auf keinen Fall lesbisch. Das kann ich mir nicht vorstellen. Vermutlich kann er einen von den Freunden auf den Tod nicht leiden! Ich muss sehen, wie ich die Situation wieder entschärfen kann, denkt Clark.

Bakerfield erkennt die zwischenmenschliche Anspannung und prescht dazwischen. „Dr. Struggles, wie geht es eigentlich ihrer Frau?"

Der Tierarzt zieht den innen am Türschloss steckenden Haustürschlüssel ab. Clark erkennt, dass auch ein Autoschlüssel an diesem Bund hängt.

„Emmy geht es gut, Sergeant Bakerfield. Warum fragen Sie?"

„Ich habe sie neulich getroffen. Beim Einkaufen. Sie hat erzählt, dass Sie sich überlegen, einen neuen Hund anzuschaffen. Sie wollte eigentlich keinen jungen Welpen mehr haben, stattdessen lieber auf Reisen gehen, aber dann hat sie gezwinkert und meinte, dass ihr so ein kleiner *Cocker Spaniel* richtig gut gefallen würde."

Dr. Struggles Gesichtsmimik erhellt sich schlagartig. „Das hat sie wirklich gesagt?"

Bakerfield zieht seine Stirn nach oben und hebt die Hände. „Oh, hätte ich das nicht erwähnen sollen?"

Struggles grinst. „Doch, doch, mein lieber Sergeant Bakerfield. Das ist eine sehr interessante Nachricht für mich."

Clark ist überrascht, zu welcher Schauspielkunst sein Kollege fähig ist.

Genial!

„Und sie sagte wirklich, dass es ein *Cocker Spaniel* sein soll?"

„So wahr ich hier stehe, Mr. Struggles. Zwischen der Käseabteilung und der Wurst redete sie von nichts anderem."

Struggles geht in Richtung Garage, drückt auf einen Knopf und das Tor fährt automatisch hoch. Der Land Rover ist stark verschmutzt und hat an der linken Fahrzeugseite eine auffällige Delle. Der Tierarzt zeigt darauf. „Gestern Nachmittag ist mir der Junge von den Carlings reingefahren. Das dürfte ich Ihnen gar nicht sagen. Sie sind ja von der Polizei und der Bengel hat noch keinen Führerschein", lacht Struggles, „aber das war auf dem Hof der Carlings und auf Privatgrund kann er meines Wissens nach tun und lassen, was er will."

Bakerfield schmunzelt und schüttelt leicht mit dem Kopf. „Ich weiß von nichts."

„Prima", spricht der kauzige Tierarzt weiter. „Ich wurde gerufen, weil eine Kuh beim Kalben enorme Probleme hatte."

„Gestern Nachmittag?", fragt Clark.

„Ja, so ungefähr zur *Tea Time*", er wendet sich dem Chief Inspektor zu. „Emmy und ich trinken immer um 16 Uhr eine Tasse Tee. Das ist sozusagen Tradition in unserer Familie."

Clark hört zu und betrachtet dabei den Land Rover. Er vermisst den Aufkleber, den der Zeuge gesehen haben will. Ihm reicht die Alibi-Angabe. Er ist davon überzeugt, dass dieser Dr. Struggles als Gentleman-Bankräuber ausscheidet. „Vielen Dank für Ihre Mithilfe."

„Das war es schon?"

„Das war es schon", bestätigt Clark höflich.

Bakerfield nimmt die Liste und hakt den Tierarzt ab. Struggles steht neben dem Polizisten und erkennt die nächsten beiden Namen.

„Die Carlings sind zu Hause. Ihr Ian hat Hausarrest. Die Stoßstange ihres Land Rover ist hinüber und Sam Carling ist stinksauer."

„Wir werden den Unfall nicht erwähnen", zwinkert Bakerfield.

„Danke."

Zurück im Wagen meint Clark. „Wenn der junge Sohn dieser Farmer-Familie mit ihrem Land Rover gegen den Wagen vom Tierarzt gefahren ist, könnten wir uns die Anfahrt an und für sich sparen. Wir werden dennoch hinfahren, um auch wirklich alles ausschließen zu können", erklärt er Bakerfield.

„Inwiefern alles ausschließen?"

„Rein hypothetisch könnte dieser Tierarzt alles erfunden haben und er ist während der Flucht gegen ein Hindernis gefahren. Ich schließe das zwar aus, aber wir arbeiten unsere Liste stupide ab. So vermeiden wir Leichtsinnsfehler."

„Clark, ehrlich gesagt, habe ich das auch erwartet." Bakerfield startet den Motor. „Dann rollen wir mal rüber zu Carlings Farm."

„Und verschweigen den Unfall", lacht Clark.

Dr. Struggles geht zurück ins Haus.

„Was wollte die Polizei?", fragt seine Frau.

„Nur den Geländewagen ansehen. Das hatte etwas mit dem Bankräuber zu tun."

„Welcher Bankräuber? Ist was in Newton Abbot passiert?"

„Nein, Emmy. Der *Gentleman-Bankräuber*. Du weißt schon, der Kerl, den Scotland Yard überall sucht."

„Scotland Yard? War der andere Mann von Scotland Yard?"

„Ja, Emmy."

„Das muss ich meinen Freundinnen nächsten Mittwoch beim Bridge erzählen. Wie spannend."

„Tu das."

„Auf jeden Fall. Mrs. Stafford wird vor Neid platzen. Bei uns war New Scotland Yard. Wirklich spannend."

„So spannend ist das auch nicht, Emmy. Nicht dass Mrs. Stafford das falsch auffasst und uns mit diesem Verbrecher in Verbindung bringt."

Sie winkt ab. „Ach, dann soll sie doch. Und jetzt *brunchen* wir. Du brauchst etwas Anständiges im Magen. Ich möchte nachher mit Meghan und Susan in die Stadt. Wir kommen erst am Abend zurück."

„Jetzt? Ich muss doch noch zum *Dartmoor Country Hotel* fahren. Sie haben ein Problem mit einem Pferd."

„Dann ruf an und sag, dass es später wird. Das Essen ist fertig. Du kannst noch die Mädchen rufen."

Struggles schlägt den Weg Richtung Küche ein. „Sag mal. Willst du jetzt einen neuen Hund oder nicht?"

„Nein!"

„Auch keinen *Cocker Spaniel?*"

Emmy Struggles kneift die Lippen zusammen und stemmt die Ellbogen in die Hüfte. „Dieser Bakerfield ist ein richtiges Plappermaul."

„Ein *Spaniel* ist okay für mich."

161

„Wirklich? Ich dachte, du willst einen *Mops*."

„Ein *Cocker Spaniel* ist auch in Ordnung. Die sind süß ... mit ihren Schlapperohren."

Emmy Struggles fühlt sich als Siegerin. „Dieser Sergeant Bakerfield ist richtig nett, findest du nicht auch?"

„Ja, Emmy. Kannst du mir die Nummer vom Hotel raussuchen? Ich sage, dass es etwas später wird und dass sie auch von der Polizei besucht werden. Dann kann Mr. Huntington seinen Land Rover schon mal vors Hotel fahren."

„Mach das, aber beeil dich! Das Essen steht auf dem Tisch. Es gibt auch Rühreier und Würstchen."

„Dann rufe ich nach dem Essen an."

„Du machst das jetzt und ich rufe die beiden Mädchen zu Tisch. Hier ist die Nummer und dein Telefon", sagt Emmy forsch und hält ihrem Mann Zettel und Telefon hin.

Dr. Struggles nimmt es und wählt die Nummer des Hotels.

„Kinder, kommt runter. Wir essen!"

Der Anruf wird von Robert entgegen genommen. Der Tierarzt beginnt zu sprechen.

Clark betrachtet die Landschaft. „England hat wunderschöne Ecken. Ich frage mich, weshalb wir immer Urlaub im Ausland machen müssen?"

„Die Mischung macht's, Clark.

„Englands Süden ist wirklich schön."

„Im Vergleich zu London auf jeden Fall. Mich würden keine zehn Pferde dorthin bekommen."

„Schade, ich habe mit dem Gedanken gespielt, dich zum New Scotland Yard zu locken."

Bakerfield lacht. „So wie Waters und Harris? Dann könnte Newton Abbot zusperren."

Sie sind keine fünf Meilen gefahren, als ein dunkler Geländewagen vor ihnen fährt. Er hat sich hinter einen Lastwagen eingeordnet und überholt nicht.

„Einer von unseren Kandidaten?"

„Möglich! Schau doch mal auf die Liste und vergleiche das Kennzeichen."

Bakerfield nimmt etwas Gas weg. Clarks Finger rattert die Liste entlang und bleibt bei einem Kennzeichen hängen. „Gehört zu unseren Verdächtigen. Die Adresse hätte das Team von Constable Pepper überprüfen müssen."

„Was machen wir?"

„Ich funke ihn an."

Clark hantiert am Funkgerät und möchte gerade sprechen, als Bakerfield den Blinker setzt.

„Der Wagen biegt ab. Geht wohl Richtung Widecombe in the Moor. Ich schlage vor, wir halten ihn an."

„Na gut."

Bakerfield beschleunigt, überholt den Geländewagen und schert wieder ein. Dann verlangsamt er die Geschwindigkeit, lässt die Seitenscheibe runter und bugsiert ein Magnetsignallicht aufs Dach. Gleichzeitig zeigt er auf die Anhalte-Kelle, die im Fußraum vom Clark liegt. Dieser greift zu, lässt sein Fenster herunter und hievt die Kelle nach draußen. Der Geländewagen hinter ihnen bremst, blinkt und fährt rechts ran.

Sie halten. Beide Polizisten steigen aus und gehen versetzt zum Fahrzeug. Schon beim Weg dorthin entspannen sich die Gesichtszüge von Sergeant Bakerfield. „Das ist der Wagen von den McNallys. Lisa McNally sitzt am Steuer. Ich kenne sie. Wir gingen zusammen zur Schule."

Clark zieht die Augenbrauen nach oben. „Das ist der Unterschied zwischen London und der Provinz. Hier kennt jeder wirklich jeden."

„Hallo Lisa. Wie geht´s?", begrüßt Frank Bakerfield die Autofahrerin gut gelaunt und lächelt. „Ich habe dich nicht erkannt. Seit wann fahrt ihr einen Land Rover?" Er lächelt und lässt seinen Blick unauffällig durchs Fahrzeug schweifen.

„Frank. Wieso hältst du mich an? Du weißt doch, dass wir uns letzten Herbst den Wagen gekauft haben."

„Schon, aber ich dachte, du fährst immer noch den Mini und dein Mann benutzt den Geländewagen."

Sie lacht. „Ich muss doch den ganzen Einkauf immer verstauen. Das hat schon seinen Grund, weshalb ich den großen Wagen benutzte."

„Weshalb wir dich angehalten haben, hat den Hintergrund, dass wir heute gemeinsam mit dem Scotland Yard eine Aktion haben", erklärt er und erzählt den Grund der Kontrolle.

Mrs. McNally steigt aus. „Dann werfen Sie mal einen Blick in den Kofferraum, Mr. Scotland Yard", prescht sie leicht aufgebracht hervor. „Ich habe heute bei uns zu Hause einen Kindergeburtstag zu feiern. Zehn wilde Jungs, verkleidet als Robin Hood und seine Bande, kommen und wollen Party machen. Ich bin schon die ganze Woche am Planen und heilfroh, dass der Wagen gestern fertig geworden ist, weil ich nun endlich das restliche Zeug holen konnte. Und jetzt werde ich auch noch angehalten."

Demonstrativ sieht sie auf ihre Armbanduhr.

„Fertig geworden?", fragt Bakerfield.

Mrs. McNally muss heftig niesen, zieht ein Taschentuch aus der Jackentasche und schnäuzt sich.

„Gesundheit."

„Danke."

„War der Wagen weg?"

„Ja, Frank. Er stand bei der Rover Niederlassung. Die Inspektion war fällig. Man, ich kann dir sagen ...", jammert sie. „Als ich die Rechnung gesehen habe, dachte ich, da ist ein Satz neuer Reifen dabei. Ganz schön gesalzene Preise haben die dort. Nächstes Mal pfeife ich auf Garantieverfall. Ich lasse die Inspektionen des Rovers künftig in Snappers Werkstatt machen. Dort kostet es nur die Hälfte."

„Sie hatten den Wagen gestern gar nicht?"

„Nein, Mr. ..., wie war doch gleich ihr Name?"

„Russel. Chief Inspektor Clark Russel vom New Scotland Yard in London."

„Was treibt Sie denn zu uns aufs Land?"

„Die Arbeit", antwortet Clark freundlich und beschließt die Kontrolle abrupt zu beenden. „Ich wünsche Ihnen eine gute Weiterfahrt."

„Dankeschön", antwortet die genervte Mutter und steigt wieder ein.

Clark und Frank sehen sich an.

„Sie scheidet ohnehin aus und wenn ihr Rover in der Werkstatt war, können wir das nachprüfen. Ebenso, ob er gestern für längere weg war. Zum Beispiel zur Probefahrt."

„London und zurück ist zu weit."

„Ja, Frank. Ich denke auch, dass dieser Wagen ebenso ausscheidet, wie der von Dr. Struggles."

Das Funkgerät knackt. Constable Pepper meldet sich zur Kontrolle ab, gleichzeitig meldet sich Sergeant Collins wieder klar. Die Zentrale in Newton Abbot bestätigt jedes Mal.

Zufrieden steigen Clark und Frank wieder in ihren Dienstwagen. Bakerfield wendet und fährt zurück zur geplanten Strecke.

„Ich werde Pepper anrufen und ihm sagen, dass ...."

„Mach es über die Zentrale in Newton Abbot. Erstens bekommen es dann alle mit und sind auf dem gleichen Wissensstand, zweitens fühlen sich meine Leute auf der Dienststelle dann nicht übergangen."

„In Ordnung. Du hast völlig recht", antwortet Clark, greift zu Funkgerät und berichtet über die Kontrolle von Mrs. McNally.

Der Funkspruch wird vom Terminal quittiert und an Pepper weitergeleitet. Zufrieden sagt Bakerfield: „Dann fahren wir zur Farm von Sam Carling und danach zum Hotel von Richard Huntington."

Bei den Carlings herrscht heilloses Durcheinander. Mrs. Carling denkt sofort, dass Dr. Struggles die Polizei aufgrund des Unfalls angerufen hat und schimpft lauthals los. Mr. Carling ruft nach seinem Sohn Ian und Frank versucht zwei Minuten lang zu erklären, weshalb sie hier sind. Dazwischen plärrt die fünfjährige Norma Carling lauthals los, weil der Hund ihr Eis gegessen hat.

Das Chaos gipfelt darin, dass Ian Carling nicht aus dem Haus kommt, wo ihn sein Vater vermutete, sondern auf einem Mofa ohne Kennzeichen um die Hausecke biegt. Er fährt schnurstracks auf die kleine Menschgruppe zu, erkennt Sergeant Bakerfield, versucht zu wenden und gibt Gas.

Sam Carling wird erst kreidebleich, läuft aber zwei Sekunden später glutrot an. „Ian! Du Nichtsnutz! Du bleibst sofort stehen! Ich verspreche dir, dass ich dich windelweich ...“

„Wir wechseln den Tierarzt! Hier kann man nichts tun, ohne dass es eine Stunde später der ganze Ort weiß“, schimpft Mrs. Carling.

„Mein Eis! Bobo hat mein Eis gegessen. Ich wollte ihn nur lecken lassen ... Mama ...“, die Stimme beginnt zu krächzen, gefolgt von einem laut-weinerlichen: „Buh ... huuuu ...“

„Ruhe!“, versucht Clark sich durchzusetzen.

Ian fährt für das Wendemanöver zu schnell. Der Hinterreifen rutscht weg und das Mofa, samt Fahrer rutschen über den Hof in Richtung eines großen Misthaufens.

„Ian, pass auf!“, schiebt Sam Carling mit tiefem, unmissverständlichem Ton nach.

„Oh mein Gott“, stößt Frank Bakerfield aus und muss sich ein unvermittelt lautes Loslachen verkneifen, als Ian samt seiner Maschine im Mist landet.

Clark geht's ebenso. Sam Carling läuft schnellen Schrittes zum Misthaufen, packt seinen Sohn und zieht ihn am Kragen hoch. Der Junge ist über und über mit Kuh- und Pferdedung besudelt. Beide kommen zu den Polizisten.

„Mama, Ian stinkt“, sagt seine kleine Schwester.

Tränen füllen die Augen des Halbstarken Ian Carling. „Ich habe das Mofa nicht gestohlen. Es gehört Willi Rooster.“

„Rooster? Diesem Taugenichts. Ich habe dir verboten mit ihm zu spielen.“

„Er hat es mir geliehen?“

Mrs. Carling übertönt ihren Sohn. „Sie sind sicher wegen dem Unfall von gestern hier. Also, das war so, Ian kann gar nichts dafür, weil ...“

„Ich brauche auf dem Hof keinen Führerschein, Mom.“

Mr. Carling holt aus und möchte seinem Sohn eine Ohrfeige verpassen. Sein Blick und der von Clark kreuzen sich, dann täuscht er den Schlag nur an. „Man müsste dich übers Knie legen! Warum bist du nicht auf deinem Zimmer? Wann hast du dich weggeschlichen?“

Mrs. Carling schüttelt den Kopf. „Der Wagen ist von allein gerollt. Ich glaube, ich habe vergessen die Handbremse anzuziehen."

Die kleine Carling-Tochter hält sich die Nase zu. „Ian stinkt richtig, Mom", näselt sie.

„Du blöde Kuh", meckert Ian auf einmal los, nimmt etwas von dem Mist, der an seiner Hose klebt und wirft es in Richtung seiner Schwester.

Das Ziel wurde verfehlt und der Mistbrocken klatscht gegen Bakerfields Jacke. Mr. Carling gibt daraufhin seinem Sohn ohne Vorwarnung eine Ohrfeige, woraufhin dieser abermals auf seine Schwester schimpft. „Das bekommst du zurück, du hässliche Zicke."

„Mom, Ian hat hässliche Zicke zu mir gesagt."

„Ruhe!", ruft Clark so laut er nur kann.

Auf einen Schlag schweigen alle und sehen den Chief Inspektor mit weit aufgerissenen Augen an.

„Ich bin Chief Inspektor Russel vom Scotland Yard und nicht wegen eines Unfalles hier!"

„Struggles ist doch ein guter Kerl", flüstert Mrs. Carling ihrem Mann zu.

„Ich hab des Mofa nicht gestohlen", weint Ian. „Das war Willie Rooster. Er hat gesagt, das fällt gar nicht auf, weil es schon wochenlang herumsteht."

Carling holt aus, senkt aber sofort wieder seine Hand, als Mrs. Carling ihren Sohn am Ohr packt. „Du wirst nachher Mr. Bakerfield alles erzählen und diesen Rooster nie wieder treffen! Wenn doch, wirst du zu den Kühen in den Stall ziehen! Und jetzt ziehst du dich aus, gehst ins Haus und nimmst ein Bad."

„Mom, ich ..."

„Sofort!"

Seine Schwester möchte jubilieren: „Ian muss ..."

„Und du, kleines Fräulein ... wirst sofort still sein! Ich habe dir schon hundertmal gesagt, dass du Bobo nicht füttern sollst. Das war das letzte Eis für diese Woche."

„Mom, ich ..."

„Kein Wort, sonst hast du Fernseh-Verbot!"

Clark weiß in diesem Moment, wer in diesem Haushalt das Regiment führt. *Sie hat die Hosen an!*

Ian geht zur Haustür, zieht seine Sachen aus und verschwindet im Haus. Die Fünfjährige sagt keinen Ton mehr und Mrs. Carling wendet sich mit einem aufgesetzten Lächeln den beiden Polizisten zu. „Entschuldigen Sie, meine Herren. So geht's bei uns normalerweise nicht zu. Jetzt kommen Sie erst mal ins Haus. Ich brühe einen Tee auf und reinige Ihre Jacke, Mr. Bakerfield."

Ohne auf eine Antwort zu warten geht sie los. Clark und Frank wissen, dass die Farmerin keinen Widerspruch dulden wird. Zudem liegen sie gut in der Zeit und Bakerfields Jacke muss unbedingt gesäubert werden. Also folgen sie ihr ins Haus.

„Du auch, Sam", sagt sie, ohne ihren Mann anzusehen.

„Selbstverständlich, Liebes."

Im Haus ist es äußerst ordentlich und absolut still. Nur das Ticken einer großen Wanduhr ist zu hören.

Tick tack, tick tack

Sie sitzen am Tisch und Mrs. Carling deckt auf. Minuten später stehen Tassen und Teller vor ihnen und in der Mitte des Tisches ein frischer typisch englischer *Pound Cake*.

„Sie werden mein Haus nicht eher verlassen, bis Sie ein Stück davon gegessen haben", lacht sie und baut sich vor Bakerfield auf. „Ihre Jacke bitte."

Frank zieht sie aus. „So schlimm ist das gar nicht."

„Ich putze das weg und Sie genießen derweil meinen Kuchen. Mein Mann wird Ihnen Gesellschaft leisten. Der Tee kommt sofort."

Sam Carling hat sich die Hände gewaschen und setzt sich an den Tisch. Es wird Tee serviert, der Kuchen angeschnitten und verteilt.

„Warum sagten Sie, dass Sie hier sind?", fragt Sam Carling.

„Wir sagten es noch gar nicht. Aber ich kann es gerne erläutern. Wir müssen uns den Rover mal ansehen."

„Also doch!"

Bakerfield winkt ab. „Nein, mein Kollege interessiert sich für etwas ganz anderes. Sollte das mit dem Unfall gestern passiert sein, hat sich unser Besuch so gut wie erledigt."

Der Farmer kratzt sich am Hinterkopf, nimmt einen Schluck Tee und schiebt sich ein großes Stück Kuchen in den Mund.

„Wir suchen einen dunklen Geländewagen mit Zulassung aus dieser Gegend. Dieser Wagen muss aber gestern Nachmittag in London gewesen sein."

Die Gesichtszüge von Carling erhellen sich. „Ach so? Ja, wenn das so ist. Dann kann ich das bestätigen."

„Übrigens, was Ian gesagt hat, stimmt. Auf Ihrem Hof kann er fahren, womit er möchte. Für einen Schaden wird die Versicherung allerdings nicht haften."

„Dieser Bengel."

„Wenn das Mofa allerdings gestohlen ist, wird das Folgen haben. Das werde ich an meine Kollegen melden müssen."

„Sergeant Bakerfield, ich werde das Mofa auf meinen Hänger laden und zu den Roosters fahren. Dort frage ich, woher das Ding stammt. Wenn es gestohlen ist, rufe ich auf der Polizeiwache in Newton Abbot an. Sie können sich auf mich verlassen."

Der örtliche Polizist atmet hörbar tief ein. „Also gut, Hand drauf. Ich verlasse mich auf Sie, aber sind Sie sich gewiss, ich werde es prüfen."

„Sie haben mein Ehrenwort."

Der Kuchen schmeckt vorzüglich und der Tee ebenso. Mrs. Carling bringt die Jacke. Anschließend gehen sie zum Rover. Der Unfallschaden ist eindeutig zu sehen, ein Aufkleber vom Dartmoor Nationalpark ist zwar vorhanden, aber nicht am Heck des Fahrzeugs, sondern vorne auf der Motorhaube. Clark denkt, dass wo etwas nur die Fünfjährige gemacht haben kann. Heilfroh, dass seine beiden Kinder schon erwachsen sind, verabschiedet er sich.

„Einen Moment noch", sagt Bakerfield, geht zu dem Mofa und notiert sich ein paar Daten. Als er schließlich neben Clark im Auto sitzt meint er nur: „Sicher ist sicher. Diesen Farmern hier kann man nicht über den Weg trauen."

„Wohin jetzt?"

„Dieser Kuchen war nicht schlecht, aber jetzt fahren wir erst zu Hazelwoods Landmetzgerei. Dort werden wir einen ordentlichen Imbiss zu uns nehmen, dann kümmern wir uns um das Hotel."

„Einverstanden."

„Hazelwood hat die beste *Battered Sausage*, die du jemals essen wirst. Das Geheimnis liegt sowohl im Gewürz der Wurst als auch in seinem Maismehl. Ich bin davon überzeugt, dass der Kerl es auch noch würzt."

Clark sieht auf seine Uhr. „Wir liegen gut in der Zeit."

Bakerfield hat nicht übertrieben. Der Snack schmeckt fantastisch. Clark ist mehr als begeistert und ordert gleich eine zweite Wurst im Backteig.

Jetzt sitzen sie wieder im Dienstwagen und fahren in Richtung des Dartmoor Country Hotels. Die beiden Männer unterhalten sich über den Tourismus hier im Nationalpark und in der Metropole London, als Clarks Mobiltelefon vibriert.

„Entschuldige", sagt er zu seinem neuen Freund und blickt auf den Bildschirm. Sofort wird ihm gleichzeitig heiß und kalt.

Bakerfield erkennt die Aufgeregtheit seines Beifahrers und fragt: „Ist etwas passiert?"

„Meine Frau hat mir eine WhatsApp-Nachricht geschickt."

„Na und? Was steht drin?"

„Ich weiß es nicht."

„Dann lies es!"

Clark öffnet den Chat und beginnt zu lesen. Er ist verblüfft.

„Sie ... Sie ...", stottert der ansonsten selbstsichere Polizist. „... weiß, dass wir ins Dartmoor Country Hotel fahren."

Bakerfield scheint unbeeindruckt davon zu sein. „Sowas spricht sich hier schnell herum."

„Das ist nicht gut. Das nimmt uns einen möglichen Überraschungseffekt beim Täter."

„Wenn wir einen Täter finden. Bisher scheiden alle aus und auch Richard Huntington ist ein feiner Kerl. Ein Gentleman durch und durch."

„Was sagst du da?"

„Ein Gentleman."

„Das ist ein entscheidender Hinweis. Wieso sagst du das nicht eher?"

„Was denn? Das Huntington der Gentleman-Bankräuber ist? Das ist Irrsinn. Er ist eben ein gut erzogener Mann. Huntington ist Hotelier und hat den alten Schuppen seiner Eltern komplett saniert und ein Luxus-Hotel daraus gemacht. Er tut dieser Gegend gut. Er lockt Touristen an und gibt den Leuten hier Arbeit."

„Ist die Familie reich?"

Bakerfield überlegt. „Das kann ich nicht sagen. Sie besitzen seit Generationen viel Land und eben dieses Hotel."

„Du hast gesagt, er hat es aufwendig renoviert und er ist ein Gentleman."

„Ja."

„Ich kenne ihn nicht, aber drei Dinge haben wir schon mal vereint und damit mehr, als bei allen anderen Fahrzeughaltern."

„Was für drei Dinge, Clark?"

„Er fährt einen Land Rover, er ist ein Gentleman und er hat oder hatte durch das Renovieren seines Hotels einen Menge Geldbedarf."

Bakerfield schüttelt mit dem Kopf. „Das glaube ich nicht."

„Würdest du darauf schwören?"

„Nein!"

Schweigen. Clark bricht es.

„Sie hat allerdings noch etwas geschrieben."

„Ich höre."

„Erstens, im Hotel wohnt ein Mr. Miller. Er kommt vielen Leuten suspekt vor und ich soll ihn überprüfen. Sie meint, er könnte etwas mit unserer gesuchten Person zu tun haben."

„Das nenne ich mal einen guten Hinweis. Und zweitens?"

„Sie muss ernsthaft mit mir reden. Ich weiß, dass es diesmal um die Entscheidung unserer Zukunft geht. Getrennt oder gemeinsam."

Bakerfield braucht eine Zeitlang, bevor er antwortet. „Und was willst du? Ganz ehrlich! Ist es noch die glühende Liebe von damals? Ist es die Frau, die dir den Verstand raubt und nach der du dich sehnst, wenn du nach Hause fährst? Gierst du nach ihrem Sex?"

„Das kann man so nicht sagen."

„Also nicht?"

„Wir sind seit mehr als 20 Jahren zusammen."

„Und lebt wie gute Freunde oder Geschwister zusammen."

Jetzt ist es Clark, der nachdenkt. „Ja. Ja, so kann man es sagen."

Bakerfield spricht aus, was Clark nicht hören möchte. „Dann wäre es doch einen Versuch wert mal ein paar Wochen ohne einander zu leben. Trennt euch auf Zeit und ihr werdet merken, ob ihr euch vermisst oder ob euer Leben besser geworden ist. Räumt euch dieses Privileg ein. Ihr könnt danach immer noch entscheiden, wie es weitergehen soll."

„Das klingt vernünftig. Und wie soll das gehen? Soll ich mir ein Zimmer nehmen?"

„Das, mein Freund, müsst ihr miteinander klären."

„Danke."

„Für was denn?"

„Für die deine Hilfe."

Bakerfield schmunzelt. „Und jetzt lass uns erst diesen Mr. Miller unter die Lupe nehmen und danach den Wagen von Mr. Huntington ansehen und das Alibi von ihm prüfen."

Als Clark das Hinweisschild zum Hotel sieht, greift er zum Funkgerät. „Noch zwei Meilen. Ich gebe dem Terminal in Newton Abbot Bescheid."

11

Ein beklemmendes Gefühl schleicht durch Debbie. Die ganze Situation scheint ihr über den Kopf zu wachsen. Mal ist Mr. Miller ihr Hauptverdächtiger Nr. 1, dann scheidet er wieder komplett aus. Dann rückt Richard in ihr Visier, doch er hätte keinen Grund mehrere Banken auszurauben.

Außer, stocken ihre Gedanken, *er ist pleite und braucht dringend Geld, um das Hotel zu unterhalten und die Renovierungskosten zu tragen. Er ist ein Gentleman durch und durch. Quatsch! Debbie, besinne dich! Richard ist alles, nur kein Bankräuber.*

Sie verwirft auch diesen Gedanken. Ihr Mann wird schon das Richtige tun und es ist die Aufgabe von Scotland Yard, diesen Kerl zu erwischen. Aus ihrer Sicht ist es viel interessanter, was mit Mr. Miller nicht stimmt.

Debbie wirft einen letzten Blick in den Spiegel, ist zufrieden, geht zur Garderobe, schnappt ihre Jacke und begibt sich ins Foyer. Robert steht an der Rezeption und unterhält sich mit dem Kollegen, der ihn abgelöst hat. Im Augenwinkel erkennt er Debbie, die gerade die Treppe hinunter geht.

„Also Mike, bis heute Abend", verabschiedet er sich und begrüßt die hübsche Frau mit einem Kompliment. „Sie sehen wieder umwerfend aus, Mrs. Russel."

„Sie sind ein richtiger Charmeur, Robert. Ich weiß, dass Sie maßlos übertreiben, aber es ist nett."

Der Hotelangestellte hat sich umgezogen. Er trägt Jeans, Stiefeletten und eine Lederjacke.

Legerer Look, denkt sich Debbie. *Steht ihm.*

Sie verlassen das Hotel. Es ist angenehm warm mit einer leichten Brise. Nichts erinnert mehr an den gestrigen Sturm.

„Mein Wagen steht bei den Garagen. Möchten Sie hier warten? Dann hole ich ihn schnell."

Debbie schüttelt sofort mit dem Kopf. „Nein, Robert. Mit etwas Glück bekomme ich heute einen Ersatzwagen. Wenn ich Sie begleite, weiß ich später, wohin ich fahren muss, wenn ich von Snappers Werkstatt zurückkomme."

„Ja, richtig", sagt Robert und geht los. „Kommen Sie mit, ich zeige ich Ihnen gleich die Gästeparkplätze."

Die Hotelanlage ist auch seitlich und hinter dem Haupthaus sehr gepflegt. Die Wege sind mit Rollsplitt bedeckt und mal von Blumenbeeten, mal von Heckenpflanzen und mal von Rosenbüschen gesäumt.

Gleich vor dem ersten Rosenbeet hinter dem Haus sitzt George und hantiert, bewaffnet mit einer Rosenschere, an einem groß gewachsenen Busch herum. Er sieht die beiden kommen, schiebt mit der linken Hand seine Kappe hoch und nickt höflich. „Mrs. Russel, hat mit Ihrem Wagen alles geklappt? Ich meine, bekommt Henry das wieder hin? Als ich ihn heute aus dem Graben gezogen habe, sah der Rover nicht so gut aus."

„Ich weiß es nicht, aber Mr. Snapper hat einen Ersatzwagen, habe ich gehört."

„Den habe ich gesehen. Er hat einen Rover zum Verkauf da stehen. Sieht von außen gut aus."

„Ich lasse mich überraschen."

Sie sind jetzt auf der Höhe des Hotelangestellten.

„Dann viel Glück."

„Danke. Schönen Tag noch."

„Ihnen auch. Und Robert, komm nicht wieder zu spät. Gestern war es ..."

Bevor George aussprechen kann, ruft Robert. „Keine Sorge, George. Ich bin pünktlich. Heute muss ich nicht wegfahren."

Der Garagentrakt ist groß und untergliedert sich in eine große Halle, deren mächtiges Schiebetor offen steht. Debbie sieht, dass in dem Gebäude auch Richards Land Rover, die Kutsche und der Traktor untergestellt sind. Neben der Halle befinden sich vier geschlossene Einzelgaragen und ca. zehn Carports. Schräg gegenüber dem Garagentrakt steht eine Scheune, daneben ein Stallgebäude und angrenzend sieht die Londonerin eine umzäunte Weide. Neben dem Schimmel Floyd grasen dort drei weitere Pferde und zwei *Dartmoor-Ponys*.

Robert folgt Debbies Blick.

„Wenn wir Kinder im Hotel haben, sind die Ponys der Hit. George lässt sie manchmal auf ihnen reiten."

„Das ist hier ein kleines Paradies."

„Nachdem der alte Stall niedergebrannt war, hat Mr. Huntington diese Offen-Stall-Haltung geplant. Die Tiere können rein und raus, wie sie möchten. Neben den Pferden haben wir noch zwei Ziegen und fünf Kamerun-Schafe. Die sind entweder in den Boxen oder auf der anderen Seite der Weide. Die kann man von hier aus nicht sehen."

„Klingt nach Streichelzoo."

Robert lacht. „So war es gedacht, aber die Ziegen und Schafe spielen beim Streicheln nicht mit."

„Die Planung der ganzen Anlage ist wirklich gelungen."

„Es war nicht billig, aber der Chef hatte den alten Stall wohl gut versichert oder zumindest gute Geldreserven. Alles hier ist mit neuester Technik ausgestattet und wurde richtig robust gebaut. Der Stall steht in hundert Jahren noch. Die Carports und ein neues Rolltor der Halle sind auch neu. Mr. Huntington meinte, dass man das für die Gäste so arrangieren muss, um einen gewissen Standard zu halten."

„Auch der Weg und die Anlagen. Alles wirkt so märchenschlossartig", stellt Debbie fest.

„Das hat ein Landschaftsarchitekt angelegt."

Debbie überlegt für einen Moment, woher Richard so viel Geld hat.

Ob er doch etwas mit den Banküberfällen zu tun hat?

Sie verwirft den Gedanken aber schnell.

Unsinn, er bekam eine stattliche Summe von der Versicherung.

Robert geht zu den geschlossenen Garagen. „Mein Wagen steht in der Nr. 3."

Der Rezeptionist des Hotels holt einen Sender aus der Tasche seiner Lederjacke und betätigt einen Knopf. Das Garagentor öffnet sich daraufhin automatisch. Debbie ist erstaunt, als sie einen schwarzen Land Rover sieht. „Dieses Modell scheint hier sehr beliebt zu sein."

„Da hatte ich mächtig viel Glück. Der Wagen sieht top aus, weil er gut gepflegt ist. Er ist aber schon zwölf Jahre alt. Mr. Huntington hat ihn mir wirklich sehr, sehr günstig verkauft, man könnte fast *geschenkt* sagen, als er sich den neuen Land Rover zugelegt hat", erklärt Robert und betätigt den automatischen Türöffner seines Wagens. „Er ist sogar noch auf den Chef zugelassen. Ich werde ihn nächsten Monat ummelden. Mr. Huntington sagte, dass das keine Umstände macht. Die Prämie ist ohnehin bis Ende des Jahres bezahlt", zwinkert Robert und deutet Debbie an stehen zu bleiben. „Kleinen Moment, ich fahre kurz aus der Garage, dann können Sie besser einsteigen."

Debbie wirft einen Blick in die Halle auf Richards Geländewagen, dann auf den von Robert. Ihr fällt auf, dass beide einen Aufkleber des Nationalparks an der gleichen Stelle haben.

Robert fährt rückwärts aus der Garage und betätigt den automatischen Türschließer. Fast lautlos senkt sich daraufhin das Garagentor. Debbie steigt ein.

„Ein neuer Stall, die Renovierung des Hotelkomplexes und ein neuer Land Rover. Die sind ja auch nicht sehr günstig, oder?"

Robert überlegt kurz, dann antwortet er: „Soweit es mir bekannt ist, hat Mr. Huntington den Wagen etwas günstiger als üblich bekommen, aber immer noch gute 65.000 Pfund Sterling bezahlt."

Debbie nimmt das zur Kenntnis. Robert fällt auf, dass sie etwas nachdenklich wirkt. Ihr Blick hat sich verändert.

Sie grübelt. Da stimmt etwas nicht, denkt er.

„Wie gesagt, ich weiß, dass er richtig viel Geld von der Versicherung erhalten hat."

„Aha", meint Debbie lediglich und blickt nach oben in den Himmel.

Auch das fällt Robert auf. „Sieht nach Wetterumschwung aus."
„So schnell?"

„Das ist typisch für diesen Landstrich, Mrs. Russel. Jetzt ist es noch heiter und sonnig, in einer Stunde haben sich die Wolken über das Land gelegt und entweder regnet es dann kurz und heftig, oder dauerhaft lang oder aber, der berühmte Dartmoor Nebel zieht auf und hält uns in seinen undurchsichtigen Schleiern gefangen."

„Das klang jetzt sehr poetisch", lacht Debbie und versucht auf andere Gedanken zu kommen. Sie erkennt zwar ein paar Parallelen zu Clarks Fall, schließt aber aus, dass Richard ein Serienbankräuber ist.

Er besitzt allein an Grundstückswerten so viel, dass ihm jede Bank im Umkreis von 500 Meilen jeden erdenklich machbaren Kredit einräumt. Ja, so ist es!

Debbie ist zufrieden und verdrängt damit sämtliche Verdachts-momente.

Robert ist erstaunt. „Finden Sie, dass ich poetisch klinge? Ich ha-be zwar viel gelesen. Natürlich auch die Geschichten von *Sir Arthur Conan Doyle*, aber eine romantisch-poetische Ader hat man mir bisher noch nicht angedichtet."

„Wenn der berühmte Dartmoor Nebel uns mit seinen Schleiern gefangen hält", wiederholt Debbie in einer gekünstelten Tonlage.

Robert verlässt das Hotelareal und fährt die Landstraße entlang. „Ach das meinen Sie. Ja, okay, das habe ich aus einem der Bücher geklaut. Ich finde, es klingt gut und deshalb bringe ich diesen Satz immer wieder mal an, wenn Nebel aufzieht. Dann ist das Moor gruse-lig."

„Ich finde es eher romantisch", widerspricht Debbie. „Nebel ist dann gruselig, wenn er sich wie ein Schleier über Londons Gassen legt und alle möglichen Gestalten darin umherschleichen."

Robert lacht. „Jetzt sind Sie aber poetisch im Stil einer Thriller-Autorin. Das erinnert an *Jack the Ripper!*"

„Sollte es auch, um ehrlich zu sein. Aber sagen Sie mal, wie se-hen Sie als Einheimischer das Moor?"

„Unheimlich!"

Debbie hat mit allem gerechnet, nur nicht mit dieser Aussage. „Das überrascht mich. Inwiefern ist das Moor unheimlich?"

Robert scheint seine Antwort genau zu überlegen. Er verringert kaum merklich das Tempo, blickt abwechselnd zu Debbie und zur Straße. Die Tachonadel senkt sich gemächlich auf 50 Meilen und wackelt ein wenig hin und her, bis Robert das Tempo gleichmäßig hält. „Mrs. Russel. Sie haben es gestern Abend erlebt. Das Land ist rau und das Wetter unberechenbar. Das Dartmoor ist dünn besiedelt und somit einsam. Es hat *Spirit*. Damit meine ich, dass Sie nirgendwo in Europa so viele prähistorische Stätten wie hier finden. Hier sind die Geister der Ahnen zu Hause. Die Menschen, die damals hier lebten, hatten noch ein Gespür dafür."

„So habe ich das noch nicht betrachtet und ich denke, dass die Touristen aller Couleur das auch nicht tun."

„Die Meisten nicht, aber ein paar der Nationalparkbesucher schon. Einige suchen gezielt nach diesen alten Stätten. Sie sind nicht so überlaufen wie zum Beispiel *Stonehenge*. Wissen Sie, wenn der Nebel die Heidetäler umhüllt und die wettergegerbten Granitblöcke bizarr hervorragen, läuft mir ein eiskalter Schauer über den Rücken. Hören Sie dann noch zusätzlich das Rufen der Eulen oder die Geräusche anderer Tier zeitgleich versagt ihre Taschenlampe“, er macht eine Pause, wirft Debbie einen schnellen Blick zu und beendet den Satz halb flüsternd mit einer leicht düster klingenden Stimme: „würde ich vor Aufregung keine Nacht im Moor überleben.“

„Robert, Sie können einem ganz schön Angst machen.“ Debbie glaubt, eine Art Schatten über dem Gesicht des Hotelangestellten zu erkennen. So eine Art von Schatten, den man im Kino den bösen Charakteren aufsetzt. Ein ungutes Gefühl überkommt sie für einem Moment und instinktiv gleitet ihre linke Hand in Richtung des Türöffners.

Mit einem Mal klingt Robert wieder ganz normal und freundlich. So, wie sie ihn kennenlernt hat. „Wenn Sie bei mir sind, brauchen Sie keine Angst zu haben, Mrs. Russel.“

Die Tachonadel schiebt sich wieder nach oben. Debbie sieht auf ihre Armbanduhr und fragt: „Wie weit ist es noch zu der Werkstatt?“

„Nicht sehr weit. Haben Sie es eilig?“

Debbie überlegt kurz. Clark wird in Kürze ins Hotel kommen und sicherlich eine Zeitlang bleiben und Fragen stellen. Sie will ihn nicht unbedingt sehen und erst zurückkehren, wenn er wieder weg ist.

Eigentlich reicht es mir, wenn ich eine halbe Stunde vor dem Abendessen mit Richard zurück bin.

„Wenn Sie mich so fragen, nein. Eilig habe ich es nicht. Ich muss bei Mr. Snapper sein, bevor er schließt und erst gegen Abend wieder ins Hotel. Warum fragen Sie?“

Robert hat wieder seinen bekannten sympathischen Gesichtsausdruck. „Darf ich Ihnen einen Vorschlag machen?“

„Klar, warum nicht?“

„Ich bringe Sie zu Snapper und helfe Ihnen bei den Verhandlungen mit dem Rover 25. Das ist das Modell, das bei ihm zum Verkauf steht.“

„So einen habe ich auch."

„Die letzten Fahrzeuge rollten im Jahr 2005 vom Band. Wenn man ein altes Auto kauft, sollte schon alles stimmen. Ich meine Preis und Zustand."

„Mir wurde gesagt, dass Mr. Snapper fair ist."

„Das ist er Mrs. Russel. Trotzdem kann es nicht schaden, wenn ein Einheimischer bei den Verhandlungen dabei ist", sagt Robert sehr überzeugend.

Debbie muss nicht lange hin und her überlegen. Was Robert sagt, klingt logisch, also stimmt sie zu. „Einverstanden!"

„Prima! Ich habe da nämlich noch einen kleinen Hintergedanken."

Debbie ist neugierig. „Einen Hintergedanken?", wiederholt sie fragend und sieht den Fahrer schräg von der Seite an. Sie erkennt, dass er leicht verschmitzt lächelt. „Was ist das für eine Idee?"

„Sie könnten nach dem Kauf den Rover bei Snapper stehen lassen, aber schon den Schlüssel, Papiere und so weiter mitnehmen. Man kann den Wagen dann jederzeit holen. Ich würde Ihnen im Anschluss an den Kauf gerne zwei oder drei Stellen im Moor zeigen, die Sie sonst nie zu Gesicht bekämen. Es sind prähistorische Stätten mit einmaliger Aussicht. Wenn wir Glück haben und der Nebel nur langsam aufzieht, könnten sie noch ein paar klasse Fotos machen. Ich meine, falls sie einen Fotoapparat haben."

„Ich habe ´ne recht gute Kamera im Handy."

„Das klingt doch gut. Ich habe allerdings nicht zu lange Zeit, denn ich möchte mich vor meiner Nachtschicht noch einmal kurz hinlegen. Aber die frische Luft tut mir einfach gut. Und Sie kämen an Fotomotive, die Sie sonst nur aus Reiseführern kennen."

Debbie muss nicht lange überlegen. Je länger sie unterwegs ist, desto geringer sind die Chancen, dass sie im Hotel auf Clark trifft. Zudem hat sie der Zauber des Dartmoor gefangen und sie möchte zur späteren Erinnerung gute Fotos schießen.

Es ist einfach perfekt und ich kann das Notwendige mit dem Angenehmen verknüpfen.

179

Nach dem Ausflug ins Moor würde sie den Rover holen, zum Hotel fahren und sich frisch machen. Und im Anschluss daran wartet ein wunderbares Abendessen mit dem Mann ihrer Träume.

Kein Gedanke fließt in diesem Moment an Clark oder den verdächtigten Mr. Miller. Ihr Herz fängt an Purzelbäume zu schlagen, als sie an Richard denkt. Sie fühlt sich zu ihm hingezogen und weiß, dass die Ehe mit Clark wohl zu Ende geht. Debbie muss eine Entscheidung treffen und nach diesem heutigen Abend, wird sie wissen, wie die Reise ihres Lebens weitergeht.

Heute Abend wird sich Vieles entscheiden, denkt sie und fühlt eine Sehnsucht nach Richard, seinen Küssen und nach mehr. *Was habe ich neulich für einen Spruch in einer Illustrierten gelesen? Ach ja, wer Glück finden möchte, der folge seiner Sehnsucht.*

„Sehr gerne, Robert."

Henry Snapper sieht genauso aus, wie Debbie ihn sich vorgestellt hat. Untersetzt, Vollbart und einen großen Bierbauch. Als sie vor ihm steht, wischt er sich die ölverschmierten Hände an seinem Overall ab, schiebt die Nickelbrille zurecht und lächelt. „Sie müssen Mrs. Russel sein, die unsere Rehe verschont und dafür lieber ihren Rover in den Graben fährt."

Debbie lacht. Sie findet Snapper äußerst sympathisch. „Das bin ich."

„Henry Snapper", kommt als nächstes und er streckt ihr die Hand entgegen, um sie aber gleich wieder zurück zu ziehen. „Sorry, die ist zu schmutzig", grinst er und kommt gleich zur Sache. „Dort hinten habe ich ihren Rover abgestellt. Da ist leider nicht viel zu machen. Die Airbags haben ausgelöst und allein diese zu ersetzen, übersteigt den Restwert des Wagens. Dann käme noch ein neuer Kühler hinzu. Der alte hat n Riss abbekommen. Stoßstange Motorhaube und Kotflügel könnte ich von einem alten ..."

Debbie winkt ab. „Schon gut, Mr. Snapper. Ich habe es verstanden. Er ist hinüber."

„Ja."

„Und Sie haben einen anderen Wagen für mich?"

Der kauzige Werkstattinhaber nickt. „Das habe ich. Es ist das gleiche Modell und sogar ein Jahr jünger als Ihrer. Der Rover ist gut in Schuss und hat für sein Alter wenig Kilometer drauf. Er gehörte einer älteren Dame. Sie fuhr einmal die Woche damit nach *Widecombe in the Moor*, um einzukaufen und wieder zurück nach Hause."

„Das klingt ja richtig gut. Kann ich den Wagen mal sehen?"

„Gerne", sagt Snapper, zeigt mit dem Daumen über seine Schulter nach hinten, dreht sich um und geht vor. „Ich habe ihn neben ihren Rover gestellt. Sollten Sie ihn kaufen, können wir die Sachen von Ihrem Auto gleich umladen. Ich habe auch Überführungskennzeichen. Damit kommen Sie nach Hause und können sich dort um die Zulassung kümmern."

Debbie sieht den Rover und mag ihn sofort. Snapper hat nicht übertrieben. Vor ihr steht ein gepflegter, alter Garagenwagen mit wenigen Kilometern. „Er sieht gut aus."

„Er läuft wie geschmiert. Ich habe natürlich eine Inspektion gemacht. Ölwechsel usw."

„Und wieviel soll er kosten?"

Snapper schiebt abermals die wieder nach unten bis zur Nasenspitze gerutschte Nickelbrille nach oben. „Wenn ich Ihren Rover zum Ausschlachten in Zahlung nehme und die Inspektion mit berechne, würde ich Ihnen den Wagen für 2.000 Pfund Sterling überlassen."

Robert räuspert sich. „Das ist doch der alte Wagen von Mrs. Jefferson, oder?"

„Äh, ja."

„Henry, da hast du garantiert einen guten Einkaufspreis bekommen, nicht wahr? Vielleicht kannst du Mrs. Russel etwas entgegen kommen. Der Motor ihres Rovers ist doch bestimmt noch prima. Ich kenne dich, du altes Schlitzohr."

„Ich haue keinen übers Ohr, Robert. Der Preis ist fair, der Wagen total in Ordnung."

„Mach ihr bitte einen guten Preis. Die Ärmste hat mit dem Unfall ohnehin schon so viele Probleme gehabt", drückt Robert auf die *Mitleidsdrüse.*

Snapper kratzt sich am Hinterkopf, sieht zum Rover und dann zu Debbie. Er geht zum Unfallwagen, klappt die Motorhaube auf und tut

181

so, als würde er überlegen, dann sagt er: „Also gut, 1.800 Pfund. Das ist mein letztes Wort."

„Einverstanden", freut sich Debbie.

In den nächsten dreißig Minuten werden die Formalitäten erledigt und die letzten persönlichen Dinge umgeladen.

„Sie lassen den Wagen noch stehen?", fragt Snapper.

„Ja, Robert zeigt mir noch ein paar Stellen im Moor, die es sich zu fotografieren lohnt."

Der Automechaniker blickt nach oben. „Dann beeilen Sie sich besser. Es zieht Nebel auf."

„Das haben wir im Griff. Wir bleiben nur ganz kurz", entgegnet sie zufrieden und schließt ihren neuen, gebrauchten Rover ab. Dann verabschiedet sie sich von Mr. Snapper und steigt zu Robert ins Auto. „Das haben Sie toll gemacht. Ich hätte den Wagen auch für 2.000 Pfund gekauft. Er ist es wert."

„Ist er, Mrs. Russel, aber ich kenne Snapper. Er lässt sich immer um zehn Prozent runter handeln. Und glauben Sie mir, er hat damit immer noch ein sehr gutes Geschäft gemacht."

„Eigentlich müsste ich Ihnen die Hälfte als Provision zahlen."

Robert winkt sofort ab. „Auf gar keinen Fall."

„Danke."

Er startet den Motor. „Dann zeige ich Ihnen mein Dartmoor von seiner prähistorischen Seite."

Gut gelaunt wirft Debbie nochmal einen Blick auf das Display ihres Handys.

Keine Nachrichten.

Völlig entspannt und froh, die Sache mit dem Auto sehr gut gelöst zu haben, sieht sie den Rezeptionisten an. Robert lächelt und wartet auf eine Antwort. Debbie hat sich entschieden und sagt: „Es kann losgehen. Ich freue mich auf den kleinen Ausflug und bin schon sehr gespannt."

Robert schaltet das Radio ein. Es läuft ein Song von *James Blunt*. Debbie mag diesen Interpreten. Er hat eine markante Stimme, gute Songs und wirkt schüchtern und bodenständig. Einfach ein sympathischer Mann. Sie tippt den Takt mit den Fingern ihrer rechten Hand auf dem Oberschenkel mit. „Dauert es lange?"

„Nein, überhaupt nicht. Wir brauchen ungefähr zwanzig Minuten - also höchstens."

Entspannt genießt Debbie das Lied und beobachtet die Landschaft. Sie fühlt sich im Moment großartig. Die Sache mit dem Auto ist doch unterschwellig belastend gewesen. Sie wirft einen Blick in die Wolken.

Robert scheint mit seiner Wetterprognose ins Schwarze zu treffen. Der Himmel zieht sich langsam zu, denkt sie.

Während Robert sich auf das Fahren konzentriert und genervt hinter einem Traktor herfährt, lässt Debbie noch einmal die letzten 24 Stunden ihres Lebens im Schnelldurchlauf vorbeischweifen. Sie durchlebt im Sekundenwechsel Himmel und Hölle. Dann manifestiert sich ein Gedanke. Er dreht sich um Richard. Zwei Worte fliegen immer wieder durch ihren Kopf. Gentleman und Bankräuber.

Richard ist gestern von London gekommen. Er war dort! Er ist durch und durch ein Gentleman und er benötigte in letzter Zeit sehr viel Geld. Das Renovieren des Hotelkomplexes mit Garagen und Stallungen kostete verdammt viel Geld. Zusätzlich kauft er sich ein Auto für mehr als 60.000 Pfund Sterling. Clark kommt ins Hotel. Verdammt, wann war Clark das letzte Mal weg aus London. Immer nur dann, wenn es um Zugriffe ging und die Täter, die er ermittelte festgenommen worden sind.

Debbie fühlt sich plötzlich, als ob eine unsichtbare Schlinge ihre Kehle zuschnürt. Gedankenversunken sagt sie halblaut: „Oh mein Gott, das kann doch nicht wahr sein!"

Robert kann endlich ausscheren und den Traktor überholen. Er gliedert sich wieder auf der richtigen Fahrspur ein und fragt sofort nach: „Ist etwas passiert? Soll ich an die Seite fahren?"

„Nein, nein, Robert. Vielen Dank. Alles gut! Ich hatte eben nur einen wirklich absurden und dummen Gedanken und dann laut gedacht."

Die Wetterlage ändert sich schlagartig. Ein erster Nebelschleier wabert über der Straße. Robert reagiert sofort und fährt wieder langsamer. „Der Nebel kommt schneller als ich dachte. Hoffentlich ist er noch nicht im Moor."

Debbie versucht sich abzulenken und probiert es mit einem lockeren Spruch. „Ich dachte, der Nebel im Moor hat seinen eigenen Reiz?"

„Das schon, aber eben erst dort und nicht auf dem Weg dorthin", entgegnet Robert und biegt von der Hauptstraße ab. Er fährt erst auf einen geteerten Weg, verlässt nach weniger als einer Meile aber auch diesen und benutzt nun einen holprigen Feldweg.

„Sie kennen sich hier schon gut aus, oder?", fragt Debbie, als sich der Nebel verdichtet. Sie wird hin und her geschaukelt.

„Keine Sorge, Mrs. Russel. Ich bin hier aufgewachsen und fahre diese Strecke seit zig Jahren."

„Da bin ich aber froh, dass wir in einem Geländewagen sitzen. Für meinen Rover wäre das nichts. Und lassen Sie sich Zeit. Mir reicht eine Grabenfahrt völlig aus."

„Dieser Weg wurde früher nur mit Pferden benutzt. Er ist zwar etwas holprig, aber der Land Rover schafft das spielend. Er ist für so etwas konzipiert. Und Gräben gibt's hier keine. Diesbezüglich kann ich sie beruhigen", antwortet er.

„Wieso waren Sie so oft hier im Moor?"

„Meine Großeltern lebten bis zu ihrem Tod hier. Ihr Cottage ist zwar etwas renovierungsbedürftig, aber immer noch bewohnbar. Das war das Einzige, das sie mir hinterlassen haben."

Debbie fühlt sich unwohl. „Ich dachte, wir fahren zu einer prähistorischen Stelle."

„Ja, klar. Die ist in der Nähe meines Cottage. Wir parken dort und gehen die letzten Meter zu Fuß. Vorausgesetzt, der Nebel ist dort noch nicht zu dicht."

„Okay."

„Was hat sie vorhin eigentlich so erschreckt?", wechselt der Portier das Thema.

„Ach, gar nichts. Nur ein dummer Gedanke."

„Dumme Gedanken kommen nicht von allein. Kann ich Ihnen vielleicht helfen?"

Debbie überlegt kurz. „Nein. Ich denke nicht."

„Verstehe, es ist ...“, er sucht nach dem richtigen Wort. „Intim? Geht um Ihre Privatsphäre? Ich kann Ihnen versichern, dass ich äußerst verschwiegen bin.“

Debbie zieht es für einen Moment in Betracht, Clark von Richards enormen Finanzaufwendungen zu unterrichten. Sie holt ihr Handy aus der Handtasche. Erneut kommen Zweifel auf. Sie hat Mr. Miller verdächtigt. Würde sie das jetzt widerrufen und Richard verdächtigen, stünde sie nicht gerade vertrauenswürdig da.

Ob ich mit Robert über so etwas sprechen kann?

„Ich muss meinem Mann noch eine kurze Nachricht schreiben.“

„Ihrem Mann?“

„Ja.“

„Weiß er, wo Sie sind?“, schmunzelt Robert.

Ob er auf Richard und mich anspielt? Ich weiß nicht, wie ich diesen jungen und eigentlich sympathischen Kerl einschätzen soll.

„Robert, ich denke, ich habe ein bisschen Mist gebaut.“

„Ich bin ein guter Zuhörer und kann bestimmt auch gute Ratschläge erteilen. Ich versichere meine absolute Diskretion.“

Debbie schnauft kräftig durch. „Also gut, ich vertraue Ihnen. Passen Sie mal auf“, beginnt Debbie. „Vielleicht liege ich völlig daneben, aber ich habe eine Vermutung. Ich hoffe sehr, dass ich mich irre. Und ich denke, dass es ganz gut ist, das alles mit Ihnen zu besprechen.“

„Jetzt haben Sie mich aber ganz schön neugierig gemacht, Mrs. Russel.“

„Das Thema ist teils sehr privat und für mich pikant. Sie müssen mir versprechen, niemals jemanden gegenüber davon auch nur ein Wort zu verlieren.“

„Sie haben mein Ehrenwort, Mrs. Russel. Ich kann mich nur wiederholen. Ich bin sehr verschwiegen.“

Debbie vertraut ihm. „Dann hören Sie sich mal an, was ich vermute.“

Robert wirkt ernst.

„Vermuten ist zu heftig. Ich wollte sagen, was unter Umständen sein kann“, versucht sie sofort ihrer Vermutung Brisanz zu entnehmen, bevor sie sie geäußert hat.

„Erzählen Sie einfach. Ich weiß schon, wie Sie es meinen", beruhigt Robert.

Debbie gefällt die Art und Weise, wie er reagiert und sie glaubt, dass Robert für sein Alter doch reif ist. „Also gut. Wie beginne ich am besten?"

„Sprechen Sie frei von der Leber weg. Meine Großmutter sagte immer: *Junge, sprich so, wie dir der Schnabel gewachsen ist.*"

„Und Sie legen mir das nicht negativ aus?"

„Mrs. Russel, wir unterhalten uns und alles, was gesagt wird, bleibt in diesem Auto. Ich werde mich mit Ihnen darüber unterhalten und danach mit niemanden darüber sprechen. Wie gesagt, Sie haben mein Ehrenwort."

„Ich habe einen schrecklichen Verdacht."

12

„Das Dartmoor Country Hotel liegt direkt vor uns", sagt Frank Bakerfield, lenkt den Dienstwagen auf die Zufahrtsstraße, rollt diese mit weniger als 15 mph entlang und parkt vor dem Haupteingang.

„Ein ganz beachtlicher Schuppen. Sieht ziemlich luxuriös aus", ist Clarks Kommentar. Seine Augen wandern über den Gebäudekomplex.

Sie steigen aus. Bakerfield verschließt den Dienstwagen per Fernbedienung.

Piep – klack

„Es hat seinen urtümlichen Stil behalten. Mr. Huntington hat die gesamte Hotelanalge nach und nach renovieren lassen. Ich glaube, vor etwa drei Jahren begann er damit."

„Interessant", meint Clark und beginnt damit, die Informationen bezüglich des Verdächtigen Nr. 3 ihrer Liste, Mr. Richard Huntington, einzuordnen, um sie danach logisch zu verwerten. Das Analysieren sämtlicher Fakten hat sich im Lauf seiner Karriere immer als nützlich und richtig erwiesen.

„Letztes Jahr brannte der Stall nieder. Zum Glück stand der Wind günstig und die Funken erreichten nicht das Haupthaus. Zudem waren die Löschkräfte äußerst schnell vor Ort, da sie zufällig an einer Feuerwehrübung teilgenommen hatten und auf dem Rückweg zum Feuerwehrhaus waren. Zudem half ein heftiger Wolkenbruch zusätzlich die Flammen zu löschen."

„Ein Feuer", murmelt Clark.

„Zwischenzeitlich steht ein neuer Stall, nebst kleinem Garagentrakt, hinter dem Anwesen. Ist schön geworden."

„Der ganze Komplex gefällt mir tatsächlich richtig gut", bestätigt Clark noch einmal. „Billig war das bestimmt nicht."

„Nein, war es auch nicht. Mr. Huntington achtete sehr darauf, dass alles ziemlich originalgetreu renoviert wurde und wird. Ich finde, er bewahrt damit ein Stück Kultur. Er ist zudem in dieser Gegend ein wichtiger und guter Arbeitgeber."

„Du bist gut informiert."

„Eine Nichte meiner Ex-Frau arbeitete mal als Zimmermädchen hier."

„Und jetzt nicht mehr?", fragt Clark. „Wo doch der Hotelbesitzer ein so ein guter Arbeitgeber ist."

Frank lacht laut. „Ha ha ha. Glaub mir, sie würde das lieber tun, als zu Hause herum zu sitzen. Sie ist zwischenzeitlich verheiratet, hat einen tollen Jungen und ist schon wieder schwanger. Sie wird so schnell nicht wieder arbeiten."

„Dann dürfte sie wohl als Auskunftsperson ausscheiden", bemerkt Clark trocken.

Wieder lacht Frank. „Definitiv. Und ich garantiere dir, Clark, wenn Maggie noch hier arbeiten würde und jemand aus dem Hotel in dieses Verbrechen verwickelt wäre, hättest du den Fall schneller geklärt als du denkst."

„Wie meinst du das?"

„Sie ist ein Waschweib der allerfeinsten Sorte. Sie hört Dinge, die andere noch nicht mal aussprechen und erzählt es sofort weiter. Wenn sich Maggie mit dir unterhält, kommst du mindestens zwei Stunden nicht zu Wort und weißt danach alles, was in den letzten Wochen passiert ist und zwar ob du willst oder nicht."

Jetzt lacht auch Clark. „Komm, lass uns reingehen. Ich möchte mit Mr. Huntington sprechen und mir diesen Mr. Miller mal näher ansehen. Vielleicht müssen wir ihn tatsächlich genauer unter die Lupe nehmen und auf den Zahn fühlen."

Sie betreten das Foyer und gehen zur Rezeption. Sie ist nicht besetzt. Die Aufmachung trifft Clarks Geschmack vollends. Er sieht die kleine Glocke, deutet darauf und sagt: „Das wollte ich schon immer einmal machen. Ich komme mir vor, wie in einem *Humphrey Bogart* Kriminalfilm aus der guten alten Hollywoodzeit." Seine Hand klatscht gegen die Glocke.

Bing

Dann noch einmal.

Bing

Eine dumpfe Stimme aus dem kleinen Büro neben der Rezeption ist zu hören. „Ich komme schon."

Mike, der Portier, der Robert vorhin abgelöst hat kommt heraus. Er sieht leicht verschwitzt aus. „Entschuldigen Sie, ich bin gerade dabei ein paar alte Aktenordner auszumisten."

Clark weist sich als Polizist des New Scotland Yard aus, Frank Bakerfield nickt dazu. „Wir suchen Mr. Huntington."

„Oh, die Polizei. Was verschafft uns denn die Ehre? Wie kann ich Ihnen helfen?"

Clark wiederholt. „Das sagte ich bereits, wir suchen Mr. Huntington."

„Um Gottes Willen, es wird doch nichts passiert sein?"

Frank sieht, dass Clarks Halsschlagader sichtbar zu pulsieren beginnt und mischt sich ein. „Sagen Sie uns bitte, wo sich Mr. Huntington aufhält. Alles andere besprechen wir mit ihm."

„Natürlich. Ich weiß gar nicht ..."

Die Hoteltür geht auf und George betritt das Foyer. Er geht schnurstracks an der Rezeption vorbei, um sich in der Küche eine Erfrischung zu holen.

Mike reagiert schnell. „George, weißt du zufällig, wo sich Mr. Huntington aufhält? Die beiden Herren sind vom Scotland Yard und möchten den Chef sprechen."

George bleibt stehen, nimmt den Strohhut ab, wischt sich den Schweiß von der Stirn und erkennt Sergeant Bakerfield. „Mr. Bakerfield, sind Sie jetzt beim Scotland Yard?"

„Nein, George. Aber mein Kollege kommt aus London. Wir haben im Rahmen von weit ausgelegten Ermittlungen ein paar Fragen an Mr. Huntington. Wir suchen Zeugen aller Art und vielleicht kann er uns helfen."

Für den Hotelangestellten klingt das sehr plausibel. „Er ist gerade in Richtung Stall gegangen. Ich glaube, er möchte ausreiten. Sie müssen nur einmal um das Gebäude herum gehen."

„Danke", antwortet Clark. „Und dann habe ich noch eine Frage. Wohnt hier ein Mr. Miller? Den würde ich auch gerne sprechen."

„Ich weiß gar nicht, ob ich das sagen darf. Ich bin relativ neu hier."

George mischt sich ein. „Frag doch Robert. Wieso ist er nicht hier?"

„Er hat wieder mal mit mir getauscht. Das hat er in letzter Zeit öfter gemacht. Gestern auch. Da sagte er, dass er dringend weg muss."

„Und heute?"

„Heute war er in Damenbegleitung", schmunzelt Mike. „Die hübsche Frau aus London ist mit ihm weggefahren."

„Mrs. Russel?"

„Ja, genau. So heißt sie."

Clark fühlt sich, als hätte ihn ein Blitz getroffen. Ist das seine Debbie?

Ja! Sie muss es sein, denn sie gab mir auch den Hinweis auf diesen Mr. Miller.

Jetzt ist sie mit diesem Robert weggefahren.

„Ach, die holen bestimmt den neuen Wagen von Snapper ab."

„Stimmt, so etwas habe ich aufgeschnappt."

Sergeant Bakerfield räuspert sich. „Mein Kollege stellte eine Frage. Wir möchten gerne Mr. Miller sprechen."

Mike macht daraufhin eine kurze Bewegung mit dem Kopf und flüstert. „Er sitzt in der Lobby und liest Zeitung. Nicht zu verfehlen."

„George, könntest du Mr. Huntington bitten auf uns zu warten? Wir unterhalten uns kurz mit Mr. Miller und würden dann nach hinten zum Stall gehen. Das wäre sehr nett."

„Klar, Mr. Bakerfield. Ich gehe raus und sag ihm Bescheid."

Als der Hotelangestellte das Foyer verlassen hat, fragt Clark seinen Kollegen. „Sag mal, du duzt diesen George und er siezt dich. Weshalb ist das so?"

Frank lacht. „So ist George nun einmal. Jeder duzt ihn und er duzt jeden, bis auf die Lehrer, die Ärzte, die Priester, die Hotelgäste, die Polizisten und seinen Chef."

„Komischer Kauz."

„Er ist ein richtig braver Kerl. Die Gutmütigkeit in Person."

„Lass uns mal zu diesem Mr. Miller gehen."

Beide gehen zu dem Verdächtigen. Sie bleiben vor dem Hotelgast stehen. Miller liest im *Mid-Devon Advertiser*. Er bemerkt die beiden Männer und lässt die Zeitung etwas absinken. Höflich grüßt er, bevor Clark und Frank etwas sagen können.

„Guten Tag, meine Herren, wie kann ich Ihnen helfen?"

Clark hält instinktiv seine rechte Hand so, dass er im Notfall schnell zu seiner Waffe greifen kann. Seine Sinne sind gespannt. Er möchte kein Risiko eingehen. Seinen Dienstausweis zeigt er mit der linken Hand vor. „Chief Inspektor Russel, New Scotland Yard. Guten Tag, Sir. Können Sie sich ausweisen?"

„Selbstverständlich kann ich das. Verraten Sie mir auch den Grund dieser Kontrolle?", antwortet Mr. Miller freundlich und legt die Zeitung auf den Tisch.

„Wir ermitteln in Sachen des Gentleman-Bankräubers und suchen hierbei auch Zeugen aller Art", erklärt Bakerfield und nimmt damit etwas Spannung aus der Kontrolle.

Der anfangs verdutzte Miller greift in die Innenseite seines Sakkos. Clark lässt die rechte Hand unter seine Jacke gleiten und berührt den Griff der Waffe. Als Miller seinen Pass herauszieht und ihn Clark hinhält, entspannt sich der Chief Inspektor.

„Wie kann ich Ihnen bei der Bearbeitung dieses Falles behilflich sein?"

„Mr. Miller, sie wohnen in London?"

„Nicht direkt. Ich komme aus einem Vorort der Hauptstadt."

„Aber Sie sind gestern aus London angereist. Zumindest haben Sie das angegeben."

Miller grübelt darüber nach, von wem dieser Inspektor die Information hat und sagt schließlich: „Ich weiß zwar nicht mehr genau, wem gegenüber ich das geäußert haben soll, aber es stimmt. Ich war vor meiner Anreise in der Zentrale meiner Firma in London. Von dort aus bin ich direkt hierher gefahren."

Clark öffnet den Pass. Er weiß, dass dieser Mann vor ihm nicht der Gentleman-Bankräuber sein kann. Die Statur passt überhaupt nicht. Allerdings hatte Debbie insoweit Recht, dass mit ihm etwas nicht stimmt. Und genau das möchte der Polizist herausfinden.

Miller räuspert sich. „Sie werden gleich erstaunt sein Chief Inspektor, denn im Pass steht mein richtiger Name. *Samuel E. Sullivan.* Miller ist ein Pseudonym von mir. Unter diesem Namen habe ich vor Jahren zwei kleine Bücher veröffentlicht. Darin ging es um Vernehmungsmethoden. Ihnen gegenüber kann ich mein kleines Geheimnis verraten. Ich habe natürlich auch ein Ausweisdokument, in dem Miller eingetragen ist. Damit weise ich mich aus, wenn ich im Einsatz bin."

„Mr. Sullivan, das werde ich mehr als genau prüfen. Ich denke, Sie müssen uns nachher begleiten", schiebt Bakerfield ein.

„Ich habe alle Legimitationspapiere, die Sie benötigen, dabei."

Sullivan, alias Mr. Miller, blickt sich um und senkt ein wenig die Stimme. „Ich bin Privatdetektiv und arbeite an einem besonders heiklen Fall. Ich kann natürlich alles nachweisen. Meine Detektei hat auch schon mehrfach mit Scotland Yard zusammengearbeitet. Sullivan & Partner. Wir werden weitgehend von großen Unternehmen beauftragt. Industriespionage, Versicherungsbetrug oder Observationen wenn es um Scheidungen mit drohenden Abfindungen in Millionenhöhe geht."

„Und weshalb sind Sie hier? Vielleicht wegen dem Gentleman-Bankräuber?", hakt Bakerfield nach.

Der Privatdetektiv schüttelt den Kopf. „Nein, noch nicht. Dieser Fall interessiert mich zwar, weil er außergewöhnlich ist, aber ich habe einen anderen Auftrag. Bezüglich des Bankräubers wurde ich schon von einem Bankdirektor angesprochen. Sollte die Polizei den Täter nicht in absehbarer Zeit festnehmen, spielen sie mit dem Gedanken, meine Detektei einzuschalten. Der Image-Schaden ist größer als der materielle Schaden. Und die Versicherungsgesellschaft macht Druck. Aber wie gesagt. Hier in *Widecombe in the Moor* bin ich aus einem anderen Grund. Das meine Herren, kann ich Ihnen aber nicht sagen. Berufsgeheimnis, wenn Sie mich verstehen."

Sullivan kichert und zwinkert den Polizisten zu. Clark und Frank Bakerfield sehen sich kurz an, lächeln auch und Clark wendet sich, nach einem Nicken von Bakerfield, dem Detektiv zu.

„Mr. Sullivan, alias Mr. Miller. Ich bezweifle, dass Ihr Ausweis mit dem Namen Miller korrekt ist. Ich denke, da werden wir sehr wohl einschreiten müssen. Ich werde mit den Hotelverantwortlichen sprechen und nachhaken inwieweit Sie sich ausgewiesen haben. Dann werde ich die Ausweisdokumente sicherstellen und Sie, Mr. Sullivan, zur Prüfung aller Fragen von uniformierten Polizisten abholen und zur Wache nach Newton Abbot bringen lassen. Mit Ihrer Detektei oder den Auftraggebern werden wir unter Umständen in Kontakt treten, um Ihre Angaben abschließend zu klären. Alles in allem ein, sagen wir mal, publikumsträchtiger Einsatz."

Das Lachen ist aus Sullivans Gesicht verschwunden. „Das geht doch etwas zu weit, ich werde mich beim Leiter Ihrer Abteilung beschweren."

„Frank, die Handschellen! Ich glaube, dieser Verdächtige möchte sich einer Festnahme widersetzen."

Sullivan hebt die Hände, lächelt wieder und möchte sofort beschwichtigen. „Halt, nein. Das ist ein Missverständnis. Es tut mir leid. Also gut, ich sage Ihnen weshalb ich hier bin, aber bitte ...", er macht eine Pause, blickt sich wieder um und spricht leise weiter, „... Sie müssen unbedingt Stillschweigen bewahren."

Clark antwortet mit ruhiger aber bestimmter Stimme, die seinem Gegenüber unmissverständlich klar macht, dass er es ernst meint. „Sie haben eine einzige Chance. Sprechen Sie und ich werde eine Entscheidung treffen."

Der Privatdetektiv beugt sich den Polizisten entgegen. „Letztes Jahr brannte der Stall von Mr. Huntington nieder. Das Gebäude war ziemlich hoch versichert. Sowohl die Polizei, als auch ein Mitarbeiter der Versicherungsgesellschaft, konnten keine Hinweise auf Brandstiftung finden und die Gesellschaft musste zahlen. Aber es blieben ein paar Fragen offen, die leider nicht geklärt werden konnten. Also hat man mich beauftragt diesem Mr. Huntington und den Brand zu überprüfen. Es geht um sehr viel Geld", unterstreicht Sullivan seine Aussage.

Bakerfield zuckt mit den Achseln. „Aus polizeilicher Sicht war die Sache klar. Es gab keine Hinweise auf irgendwelche Manipulationen."

Sullivan lässt abermals die Augen durch das Foyer kreisen. „Es ist wie ein Puzzle. Erst wird das Hotel renoviert und zwar so lange, bis die Geldreserven erschöpft sind. Als die Außengebäude an der Reihe sind, brennt zufällig der Stall ab, der kurz zuvor extrem hoch versichert worden war. Danach hatte Mr. Huntington das Geld für die weiteren Renovierungsmaßnahmen und für ein neues Luxus-Auto."

„Ich betone, es wurden keine Anhaltspunkte für Brandstiftung gefunden", sagt Bakerfield.

Sullivan denkt nach und zieht die Stirn nach oben. „Ja, bisher sind meine Ermittlungen für die Gesellschaft eher negativ. Das muss ich bestätigen. Allerdings ist meine Detektei für eine Erfolgsquote von über 80 % bekannt."

„Wie meinen Sie das mit dem Luxus-Auto?", möchte Clark wissen.

„Land Rover – neues Modell."

„Ich verstehe das nicht. Wenn er das Geld legal bekommen hat, wieso haken Sie nach?"

„Die Renovierungsarbeiten sind noch nicht abgeschlossen und die neuen Versicherungssummen müssen geprüft werden. Ich mache alles in einem Aufwasch."

Bakerfield holt die Liste heraus, die Waters erstellt hat. „Hier ist Mr. Huntington mit einem Land Rover älterer Bauart eingetragen."

„Sie suchen nach dem Wagen?", fragt Sullivan.

Clark bohrt sofort nach. „Was wissen Sie?"

„Der neue Land Rover läuft noch auf das Autohaus. Das ist ein Steuertrick. Leider ganz legal, weil es in dem Kaufvertrag exakt formuliert ist. Die Autofirma setzt den Wagen ab, Mr. Huntington kann ihn normal nutzen und spart sich mindestens weitere 20 Prozent. Das ist eine Menge Geld."

„Lange Rede, kurzer Sinn. Haben Sie irgendwelche Hinweise auf Straftaten?"

„Nein. Überhaupt nicht. Ich werde meine Ermittlungen auch in Kürze beenden."

Clark reicht Sullivan den Pass zurück. „Ich verzichte auf eine genauere Prüfung. Aber laufen Sie mir noch einmal über den Weg, werde ich alle Ihre Papiere, Methoden und die Detektei prüfen lassen."

Sullivan streckt die Hand aus, nimmt den Pass und meint. „Das dürfen Sie. Bei mir ist alles in Ordnung. Ich bin sehr polizeifreundlich."

„Haben Sie eine Visitenkarte für mich? Nur für den Fall, dass wir noch Fragen haben", möchte Bakerfield wissen. „Aber eine mit echten Personalien und einer aktuellen Erreichbarkeit."

„Aber natürlich", antwortet der Detektiv, holte eine Visitenkarte aus seinem Geldbeutel, schreibt eine Mobilfunknummer auf die

Rückseite und reicht sie dem Polizisten. „Hier. Unter dieser Nummer erreichen Sie mich persönlich. Rund um die Uhr."

„Schönen Tag."

„Auf Wiedersehen, meine Herren", kommt es erleichtert.

Clark und Bakerfield verlassen das Hotel um zum Stall zu gehen. „Bevor wir mit Huntington sprechen, möchte ich noch mal die Ergebnisse der anderen abgleichen", schlägt Bakerfield vor und ruft das Terminal in Newton Abbot an. Aufmerksam hört er zu, was ihm die Polizistin am Telefon sagt. Nachdem er das Gespräch mit einem: „Vielen Dank, bis später", beendet, bringt er Clark auf den aktuellen Stand. Demnach ist Collins bereits auf dem Rückweg nach Newton Abbot. Er hat lediglich einen Halter nicht angetroffen, allerdings von den Nachbarn den Hinweis erhalten, dass es sich um einen pensionierten Jagdflieger der Royal Air Force handelt, der vor vier Wochen auf eine dreimonatige Europatour aufgebrochen ist. Pepper hat noch eine Adresse anzufahren und ist bislang auch negativ. „Kein Hauch von Verdachtsmomenten!"

Clark wirkt nachdenklich. „Hier stimmt etwas nicht. Frank, kannst du nochmal auf dem Revier anrufen?"

„Klar kann ich das."

„Pepper und Collins sollen hierher kommen. Ich habe ein flaues Gefühl in der Bauchgegend."

Bakerfield drückt auf Wahlwiederholung.

Richard Huntington zieht den Sattel fest und prüft dessen Halt durch ein kräftiges Rucken. Er sieht die beiden Polizisten, die George angekündigt hat, auf ihn zukommen. Richard kennt Bakerfield und weiß, dass der andere somit Debbies Ehemann sein muss. Richard fühlt sich etwas unwohl und kann eine gewisse Nervosität nicht verbergen. Bakerfield lächelt freundlich, Debbies Ehemann blickt eher grimmig.

„Mr. Huntington?", fragt Clark und stellt sich mit Rang und Namen vor.

„Mr. Russel, Mr. Bakerfield", entgegnet der Hotelier höflich. „Wie kann ich Ihnen helfen?"

„Es geht um Ihren Land Rover."

Richard ist erstaunt. „Mein Auto? Was ist damit? Gibt's Probleme wegen der Zulassung? Dann sprechen Sie bitte mit Mr. Doyle vom Autohaus in Newton Abbot. Er hat alles arrangiert."

„Nein", winkt Bakerfield ab. „Zulassungstechnisch ist alles in Ordnung. Wir möchten uns den Wagen nur genauer ansehen."

„Verstehe ich zwar nicht, aber das ist kein Problem. Kommen Sie mit."

Sie gehen zur großen Halle. Clark geht um das Fahrzeug herum und sieht am Heck einen Aufkleber des *Dartmoor National Park*. Er ist froh, seine Kollegen hierher beordert zu haben und bittet den Hotelier den Land Rover zu öffnen.

„Nur zu", antwortet Richard. „Der Wagen ist offen, der Schlüssel steckt. Sie dürfen sich alles genau ansehen. Ich habe nichts zu verbergen."

Clarks geschultes Ohr bemerkt ein leichtes Schwingen der Stimme.

Er ist sehr nervös!

Der Mann vom New Scotland Yard öffnet die Fahrertür und steigt ein. Bakerfield beginnt mit einer kurzen Befragung. „Mr. Huntington, wo waren Sie am Freitag zwischen 12:00 und 17:00 Uhr?"

„Verraten Sie mir, weshalb Sie hier sind und ich werde dann antworten."

„Wir ermitteln in Sachen des Gentleman-Bankräubers."

Huntington verhält sich weiter ruhig. „Am Freitag fuhr ich nach dem Frühstück hier weg. Ich hatte einen Geschäftstermin in London."

„Sie waren am Freitag in London?"

„Das sagte ich."

„Und wo?"

„Ich hatte erst ein Essen mit neuen Geschäftsfreunden, anschließend einen Termin in einer Werbeagentur. Mit meinen neuen Großkunden ging es um blockweise Mietangebote in meinem Hotel. Es wird künftig für Tagungen und Seminare eines großen Unternehmens genutzt. Wir sprachen die Konditionen inklusive der Menüpreise ab.

Mit dem Werbeunternehmen habe ich mir eine Werbestrategie präsentieren lassen um Touristen auf uns aufmerksam zu machen."

„Dann haben Sie also durchwegs Zeugen?"

„Selbstverständlich."

„Wann sind Sie zurückgekommen?"

„Gegen Abend. Ich habe nicht auf die Uhr gesehen. Das Dinner habe ich aber im Restaurant eingenommen."

Clark hört aufmerksam zu, während er das Fahrzeuginnere und den Kofferraum nach Spuren jeglicher Art absucht.

Nichts! Auch das Alibi klingt plausibel.

Als Bakerfield die Adresse der beiden Termine erfragt und diese weit vom Überfallort entfernt liegen, beginnt Clark seinen Hauptverdächtigen auszuschließen.

Vieles passt auf den Gentleman, auch Statur und das Benehmen, aber das Alibi scheint wasserdicht zu sein! Verflucht! Hier stimmt aber irgendwas nicht. Das spüre ich.

„Was ist mit Ihrem zweiten Land Rover?"

„Was soll damit sein?"

„Wo steht er?"

„Ich habe ihn meinem Angestellten, Robert Thorbes, verkauft. Er ist allerdings noch auf mich zugelassen."

„Können wir ihn ansehen?"

„Von außen gerne. Ich habe keinen Schlüssel mehr. Robert benutzt die Garage Nr. 3."

George kommt hinzu. „Soll ich das Pferd wieder absatteln?"

„Nein, George. Das hier dauert bestimmt nicht mehr lange, oder?"

„Sie sagten, dass der andere Land Rover von Ihrem Angestellten Robert Thorbes genutzt wird?"

„Richtig."

„Wissen Sie zufällig, wo Robert am Freitag war?"

„Hier im Hotel. Er hatte die Spätschicht. Am Nachmittag war er definitiv an der Rezeption."

Clark ist enttäuscht.

„Nicht ganz, Mr. Huntington", mischt sich George ein.

„Wie meinst du das, George?"

Der Hausmeister blickt etwas verdutzt. „Ich hätte das nicht sagen sollen. Jetzt wird Robert sauer auf mich sein."

„George, weißt du etwas, wovon ich nichts weiß?"

Es war George sichtlich peinlich, dass ihm diese Bemerkung herausgerutscht war. „Ich sollte nicht so viel reden."

„George, du sagst jetzt sofort, was da los war."

„Mr. Huntington, ich hätte es schon längst erwähnen sollen, aber Robert meinte, es geht schon in Ordnung."

„Jetzt rede nicht um den heißen Brei herum. Sag was du weißt!"

Der alte Hausmeister kratzt sich aus Nervosität am Hinterkopf. „Wenn Sie länger weg sind, tauscht Robert ab und zu unter der Hand den Dienst mit Mike. Also Mike übernimmt die Schicht von Robert und bekommt dafür Geld. Das war auch am Freitag so."

„Aber als ich ins Hotel kam, war Robert da."

„Er ist vielleicht eine Viertelstunde vor Ihnen im Hotel angekommen."

Clark ahnt etwas. „Lassen Sie uns zur Garage von Mr. Thorbes gehen."

„Das hättest du mir längst sagen müssen, George."

„Es tut mir wirklich leid."

„Wie lange geht das schon?"

„Es ist nicht so oft."

„Warum macht Robert das?"

„Er sagt, dass er ein Verhältnis mit einer verheirateten Frau hat und ihr Mann, wenn er das nachprüfen sollte, denkt, dass Robert gearbeitet hat. Aber ..."

„Was aber?", fragt diesmal Clark.

„Ich weiß, dass das nicht stimmt. Robert hat sich einmal verquatscht und über den Verkehr in London geschimpft."

Bakerfield tippt Clark an. „Er verschafft sich ein Alibi."

Sie stehen vor der Garage.

„George, du hast den Öffner?"

Der Hausmeister antwortet: „Ja, Mr. Huntington", und tippt auf die Fernbedienung.

Das Garagentor fährt nach oben. Die vier Männer gehen hinein. Im hinteren Eck lagern vier Winterreifen. Daneben steht ein kleines

Regal mit diversen Utensilien. Darunter sieht Clark mehrere Sonnenbrillen. Unter anderem auch eine extrem große und auffällige Brille die der vom letzten Überfall sehr ähnelt. Als der Chief Inspektor einen Blick in den Abfalleimer wirft, beginnt sein Herz zu rasen.

„Da liegt ein Becher von Starbucks. Frank, die Männer sollen sich beeilen. Wenn sie hier sind, müssen sie die Garage absuchen und alles als Spurenträger behandeln."

„Ich gebe der Zentrale Bescheid", sagt Frank Bakerfield und hält einen Stadtplan von London hoch. Es befinden sich mehrere mit Filzstift markierte Stellen auf der Karte. Clark sieht sie sich genauer an.

„Das sind die überfallenen Banken!"

„Wir haben ihn!"

Clark wendet sich dem Hotelier zu. „Mr. Huntington, hat Ihr alter Land Rover auch einen Aufkleber vom Nationalpark am Heck?"

„Ja, warum? Ich verstehe nicht?"

„Robert Thorbes ist momentan dringend verdächtig, etwas mit den Banküberfällen zu tun zu haben."

„Robert? Das kann ich mir beim besten Willen nicht vorstellen. Er ist die Freundlichkeit in Person. Immer höflich."

„Wie ein Gentleman?"

„Ja."

„Wo wohnt er und wissen Sie, wo er sich jetzt im Moment aufhält?"

George meldet sich zu Wort. „Ich ... äh ... also Robert ist mit Mrs. Russel weggefahren."

„Was?", stößt Clark erschrocken aus. „Meine Frau wohnt hier im Hotel und ist mit dem Verdächtigen unterwegs?"

In Richard pocht und brodelt es. Immer wieder treffen sich die Augenpaare von ihm und Clark. Es ist, als würden beide einen unsichtbaren Kampf ausfechten und der Sieger erhält als Preis Deborah Russel. Am liebsten würde er ihn anbrüllen.

Ja! Deine Frau wohnt hier! Sie ist wunderbar und wir lieben uns. Du hast sie gehen lassen, ihr habt euch auseinander gelebt und Debbie gehört jetzt zu mir. Hier wird sie glücklich. Ich kann ihr geben, was du nicht geben konn-

test oder wolltest und sie gibt es mir zurück. Ja, sie lebt hier und wird für immer hier bleiben.

Doch statt seine Gedanken auszusprechen, nickt er nur flüchtig.

Clark spürt das kurze Vibrieren seines Handys in der Hosentasche. Er weiß sofort, dass er eine WhatsApp-Nachricht erhalten hat.

Ob das Debbie ist, fragt er sich und greift instinktiv nach dem Mobiltelefon. Er öffnet den Messenger und erschrickt. „Von Debbie", flüstert sichlich nervös und liest mit rasendem Herzschlag zwei Worte. Er kann es nicht fassen und starrt auf den Bildschirm, um die Nachricht ein zweites und drittes Mal zu lesen. Kreidebleich starrt er vor sich hin.

Bakerfield merkt sofort, dass etwas nicht in Ordnung ist. „Was ist los?"

In Clarks Kopf hämmert und brodelt es. Es läuft ihm heiß und kalt den Rücken hinunter. Er möchte sprechen und klar denken, doch sein Handeln ist wie gelähmt. Immer wieder knallen die beiden Worte seiner Frau durch seine Gedanken.

HILFE MOOR

Bakerfield wiederholt seine Frage. „Clark, was ist los? Was schreibt deine Frau?"

Der Chief Inspektor blickt erst Frank Bakerfield, dann Richard Huntington und als letztes George an. „Debbie ist in Gefahr. Ich glaube, sie wurde als Geisel genommen. Sie schreibt: Hilfe Moor!"

Richard fühlt sich als ob eine Lanze sein Herz durchbohrt. Sofort beginnt er, sein Wissen über Robert Thorbes hervorzukramen.

Was hast du mir alles über dich erzählt? Ich kriege dich, du Mistkerl! Ich kenne das Moor besser als du! Auch ich bin hier aufgewachsen.

Der Hotelier sieht nach oben in den sich dunkel färbenden Himmel. „Die Wetterlage ist nicht gut. Es wird sich Nebel über das Moor legen. Wir müssen schnell handeln."

Clark hat den ersten Schock überwunden. Die Routine seiner jahrelangen Einsatzerfahrung ersetzt die anfängliche Panik. Noch nie musste er eine Geisellage leiten, in der jemand, den er kennt, in Gefahr war. Die Kraft kehrt zurück. Kraft, gepaart mit blanker Wut. „Frank, verständige bitte sofort die Zentrale. Alle verfügbaren Kräfte sollen hierher kommen. Auch das Einsatzteam aus London, das für den Notzugriff mit angerückt ist."

Richard möchte helfen. „Sie können gerne meine Fahrzeughalle als Besprechungsraum nutzen. Sie ist groß und alle haben Platz. George kann auch Stühle und Tische besorgen."

Bakerfield telefoniert mit der Station in Newton Abbot. Zeitgleich treffen die Constables Pepper und Waters ein.

„Danke, Mr. Huntington. Das Angebot nehme ich gerne an. Ich brauche so etwas wie ein Flip-Board und Stromanschluss."

„Wahlweise können Sie auch in den Besprechungsraum gehen. Allerdings ist der noch nicht ganz fertig. Aber ein Flip-Board, ein Beamer und jede Menge Stromanschlüsse, nebst WLAN-Zugang, sind vorhanden. Da passen nur nicht so viele Leute rein wie in die Halle."

„Das klingt perfekt. Egal, wenn nicht so viele Personen Platz finden. Wir nehmen den Raum! Gehen wir!"

Clark ist wieder in seinem Element. Er hat das Kommando über sich selbst vollends übernommen. Sein Gehirn funktioniert wieder mechanisch wie eine Maschine. Der Polizeiapparat beginnt zu arbeiten.

Schon auf dem Weg zum Hotel werden Pepper und Waters über die aktuelle Sachlage informiert. Der Mann, der seit Monaten ganz England in Atem hält, hat ohne es zu wissen, die Frau des Mannes zur Geisel, der ihn jagt und zur Strecke bringen soll.

13

Deborah sitzt im Land Rover und betrachtet argwöhnisch die Wetterlage.

„Meinen Sie, wir schaffen das vor dem Nebel?"

„Nur keine Angst. Ich bin sicher, dass ich Ihnen etwas ganz Besonderes zeigen kann. Und selbst wenn der Nebel schneller ist als wir, habe ich etwas für Sie, das Ihnen bestimmt gefallen wird."

„Sie machen es aber spannend. Was erwartet mich denn so Besonderes?"

„Wollten Sie mir nicht etwas erzählen? Was für ein Verdacht bedrückt Sie, Mrs. Russel?"

Er hat ihre Neugierde geweckt. Debbie verdrängt augenblicklich die schlechte Wetterlage und sieht den Fahrer des Geländewagens an. „Robert, ich bin doch auch nur eine Frau. Sie haben mich so richtig neugierig gemacht."

Er lacht und steckt Debbie an. Die lockere Stimmung tut ihr gut. „Okay, Robert. Sie sagen mir, was mich erwartet und ich spreche über meinen vermutlich blödsinnigen Verdacht."

„Einverstanden."

Debbie ist gespannt. Ein Blick in die Landschaft lässt nicht mehr allzu viel erkennen. Dann führt der schmale Weg, den sie befahren, auf eine Anhöhe. Die Nebelschleier werden lichter und ob angekommen bleibt der Portier stehen. Debbie genießt die Aussicht. Nebelfreie Anhöhen, deren kleine Gipfel wie Inseln aus einem Nebelmeer hervorragen. Unter ihnen ist alles von weißen Schleiern bedeckt.

„So muss es ausgehen haben, als König Arthur über das Nebelmeer nach Avalon gesegelt ist."

„Er dürfte Waliser gewesen sein und somit nicht hier gelebt haben", fährt Debbie dazwischen.

„Wer weiß das schon?", grinst Robert und zeigt auf einen benachbarten Hügel. „Sehen sie das Cottage dort drüben?"

Debbie nickt. „Wunderschön."

„Das ist das Haus meiner Großeltern. Wir müssen nur noch einmal in den Nebel eintauchen und kommen dort drüben wieder raus."

Debbie saugt die Eindrücke dieser einzigartigen Landschaft auf. Robert hatte Recht behalten. Selbst wenn sie die prähistorischen Stätten aufgrund des Nebels nicht zu sehen bekommt, bietet ihr das Dartmoor eine unvergessliche Kulisse.

„Jetzt gehört das Cottage mir. Ich stecke gerade mitten in aufwendigen Renovierungsarbeiten. Mr. Huntington zahlt zwar gut, aber als Portier verdient man nicht so viel, dass man alles auf einmal herrichten kann.“

Er fährt weiter und sie tauchen wieder in die Nebelbank ein. „Und Sie? Was bedrückt Sie?“

Debbie ist sich nun ganz sicher. Robert ist ein feiner Kerl. Er ist höflich und sicherlich auch verschwiegen. Er arbeitet und seine Leidenschaft gehört dem Moor und dem ihm vererbten Haus darin.

„Der Mann, mit dem Sie vorhin telefoniert haben“, beginnt sie.

„Der Tierarzt?“

„Nein, dieser Ermittler von Scotland Yard.“

„Ach der ...“

„Er ist mein Ehemann.“

Robert hat sein Lächeln schlagartig verloren. „Ich bin nicht blind. Erlauben Sie meine Vermutung auszusprechen?“

„Haben Sie eine?“

„Ja. Sie und Mr. Huntington haben eine Affäre und Ihr Mann ist dahinter gekommen. Nun, wie kann ich Ihnen helfen? Sie können sich zu 100 Prozent auf mich verlassen.“

Debbie ist gleichzeitig geschmeichelt, beschämt und dennoch voller Glück. „Das trifft es nur zum Teil, Robert. Mein Mann ist Chief Inspektor Clark Russel vom New Scotland Yard.“

Mit diesem Satz verfinstert sich Roberts Blick, was jedoch von Debbie unbemerkt bleibt.

„Er ist der Mann, der den Gentleman-Bankräuber jagt. Und er muss eine heiße Spur haben, denn er würde sonst niemals London verlassen. Wenn er ins Hotel kommt, hat das einen dienstlichen Hintergrund.“

„Interessant. Hat das etwas mit Ihrem Verdacht zu tun? Sie erwähnten vorhin so etwas in diese Richtung?“, fragt der Portier, dessen Stimmlage nicht mehr so locker und gut gelaunt klingt.

Debbie führt das auf den Nebel und die damit verbundene hohe Konzentration beim Fahren zurück. Der Weg führt jetzt wieder nach oben und mit jedem zurückgelegten Meter wird auch das Nebelfeld lichter.

„Ich traue es mich kaum auszusprechen, aber kann es sein, dass Richard doch etwas mit den Überfällen zu tun hat? Er benötigt für das Renovieren viel Geld, er ist durch und durch ein Gentleman und er kam am Freitag aus London. Und jetzt kommt auch noch Clark, also mein Mann, ins Hotel. Das sind doch nicht nur Zufälle, oder was meinen Sie?"

Robert schweigt.

Debbie überkommt ein schlechtes Gewissen. „Das ist totaler Blödsinn, oder?

Zwischen den Nebelschleiern tauchen die landestypischen Steinzäune auf. Kleine Wälle, oftmals kilometerlang, die verschiedene Weideflächen voneinander abtrennen.

„Wie Sie erkennen können, hielten meine Großeltern früher Schafe."

„Sie weichen aus, Robert. Was denken Sie? Blödsinn, oder?"

Er hält vor einem Gatter an, steigt aus und öffnet das Tor. Dann kommt er zurück, fährt durch das Gatter, hält wieder an, steigt aus und verschließt die Zufahrt wieder. Nach weiteren 50 Metern stehen sie vor einem alten steinernen Cottage.

„Genießen Sie erst einmal den Ausblick. Genießen Sie das Ankommen an meinem Cottage. Ich mache mir Gedanken und wir besprechen das brisante Thema bei einer Tasse Tee."

Debbie ist einverstanden und spürt, wie wichtig es Robert ist, ihr das Cottage zu präsentieren. Sie selbst brennt innerlich auf eine Antwort des Portiers, aber um nicht völlig lustlos zu wirken, sagt sie: „Es liegt wunderschön."

Beide steigen aus. Es beginnt zu nieseln. Debbie fröstelt. „Es ist wirklich frisch geworden."

„Das ist es."

Robert wirkt verändert. Debbie hat zwar keine Erklärung dafür, aber in den letzten Minuten hat sich das Gemüt des jungen Mannes verändert.

Ist wohl eine Mischung aus dem, was ich über seinen Chef denke, der Tatsache, dass ich mit ihm eine Affäre haben könnte und dem Umstand, dass er mir sein Haus zeigt.

Ein paar Krähen ziehen ihre Kreise. Ihr Rufen passt zur düsteren Stimmung.

„Sie hatten Recht. Es ist wirklich bedrückend gruselig hier."

Debbie überfällt ein ungutes Gefühl. Was hat ihr Clark so oft gesagt, wenn sie über schreckliche Morde oder Kindsmissbräuche gelesen haben?

Die Täter sind oftmals die netten Männer von nebenan.

Debbie betrachtet Robert. Er zieht einen Schlüssel aus der Hosentasche und wirft ihr über die Schulter einen Blick zu. Seine Augen sind kalt, das Lachen komplett verschwunden. Vor Debbie steht ein anderer Robert als der, den sie aus dem Hotel kennt. Sie bekommt Angst.

Ob er mich vergewaltigen will? Oh mein Gott. Was soll ich nur tun?

Sie greift in ihre Handtasche und sucht das Mobiltelefon. Um Robert nicht argwöhnisch zu machen, redet sie einfach los.

„Es ist wirklich toll hier. Ohne den Nebel muss man eine herrliche Aussicht haben."

Er schiebt einen großen Bartschlüssel in das alte Türschloss. Beim Umdrehen klackt es. Debbies Finger gleiten über das Display. Sie findet den WhatsApp-Button und drückt drauf. Dann sucht sie Clark. Wieder drückt sie drauf. Das Textfeld erscheint. Ihre Gedanken überschlagen sich.

Nur keine Panik zeigen. Ruhig bleiben. Den Kerl nicht reizen!

Robert öffnet die Tür.

Sie tippt hastig zwei Worte. *Hilfe Moor*

Robert dreht sich um. Zeitgleich drückt sie auf senden und blitzschnell danach auf den Button um den Startbildschirm aufzurufen. Sie lässt das Handy los, greift nach dem Päckchen Papiertaschentücher in der Handtasche und holt es raus. Roberts Blick folgt der Hand. Als sie ein Taschentuch herauszieht und sich die Nase putzt, sieht er wortlos zu.

„Kommen Sie rein!", kommt es befehlsartig. Gleichzeitig betätigt er einen kleinen Knopf am Grifffeld des Autoschlüssels."

Piep – Klack

Sie weiß, dass der Land Rover verschlossen ist.

Keine Fluchtmöglichkeit. Ich muss so tun, als sei alles in Ordnung.

„Vermutlich hat Clark doch Wind von meiner Affäre mit Richard bekommen und ist hier, um mich nach Hause zu holen. Ich bin so dumm. Robert, es tut mir leid, dass ich auf solch dumme Gedanken gekommen bin."

Sie betreten das Cottage. Es riecht leicht modrig. Die Holzdielen knirschen unter den Schritten. Es gibt genau drei Räume. Eine kleine Küche mit Holzofen und zwei weitere Räume. Er bugsiert Debbie in einen von ihnen. Kalte Steinwände. Zwei Schwarzweiß-Fotos hängen an der Wand. Die Einrichtung ist spärlich. Ein Sofa, ein Tisch, zwei Holzstühle, ein Sideboard und ein kleiner Schrank. Das Mobiliar ist mehr als fünfzig Jahre alt. Auf dem Tisch steht eine halb niedergebrannte Kerze. Daneben liegt ein Päckchen Streichhölzer. Das kleine Fenster ist stark verschmutzt.

Hier wurde nie etwas renoviert. Er lügt. Hoffentlich wurde meine Nachricht an Clark abgesendet.

„Hinsetzen!"

Debbie versucht die Situation zu entspannen. „Was ist los, Robert?"

„Ich glaube nicht, dass Ihr Mann hinter die Affäre gekommen ist. Er verfolgt eine ganz andere Spur. Er ist dem genialsten Verbrecher in der Geschichte Englands auf der Spur. Er jagt den Gentleman-Bankräuber und ist ihm dicht auf den Fersen. Er jagt mich!"

Debbie ist geschockt. Sie weiß nicht, was sie darauf antworten soll. Als Robert nun aus seinem Hosenbund einen Revolver zieht, beginnt sie zu zittern.

„Robert ... ich ... ich"

„Hinsetzen!", wiederholt er und deutet mit der Waffe auf einen der Stühle.

Debbie kommt der Aufforderung sofort nach. „Bitte tun Sie mir nichts."

„Ich bin Bankräuber und kein Mörder. Aber Sie sind mir jetzt nützlich. Sie sind mein Freifahrtschein."

Debbie möchte weinen, doch der Schock verhindert es. Sie versucht klare Gedanken zu behalten. Ihr Körper produziert Adrenalin.

Ruhig bleiben und nicht reizen!

„Verflucht! Das kommt zu früh", schimpft der Portier.

„Robert, kann ich Ihnen ..."

„Halt dein Maul!" Die Stimme des Verbrechers überschlägt sich. Er fühlt sich in die Enge getrieben. Sollte jemals ein Gentleman in Robert existiert haben, war er in diesem Augenblick gestorben. „Tut mir leid", schiebt er nach. „Ich bin etwas durcheinander."

Debbie denkt scharf nach. *Stimmungsschwankungen! Er ist äußerst gefährlich.*

Sie überlegt sich ihre nächsten Worte sorgfältig. „Es ist okay Robert."

„Nichts ist okay!" Er wird wieder wütend. „Robert hier! Robert da! Wissen Sie, wie satt ich das alles habe. Tagein, tagaus bekomme ich nichts anderes zu hören, als: *Das Hotel muss florieren. Sei immer höflich, Robert, dann wirst du es weit bringen. Ich kann dich später zum Manager machen!* Oder bei der Bank. *Tut uns leid, Mr. Thorbes. Die Renovierung des Cottage ist zu teuer. Wir können Ihnen den Kredit nicht gewähren, aber wir würden Ihnen ein gutes Angebot machen, wenn Sie verkaufen!*" Er geht nervös im Zimmer auf und ab. „Almosen! Ich bekomme einen alten Land Rover und muss dafür noch ewig dankbar sein! Wissen Sie, ich möchte auch ein Stück vom großen Kuchen. Nur weil ich arm geboren bin, muss ich nicht arm sterben."

Jetzt folgt schrilles Gelächter. Debbie fühlt sich zusehends unwohler.

„Hier in meinem Cottage befinden sich exakt 248.745 Pfund Sterling. Ich habe alles aufgehoben und keinen einzigen Penny meiner Beute ausgegeben. Bei einer halben Million hätte ich aufgehört."

Er geht zu dem Sideboard und öffnet eine Schublade. Debbie kann Robert nicht sehen und bleibt ruhig sitzen. Dem Geräusch nach, holt er etwas aus der Schublade. Er kommt von hinten auf Debbie zu und sagt: „Ich muss Sie leider an den Stuhl fesseln."

„Ich werde nicht fliehen!"

„Das werden Sie auch nicht. Sie würden sich im Nebel hier verirren. Ich hingegen finde Sie auch im dichtesten Nebel und dann müsste ich Sie bestrafen."

„Ich werde hier sitzen bleiben."

„Nochmal zur Kenntnis. Ich werde Ihnen nichts tun."

„Gut."

Er fesselt Debbie mit Armen und Beinen an den Stuhl. Als er fertig ist, prüft er den Sitz des Seiles. Zufrieden geht er in die Küche. „Ich mache Feuer und brühe uns einen Tee. Bis dahin habe ich einen Plan, wie ich von hier flüchte."

„Ich helfe Ihnen, Robert."

Sie hört, wie er die quietschende Ofentür öffnet. Ein paar Minuten später knistert brennendes Holz. Robert kommt zurück.

„Eigentlich wollte ich ja im Dartmoor bleiben und mit dem Geld mein Haus renovieren. Da ich aber an alles denke, habe ich auch einen Plan B. Er heißt Australien."

„Bitte verraten Sie mir nicht alles. Ich möchte nichts davon wissen."

„Oh, ja. Stimmt ja. Sie könnten mich verraten."

„Ich schweige."

„Das werden Sie nicht, Mrs. Russel und deshalb werden Sie meinen richtigen Plan B auch niemals erfahren."

„Wann lassen Sie mich gehen?"

„Sie müssen mich leider noch ein Stück begleiten. Ich schätze, dass ihr Mann alle Häfen, Bahnhöfe und Flughäfen absperren lässt. Deshalb werden Sie mich hoch nach Schottland begleiten. Dort setze ich meine Flucht fort und lasse Sie frei."

Debbie bekommt eine leichte Panikattacke. Der Verbrecher möchte sie als Geisel nehmen. Sie schnauft heftig. Ihr Brustkorb hebt und senkt sich schnell. Die Handinnenflächen werden feucht.

Das ist ein Spiel auf Leben und Tod. Ich will noch nicht sterben. Bleib ruhig, Debbie. Bleib ruhig und denk nach.

Noch vor zwei Stunden sind in ihrem Bauch Horden von Schmetterlingen herumgeflogen. Jetzt durchlebt sie Todesangst.

„Sie können doch jetzt allein nach Schottland fahren. Es wird sicher bald dunkel und ich sitze hier fest. Sie sagten doch selbst, dass man nachts nicht durch das Moor gehen kann. Ich kann also frühestens morgen Vormittag hier losgehen und brauche sicherlich Stunden, bis ich in *Widecome in the Moor* ankomme. Bis dahin sind Sie längst außer Landes."

Robert lacht. „Da könnten Sie völlig Recht haben. Wahrscheinlich wäre es auch so, aber mit Ihnen als Unterpfand wird mich Ihr Mann nicht jagen."

Debbie spricht nicht aus, was sie denkt: *Da täuscht du dich! Genau dann würde dich Clark jagen und zwar bis ans Ende der Welt!*

„Mein Plan sieht ein wenig anders aus. Wir beide werden die nächsten Tage hier verbringen. Alle werden denken, ich bin mit auf der Flucht und habe Sie gekidnappt. Und wenn sich die Lage beruhigt hat, werden wir gemütlich nach Schottland fahren. Ich habe genügend Vorräte hier. Zwar nur Tee und ein paar Konservendosen, aber davon kann man schon mal fünf oder sechs Tage leben. Niemand weiß wo dieses Cottage liegt und sollte sich doch jemand hierher verirren, gibt's nur die eine Zufahrtsstraße auf der wir hergekommen sind. Und die habe ich unter Kontrolle. Ich werde unten bei den tieferen Weiden ein paar kleine Fallen aufbauen. Sie bliebem natürlich hier. Wenn das erledigt ist, sind wir erst mal in Sicherheit und haben unsere Ruhe."

Er möchte mich allein lassen, das ist vielleicht meine Chance noch eine Nachricht zu versenden, huscht es Debbie sofort durch den Kopf, doch dieser Gedanke wird sofort zunichte gemacht.

„Ach ja, wo befindet sich Ihr Mobiltelefon?"

„Ich weiß nicht ..."

Er steht auf und geht auf sie zu. Debbie weiß, dass sie es sagen muss, um keinen Verdacht zu erwecken, sie möchte etwas vor ihm verbergen. „In der Handtasche. Ja, es ist in der Handtasche."

Robert grinst. „Ich hätte es sowieso gefunden."

Er leert den Inhalt der Handtasche auf dem Tisch aus. Dann nimmt er Debbies Handy, öffnet die Rückseite und nimmt den Akku raus.

„Damit man uns nicht orten kann."

Debbie könnte losweinen. Sie ist verzweifelt. Ihre Gedanken gelten Richard und Clark. *Holt mich hier raus!*

14

Der kleine Besprechungsraum des Hotels wirkt wie eine Einsatzzentrale. Neben den drei Männern des New Scotland Yard arbeiten noch Bakerfield, Harris, Watson und zwei uniformierte Kollegen daran den gesuchten zu Verbrecher finden. Landkarten werden ausgebreitet und an eine Wand geheftet. Das Gebiet um sie herum ist großflächig umkreist. An den Zufahrtsstraßen stecken Pin-Nadeln. Richard Huntington schließt den Beamer an einen PC an.

„... es ist mir scheißegal wie es bei Ihnen zugeht. Sie werden zwei schwer bewaffnete Männer an jede Straße stellen, die ich Ihnen gleich nenne", faucht Bakerfield ins Telefon. „Nein! Ich bin kein Offizier. Ich bin Sergeant Bakerfield, aber wenn Sie an meinem Auftrag Zweifel haben, dann gebe ich Ihnen Chief Inspektor Clark vom New Scotland Yard. Er wird sich Ihren Namen notieren und dafür sorgen, dass sie bis zur Ihrer Pensionierung Verkehr regeln! Wie ... ja ... an jede Straße zwei bewaffnete Posten!", bestätigt der Polizist und legt entnervt auf. „Diese Provinzreviere sind zum Kotzen! Sie brauchen immer erst eine saftige Drohung, bevor sie in die Gänge kommen."

Clark klopft seinem Kollegen auf die Schulter. „Das machst du hervorragend, Frank. Haben wir schon eine Rückmeldung von diesem Werkstattbesitzer?"

Harris, der neben Bakerfield sitzt, nimmt das nächste Gespräch entgegen. Sofort hebt er den Arm und schnippt mit dem Finger. „Moment", sagt zu seinem Gesprächspartner, „das ist die Streife, die beim Snappers Werkstatt ist."

Clark wartet geduldig bis das Gespräch beendet wird. „Und?"

„Sie waren dort. Thorbes und Ihre Frau. Sie hat ein Auto gekauft und es vor der Werkstatt abgestellt. Snapper hat ihr Überführungskennzeichen überlassen, damit sie nach London zurückfahren kann. Danach ist sie mit Thorbes weggefahren. Snapper sagte, dass ihr Robert ein paar Stellen im Moor zeigt. Sie wollte Fotos machen. Mehr kann er nicht sagen."

Richard Huntington ist fertig. Ein letzter Test mit dem Beamer verläuft positiv. Er funktioniert.

Clark geht zu dem Hotelier. „Vielen Dank. Sie werden verstehen, dass Sie jetzt diesen Raum verlassen müssen."

„Ja, selbstverständlich. Kann ich noch irgendwie behilflich sein?"

„Nein danke. Der Rest ist Polizeiarbeit."

„Wenn Sie Getränke oder etwas zu Essen benötigen, rufen Sie unten an. Es wird Ihnen alles heraufgebracht, natürlich auf Kosten des Hauses."

„Vielen Dank, Mr. Huntington und bitte entschuldigen Sie mich jetzt."

Richard wünscht Debbies Ehemann noch viel Glück, dann verlässt er den Raum. Er hat genug gehört und weiß, dass er handeln wird. Der Schmerz des Verrats von Robert an seiner Person ist heftig. Er hat diesem jungen Mann vertraut und in ihm sogar einen späteren Hotelmanager gesehen. Er hat ihn gefördert und hätte das noch weiter getan. Die Tatsache, dass Robert der meistgesuchte Verbrecher Englands ist, macht Richard zu schaffen. Noch mehr jedoch, schmerzt die Tatsache, dass Robert die Frau zu Geisel genommen hat, die Richard über alles liebt.

Du hättest mir alles nehmen können. Mein Geld, meine Pferde, meinen Besitz, aber nicht Debbie. Ich weiß nicht, wie die Polizei arbeitet. Sie werden dich bekommen, solltest du versuchen das Land zu verlassen, aber ich werde dich bekommen, wenn du dich im Moor versteckst. Es kann nur eine Örtlichkeit geben, an der du dich sicher fühlst. Das Haus deiner Großeltern!

Richard geht in seine Privaträume und steuert direkt ein Ölgemälde an. Es zeigt das Moor im Winter, gemalt von einem Unbekannten. Es ist sicher nicht von hohem Wert, aber Richard mag dieses Bild sehr. Er hebt es zur Seite und ein Wandsafe kommt zum Vorschein. Der Hotelier tippt den Zahlencode auf der Tastatur ein und öffnet den Tresor. Er nimmt seine Pistole SIG Sauer P226 und betrachtet die an den Griffschalen angebrachte Gravur: *für Captain der Reserve R. T. Huntington*

Als sie mir nach meiner Armeezeit diese Waffe zum Abschied geschenkt haben, hätte ich nicht gedacht, dass ich sie einmal nutzen muss, um einen Verbrecher zu jagen.

Der Hotelier führt ein volles Magazin ein. Er lädt durch, steckt die Waffe ein und verschließt den Tresor wieder. Behutsam hängt er das Ölgemälde auf den angestammten Platz an der Wand, dann eilt er zu den Ställen.

George ist bei dem Pferd und möchte es gerade absatteln. „Mr. Huntington, ich kümmere mich schon darum."

„Lassen sie das Pferd gesattelt. Ich reite noch weg."

„Das ist kein gutes Wetter für einen Ausritt, Mr. Huntington."

„Ich muss ins Moor. Debbie, also Mrs. Russel ist in Gefahr."

„Ich komme mit", stößt der Hausmeister des Hotels fest entschlossen aus.

„Nein, Du wirst hier benötigt. Vielleicht brauchen die Polizisten noch deinen Rat."

„Wo reiten Sie hin?"

Richard überlegt, ob er George sein Ziel verraten soll oder nicht. Er entscheidet sich dafür. Im Fall seines Versagens, weiß man, wo man ihn zu suchen hat. „Ich reite zum Cottage der alten Familie Jelling."

„Was machen Sie denn dort?"

„Das waren Roberts Großeltern mütterlicherseits. Er hat das Anwesen geerbt und vielleicht versteckt er sich dort."

„Er ist ein Jelling? Ich dachte, seine Mutter ist eine geborene Goldsmith."

„Ist sie auch, George. Sie ist die uneheliche Tochter von Rose Jelling, deren Geburtsname Goldsmith ist. Die Familienverhältnisse waren verzwickt, der alte Jelling hat sie nicht als Tochter anerkannt und deshalb bekam Robert nach dem Tod der Großeltern das Cottage. Aber darüber können wir ein anderes Mal reden."

„Mr. Huntington, Sie können nicht allein dorthin reiten. Das ist zu gefährlich."

„Mein guter Freund George. Du weißt doch genau, dass ich in der Armee gedient habe. Ich weiß genau, welches Risiko ich eingehen kann und welches nicht. Ich bin nur Kundschafter und wenn ich feststelle, dass Robert sich dort aufhält, werde ich Mr. Russel verständigen."

„Ich hoffe, Sie halten sich daran."

„Ich war vier Jahre lang Offizier in der britischen Armee und habe es als Reservist immerhin zum Hauptmann gebracht."

„Viel Glück."

„Danke, George", antwortet Richard, steigt auf und galoppiert los.

„Und bleiben Sie immer auf dem Weg!", ruft er seinem Chef nach.

„Das Spezialkommando hat seine Wohnung gestürmt. Sie ist leer. Keinerlei Hinweise auf die Banküberfälle, keine Beute, keine Hinweise, dass er das Geld verspielt hat oder einen aufwendigen Lebensstil mit Luxus-Callgirls oder ähnlichem geführt hat. Der Typ hat noch ein Geheimnis!"

Frank Bakerfield möchte den Mann des New Scotland Yard trösten. „Clark, wir haben eine der größten Suchaktionen in ganz Südengland seit Ende des Zweiten Weltkriegs eingeleitet. Wir werden ihn finden!"

Der Chief Inspektor steht vor der Landkarte und betrachtet die Pin-Nadeln. „Er ist clever. Dieser Mistkerl war uns bisher immer ein bis zwei Schritte voraus."

„Robert Thorbes ist aus polizeilicher Sicht nicht vorbelastet", wirft Waters ein.

„Ihm fehlt es dennoch nicht an krimineller Energie", meint Pepper.

Clark denkt angestrengt nach. „Was wissen wir?", beginnt er. „Schreibt alles auf und werft es mit dem Beamer an die Wand. Ich will wissen, wo wir am besten einhaken!"

Collins sitzt am PC und tippt wild Informationen ein. Kurz darauf werden die ersten Fakten an die Wand projiziert. Unter den besten drei Fahndungsfotos aus den Überwachungskameras, werden das Ausweisfoto aus den Unterlagen der Gemeinde, ein Bild von ihm als Portier und eines von einer Weihnachtsfeier angezeigt.

Darunter sind die kompletten Personalien sowie die Wohnadresse zu lesen.

„Mike Green, einer der anderen Portiers, hat seinen Kalender durchforstet. Thorbes hat bei jedem Banküberfall die Spätschicht mit Green getauscht, sich selbst im Plan eingetragen und Green unter der

Hand ausbezahlt. An allen Terminen war Mr. Huntington nicht hier", bemerkt Harris.

„Er hat die Spur auf Huntington gelegt. Deshalb hat er auch den alten Land Rover noch nicht auf sich selbst zugelassen. Es wäre zwar aufgekommen, da Huntington wohl über Alibis verfügte, aber ab dem Moment, ab dem wir unsere Ermittlungen gegen den Hotelier gerichtet hätten, hätte Thorbes das mitbekommen und es hätte ihm einen Zeitvorsprung verschafft, um seine eigene Flucht zu begehen. Er ist schlau und er besitzt definitiv einen Fluchtplan", stellt Clark fest und legt eine Hand auf die große freie Fläche des Dartmoors. „Was ist, wenn er sich hier im Moor versteckt?"

„Dann könnten wir mit der Armee anrücken und würden ihn nicht finden. Das Moor ist tückisch und gefährlich", antwortet Bakerfield.

„Haben wir weitere Anlaufpunkte?"

„Negativ, Sir", antwortet Waters. „Seine Vermieter sagen über ihn aus, dass er ein kompletter Einzelgänger ist."

„Die Wirtin des Pup´s in *Widecome* bestätigt das", fügt Harris hinzu.

Clark wird wütend. „Leute, ich bin mir sehr sicher, dass er den Geländewagen nicht benutzt. Sobald der Nebel sich verzogen hat, möchte ich eine Armada an Hubschraubern in der Luft sehen. Ich möchte diesen Wagen finden."

Es klopft.

„Herein!"

George steht im Türrahmen. „Entschuldigen Sie bitte."

„Was gibt's denn, George?"

„Ich weiß nicht ob es wichtig ist, aber Mr. Huntington ist ins Moor geritten. Es wird bald dunkel und es ist neblig. Es ist sehr gefährlich."

„Danke, George. Aber wir können jetzt nicht Mr. Huntington suchen. Sie sehen, wir sind sehr beschäftigt. Bitte schließen Sie die Tür, von außen!"

„Aber er reitet zum Cottage von Roberts Großeltern. Ich bin zwar schon seit vielen Jahren hier, aber ich habe nicht gewusst, dass

Robert ein Enkel vom alten Jelling ist. Dieser Grießgram war ein richtig unsympathischer Kerl. Seine Frau hingegen war eine tolle Frau."

Clark und Bakerfield fahren herum. „Was sagen Sie?

„Dass Mrs. Jelling eine tolle Frau war."

„Nein", verbessert Clark. „Wohin ist Mr. Huntington geritten?"

„Zum Cottage von den Jellings. Das Haus gehört jetzt Robert. Aber ich schätze, das wird keiner wissen, außer dem Notar und vielleicht Dr. Levinsteen, aber der ist schon über 95 Jahre alt."

Clark winkt George zu sich. „Zeigen Sie mir doch auf der Karte, wo sich das Cottage befindet."

George betritt den Raum. Er bewegt sich fast ein wenig ehrfürchtig. „Ganz schön viel Trubel hier", meint er.

„Hier ist die Karte, George. Sie können doch eine Landkarte lesen, oder?"

„Ich habe zwar keinen richtigen Schulabschluss, aber ich kann lesen und schreiben, Sir. Sonst hätte ich den Führerschein nicht machen können."

„Entschuldigen Sie, George, ich bin etwas nervös. Meine Frau wird von diesem Verbrecher als Geisel festgehalten", beschwichtigt Clark. „Ich habe das nicht böse gemeint."

„Schon gut", winkt der Hausmeister ab, stellt sich vor die Landkarte und sucht. „Ist nicht leicht."

„Ich habe eine Idee", sagt Collins, ruft eine Internetseite auf und zeigt das Satellitenbild des Dartmoors, welches über den Beamer angezeigt wird.

George ist von der Technik beeindruckt. „Das ist ja irre." Er starrt das Bild an und beginnt sich zu orientieren. „Ja, das funktioniert." Er geht hin und verdeckt mit dem Schatten das Bild."

„Gebt ihm einen Pointer!", fordert Bakerfield.

Collins reicht ihm das Teil. „Hier drauf drücken, dann kommt ein roter Punkt und sie können damit auf der Wandkarte anzeigen, was immer Sie uns zeigen möchten."

„Wo ist denn unser Hotel?"

Clark stellt sich neben George. „Geben Sie mir kurz den Pointer, dann zeige ich es Ihnen."

Sie wechseln. Clark wirft den roten Punkt an die Wand und umkreist das Dartmoor Country Hotel. „Sehen Sie, so einfach ist das."

George übernimmt den Pointer wieder. „Okay. Wir fahren die Straße hier entlang, dann rüber in Richtung Widcombe und biegen hier … moment … nein, hier ab. Diesen Weg geht's bis zum Ende, dann müssen wir rechts rein und folgen ihm." Er grübelt. „Das ist verdammt lange her, dass ich dort war. Das heißt, ich war nicht direkt dort, sondern bei einem Nachbarn der Jellings. Ich konnte von dort das Cottage sehen." Er betrachtet die Karte genau und lässt den Punkt an einem Hügel sinnbildlich nach oben gleiten. „Das müsste es sein. Das ist das alte Anwesen von Jake Jelling."

„Habt ihr es, Leute?"

„Ja, Chief Inspektor!"

„Dann los! Randy, kannst du das Einsatzkommando dorthin dirigieren?"

Collins schnauft kräftig durch. „Ich werde es versuchen."

„Entschuldigung, Sir."

Clark sieht George an. „Ja."

„Ich möchte nicht an Ihrem Können zweifeln, aber ich garantiere Ihnen, dass Sie es in diesem Nebel nicht finden. Sie brauchen mich als Scout."

Clark wirft Frank Bakerfield einen fragenden Blick zu. Dieser zuckt mit den Schultern. „Ich muss ihm zustimmen. Der Nebel ist wirklich ein Problem. Wir haben vermutlich nur diese eine Chance und wenn wir das verpatzen, bedeutet das …"

„Dass uns der Kerl durch die Lappen geht."

„Dass deine Frau in Gefahr ist."

Es ist für Clark wie ein Sichelschnitt ins Feld der Gefühle. Er hat vor lauter Diensteifer das Festnehmen des Serientäters über das Wohl seiner Debbie gestellt.

Was ist nur mit mir los? Ist sie mir wirklich egal geworden? Ich muss mir wirklich ernsthaft Gedanken machen, wie es weitergehen soll.

„George, Sie führen uns, bleiben aber dort im Wagen sitzen."

„Zu Befehl, Sir", salutiert George.

„Wir sind hier nicht bei der Armee", lächelt Bakerfield.

„Randy, du kümmerst dich um die Steuerung."

„Ich komme mit!"

Einer der uniformierten Polizisten meldet sich. „Chief Inspektor, ich kann das übernehmen. Ich kenne mich hier gut aus und kann die Koordination der Einsatzkräfte übernehmen."

„Einverstanden! Sagen Sie vor allem der Hundestaffel Bescheid. Ich möchte sie unbedingt mit dabei haben, falls unsere Zielperson ins Moor flüchtet."

„Jawohl, Sir."

„Schutzwesten anlegen, wir rücken ab!"

Noch bevor sie bei ihren Fahrzeugen waren, nimmt Bakerfield Clark zur Seite. „Wenn er die Hunde hört, ist er weg. Wir müssen mit Bedacht zuschlagen."

„Ich weiß, Frank. Ich möchte sie auch nur im Rückgriff haben."

„Bist du ansonsten fit genug, die Sache zu leiten?"

Clark mustert den Polizisten aus Newton Abbot. „Warum bist du nicht schon längst Inspektor?"

„Jeder macht das, was ihm gefällt und ich hatte die letzten Jahre und auch heute immer noch, meinen Traumjob", antwortet Frank, lächelt und schiebt nach: „Es kann nicht nur Häuptlinge geben. Ein Indianerstamm braucht auch normale Indianer."

Clark Russel hat sämtliche Informationen an die eingesetzten Polizeikräfte gesteuert. George sitzt auf der Rückbank ihres Dienstwagens, Frank Bakerfield fährt und Clark dirigiert telefonisch den Leiter des Spezialeinsatzkommandos an den Treffpunkt. Er beendet das Gespräch. „Hoffentlich geht das alles gut aus", sagt er leise.

„Wird schon!"

Clarks Mobiltelefon läutet erneut. Er wirft einen kurzen Blick aufs Display. Die Nummer ist unbekannt. Clark nimmt das Gespräch an. „Russel!"

„Chief Inspektor, schön, dass ich Sie noch erreiche. Ich wurde soeben über die aktuelle Lage bei Ihnen informiert. Großartig! Ich gratuliere Ihnen. Ein hervorragender Erfolg."

„Sir, wir haben ihn noch nicht. Es ist auch nicht sicher, ob er sich in diesem Cottage befindet."

„Sie haben ihn zumindest ermittelt. Wenn wir ihn heute nicht festnehmen, flimmert sein Bild morgen durch die Presse- und Medienlandschaft von ganz Großbritannien."

„Ja, Sir."

„Und ich habe noch eine Nachricht für Sie."

Clark ist neugierig. „Was denn, *Superintendent* Smith?"

„Die Lösung des Falles ist für Sie ein Karriere-Katapult. Wir möchten, dass Sie künftig für Europol in Den Haag arbeiten."

Clarks Puls beginnt zu rasen. „Ich nach Den Haag?"

„In den Niederlanden lässt es sich gut leben. Gesundes Nordseeklima, ein hoher Posten bei Europol mit anständigem Salär. Diese Posten, mein lieber Clark, ich darf doch Clark sagen?"

„Äh, ja. Natürlich", antwortet er verblüfft. Smith ist stets mit seinen Untergebenen auf Abstand. Dieses Verhalten ist neu.

„Auf diese Posten kann man sich zwar bewerben, aber sie werden vergeben und zwar an ausgesuchte Leute. Sie sind so ein Mann. Aber jetzt möchte ich Sie nicht länger aufhalten. Berichten Sie mir unverzüglich vom Ausgang dieses Einsatzes. Und wenn es drei Uhr morgens ist."

„Jawohl, Sir."

Das Gespräch wird beendet. Clark schnauft kräftig durch.

„Dein Chef?", fragt Frank.

„Ja."

„Er will dich versetzen?"

„Zur Europol nach Den Haag."

„Gratuliere."

„Konzentriere dich bitte auf die Straße, Frank. Wir kümmern uns erst um diese Aufgabe und danach werde ich mich mit Europol beschäftigen."

Dichter Nebel, durchzogen von kaltem Nieselregen, hat sich vollends ausgebreitet. Trotz der Eile, die die Männer haben, kommen sie streckenweise nicht schneller als 20 Meilen pro Stunde voran.

„Keine zwei Meter Sicht", schimpft Frank. „Es ist, als hätte sich dieser Bastard mit dem Wetter verbündet!"

George starrt gebannt auf die Straße und versucht sich an markanten Geländepunkten zu orientieren. „Wir müssen bald links abbiegen. Es ist nur eine kleine, nicht befestigte Nebenstraße. Da fährt man schnell vorbei."

Frank sieht die kleine Straße recht spät, kann aber aufgrund des geringen Tempos noch gefahrlos abbremsen und einbiegen. Clark gibt über Funk durch, dass sich ein Polizist mit einem Streifenwagen hier positionieren und die nachfolgenden Kräfte einweisen soll.

Als sie endlich den vereinbarten Treffpunkt erreichen, sind zur großen Überraschung von Frank und Clark die Spezialeinsatzkräfte schon vor Ort. Die Beifahrertür eines Vans geht auf und ein bulliger, schwarz gekleideter Mann steigt aus. Frank stellt den Motor ab, Clark steigt aus.

„Hallo, ich bin Freddy Turner vom Zugriffs-Kommando. Wir beide haben vorhin telefoniert", stellt sich der Leiter des Spezialeinsatzkommandos vor. „Ich habe zwei Mann beauftragt den Weg zu folgen und Voraufklärung zu betreiben."

Clark mustert den Mann der Sondereinheit. Durch die eng anliegende, schwarze Uniform, die vom Schnitt der eines Armeekampfanzugs gleicht, kann er erkennen, dass der Polizist im Rang eines Inspektors durchtrainiert ist. Statt einer Dienstmütze im herkömmlichen Sinn, trägt er, passend zum Rest seines Anzugs, eine schwarze Strickmütze. „Das war so nicht abgesprochen."

„Sir, wir gehen immer nach dem gleichen Muster vor. Wir sind für solche Dinge trainiert und die Voraufklärung sichert die Unversehrtheit des gesamten Einsatz-Teams. Das müssten Sie wissen."

Turner ist nicht unhöflich und seine Worte klingen auch nicht zurechtweisend, es ist vielmehr ein höflicher Hinweis. Clark merkt in diesem Moment, dass es etwas anderes ist, ob man die Geisel kennt oder ob es eine unbekannte Person ist. Wäre es nicht Debbie, die der Gentleman-Bankräuber in seiner Gewalt hat, sondern eine fremde Person, würde er seinem Kollegen zustimmen. Entsprechend korrigiert er sich. „Das ist mir völlig klar. Mir geht es um die Einsatzörtlichkeit. Wissen Ihre Männer, wo genau sie aufklären sollen?"

„Sie bewegen sich nur am Weg entlang und achten auf mögliche Spuren oder Fallen. Es sind Profis, Chief Inspector. Sie sind für andere unsichtbar und verfügen über die modernste Ausrüstung, die es auf dem Markt gibt. Sie werden ohne Befehl nirgends einschreiten, außer es muss ein Notzugriff zur Rettung von Menschenleben erfolgen."

„Natürlich", antwortet Clark. „Wir haben einen ortskundigen Mann im Wagen. Er kann uns das Cottage des Verdächtigen zeigen. Wir wissen es nicht genau, vermuten aber, dass er sich dort mit seiner Geisel aufhält. Wir haben das Mobiltelefon der Geisel orten lassen, aber es ist ausgeschaltet. Das letzte Einloggen war noch am Funkmast nächst Widecombe."

Clark wundert sich selbst, wie professionell er die Sachlage erklärt und Debbie nicht als seine Frau, sondern stets als Geisel bezeichnet. Insgeheim hält er es für besser, dass die anderen eingesetzten Kräfte nicht wissen, dass er als Einsatzleiter mit der Geisel in einer Beziehung steht. Man würde ihn sofort ablösen und ersetzen. Das möchte er unbedingt verhindern. Er lässt George aussteigen und ruft alle Einsatzkräfte zu sich. Noch einmal erklärt er die Sachlage und weist darauf hin, dass die Unversehrtheit der Geisel oberste Priorität besitzt.

Anhand von Kartenmaterial wird das Ziel markiert. Eine Umkreisung und Annäherung von allen Seiten scheint geländebedingt unmöglich zu sein, allerdings können sie sich von drei Seiten dem Objekt nähern.

„Der Nebel ist Fluch und Segen zugleich", sagt Turner, teilt seine Gruppe in drei Teams ein und gibt das Zeichen, dass er einsatzbereit ist. „Es dämmert und in weniger als einer halben Stunde ist es dunkel. Wir sehen so gut wie nichts. Lautlosigkeit ist unser einziger Trumpf", sagt er abschließend.

„Wir gehen mit George zusammen bis zu diesem Punkt hier", ordnet Clark an. Sein rechter Zeigefinger liegt im Lichtkegel einer Taschenlampe auf der Karte. „Leute, geht kein unnötiges Risiko ein. Wer sich hier verläuft, kann in Lebensgefahr geraten. Seid vorsichtig und kommt alle gesund aus dem Einsatz zurück."

Sie nicken, leises Gemurmel. Niemanden ist wohl bei dieser Sache. Der Täter besitzt Ortskenntnis, hat eine Geisel, ist bewaffnet und hat nichts zu verlieren.

„Wir gehen los! Äußerste Ruhe und außer meinem Mobiltelefon ist kein einziges Handy angeschaltet! Bitte überprüfen Sie das jetzt."

George setzt sich an die Spitze, gefolgt von Clark, Frank, dem Spezialeinsatzkommando und den anderen Polizeikräften.

Der Weg ist beschwerlich, die Sicht miserabel. Frank schlägt den Kragen seines Jacketts hoch. „Verdammt, ich hätte mir doch einen Parka anziehen sollen, aber egal, und wenn ich mir eine noch so große Erkältung einfange und drei Wochen mit Fieber im Bett liege. Diesen Einsatz breche ich nicht ab."

Die Luft ist kalt, der Nieselregen kriecht langsam durch die Kleidung und man kann hin und wieder seinen Vordermann nur erahnen. Mit der Dunkelheit ist auch der krächzende Ruf der letzten Krähen verstummt, die sich zur Nachtruhe einen Baum gesucht haben.

„Hier ist es", sagt George endlich und bleibt stehen. „Hier geht's rauf zum Cottage von Jelling."

Zwei Männer tauchen auf und geben sich sofort zu erkennen. Freddy Turner sagt sofort, dass sie zu ihm gehören. „Das sind Miller und Forman, meine Voraufklärung."

„Geradeaus kommt man nirgendwo hin, hier rechts hoch scheint ein bewohntes Haus zu sein. Wir haben zwar nichts gesehen, aber der Wind hat den Rauch eines Kamins in unsere Richtung geweht."

„Er ist da!", reagiert Clark und ballt seine Hände zu Fäusten. „Jemand soll George zurückbringen."

Turner ruft seine Männer zusammen. „Chief Inspektor, das ist jetzt eine Aufgabe für uns. Wir gehen diesen Hügel rauf und kreisen das Haus ein. Sobald wir in Position sind oder sogar Sichtkontakt haben, werde ich mich melden."

In Clark rumort es. Er möchte mit, will selbst das Haus stürmen, doch die Vernunft siegt über die Wut in seinem Bauch.

„Kanal 12 über Funk oder per Mobiltelefon. Schriftlich oder mit Anruf. Wir warten. Viel Glück!"

„Danke", antwortet Turner und verschwindet mit seinen Teams im Nebel.

Frank Bakerfield stupst Clark in die Seite. „Bei allem Respekt vor diesen Spezialeinsatzkräften, ich schlage vor, wir folgen ihnen."

In Clark brummt und rumort es. „Das ist gefährlich. Ich möchte den Einsatz nicht gefährden."

„Nur wir beide und wir halten Abstand. Wir sind sozusagen eine Rückfallsicherung, falls es Robert Thorbe tatsächlich gelingt durch die Maschen von Turners Männern zu schlüpfen."

Die Entscheidung fällt Clark aus dem Bauch. Er schiebt jegliches Polizeidenken zur Seite, dreht sich zu Pepper und Collins um und sagt: „Ihr wartet hier. Randy, du kümmerst dich um alles. Lass dein Handy angeschaltet und bleib am Funkgerät. Frank und ich gehen vor, ihr bleibt hier. Die Straßensperren bleiben aufrecht, bis wir ihn haben!"

„Du weißt, was du tust?"

Die Antwort kommt voller Selbstbewusstsein. „Ich leite diesen Einsatz!"

„Passt auf euch auf", sagt Collins und klopft auf Clarks Schulter. „Du bist n feiner Kerl und ein guter Chef. Geh und hol deine Frau."

Mit diesen Worten verschwinden auch Clark und Bakerfield im Nebel.

Richard Huntington treibt sein Pferd an. Er reitet gegen die Zeit, gegen das Wetter und gegen die Dunkelheit. Er reitet für seine Debbie und er reitet für die Liebe. Er hat genug Informationen bekommen und ahnt, wo sich Robert versteckt. Richard war ohne Plan losgeritten, doch je näher er seinem Ziel kommt, desto mehr reift die Taktik, mit der er ihn überlisten möchte.

Du hast deinen Rückzugsort gut gewählt. Kaum jemand weiß, dass du der Enkel des alten Jelling bist. Niemand wird dich hier vermuten. Das ist gut so, denn das Cottage gleicht einer Festung auf einem uneinnehmbaren Felsen. Der Nebel ist dein zusätzlicher Schutzwall. Und du kennst garantiert die alten Fluchtwege ins Moor, sollte es brenzlig werden.

Der Hotelier stößt die Fersen in die Flanken des Tieres und treibt es an. „Schneller, mein Brauner, schneller!"

Richard spürt die Kraft der Liebe in sich. Er kennt diese Frau kaum zwei Tage und weiß, dass sie die große Liebe seines Lebens ist. Wenn er Debbie in die Augen sieht, glaubt er bis in die Tiefe ihrer Seele zu blicken. Er kennt erste Verliebtheit, er kennt Schwärmen und er kennt auch Liebe. Doch zwischen Liebe und der wahren, einzigen, echten Liebe ist ein Unterschied. Es ist wie ein Feuer. Es kann glimmen, brennen oder hell lodern. In seinem Herz lodern die Flammen bis zum Himmel und darüber hinaus. Man kann es nicht erklären. Worte sind dazu nicht geeignet, aber man kann es fühlen. Man weiß, wann man seinen Seelenpartner gefunden hat. Man weiß, wann einem der Mensch gegenüber steht, der wie ein Puzzlestück in jede Lücke passt. Geistig, seelisch und körperlich. Liebe kommt und geht. Liebe ändert sich. Lieben kann man Freunde, Familie, seinen Partner. Wahre Liebe hingegen ist nur mit einer einzigen Person möglich. Mit genau dem Menschen, den man trifft und sofort weiß, dass er etwas ganz Besonderes ist. Man wechselt nur ein, zwei Sätze und spürt schon die Kraft. Man berührt ihn und es kribbelt und explodiert in einem drinnen. Und, wenn es der richtige Partner ist, kommt es gleichermaßen zurück. Wahre Liebe ist keine Einbahnstraße. Das ist der große Unterschied.

Richard Huntington ist sich dessen allem bewusst. Für ihn gibt es nur ein Ziel. Seine große wahre Liebe zu befreien, um sie für immer an seiner Seite zu haben. Koste es was es wolle. Und er ist bereit für seine wahre Liebe zu sterben.

Robert, du wirst die Rechnung für deine Tat zahlen!

15

Kerzenlicht erhellt das düstere, kalte Zimmer. Die Fenster sind nicht ganz dicht und mit jedem kleinem Windhauch strömt kühle Luft herein. Die Flamme wabert hin und her und lässt die Schatten an der Wand tanzen. Aus der Küche hört sie immer noch knisterndes Feuer, spürt aber noch keine Wärme herüberziehen.

Debbie beginnt zu frösteln.

Oder ist das eher ein ängstliches Zittern?

Sie ist seit mehr als einer Viertelstunde allein.

„Ich bin gleich wieder da. Wie gesagt, ich treffe nur ein paar Vorsichtsmaßnahmen", hat er gesagt, bevor er ging.

Sie mehrfach versucht die Fesseln zu lösen, aber dabei den Knoten eher noch fester gezogen als ihn zu lockern. Sie könnte weinen und schreien. Furcht und Wut wechseln sich ab. Sie ist alles andere als eine ängstliche Frau, doch Robert traut sie alles zu und genau dieses Unberechenbare treibt ihr das Grauen durch den Körper.

Ob er mich vergewaltigt? Oft genug hat er mir Komplimente gemacht. Oh mein Gott! Oder ob er mich tötet? Ich weiß zu viel.

Das Zittern wird stärker. Jetzt weiß sie endgültig, dass sie nicht wegen der Kälte schlottert.

Bleib bei klarem Verstand. Du musst versuchen, ihn ein kleines Stück zu lenken, denkt sie, ist sich aber auch sofort bewusst, dass dies ein zum Scheitern verurteiltes Unterfangen ist.

Debbie rüttelt ein letztes Mal an den Fesseln, spürt, wie sich der Strick tiefer in ihre Haut eingräbt und hört auf, bevor ihr das Blut vollends abgeschnürt wird.

Wie lange werde ich noch allein sein?

Sie sieht sich um. Zum x-ten Mal lässt sie ihren Blick durch das Zimmer schweifen. Würde sie nur etwas Scharfkantiges sehen, dann könnte sie sich mit dem Stuhl umfallen lassen und versuchen dorthin zu kriechen.

Vergiss es! Es muss schnell gehen. Er hat gesagt, dass er gleich wieder hier ist. Wenn er dich erwischt, wird er wütend werden und dann ist er noch unberechenbarer. Ich darf ihn nicht reizen.

Mit lautem Knarzen geht die Haustür auf. Ein dicker Schwung kalte Luft strömt herein. Robert knallt die Tür mit den Beinen zu. Er trägt etwas. Sie kann es aus dem Augenwinkel sehen.

„Draußen ist es richtig ungemütlich. Ich werde den Kamin anzünden, dann haben wir es schön warm. Der Nebel hält sich locker ein bis zwei Tage. Ich kenne das Wetter hier", ruft er ihr entgegen und kommt ins Zimmer. Er legt ein paar Holzscheite auf den Boden, kniet sich vor den Kamin und schlichtet das Holz hinein. Dann gibt er kleine Holzspreißel und Zeitungspapier darunter. Er steht auf, geht zum Tisch und holt die Streichhölzer. Dabei würdigt er Debbie keines Blickes. Mit einer schnellen Bewegung lässt er das Schwefelstück über die Reibefläche gleiten. Das Zündholz brennt und er hält es an das Zeitungspapier. Schnell fängt es Feuer und die Flammen fressen sich zu den Holzspreißeln durch. Diese glimmen, beginnen zu brennen und die kleinen Flammen lecken nach oben an die großen Holzscheite. Nach und nach findet das Feuer Nahrung und bereits nach kurzer Zeit lodert es im Kamin.

„Ich schätze, das Wasser für den Tee wird kochen. Schwarzer Tee mit Zucker? Milch habe ich keine, aber ich kann einen Schuss Whisky reingeben. Großvater hat immer jede Menge von dem Zeug hier gehabt."

„Nur Tee mit Zucker bitte", antwortet Debbie. Sie hätte zu gern einen Whisky getrunken, möchte aber bei klarem Verstand bleiben.

Vom Kamin zieht es langsam warm her. „Vielleicht täuscht du dich, Robert. Mein Mann ist dir bestimmt nicht auf der Spur. Er hätte mir es sonst sicherlich gesagt."

Robert kommt mit zwei Tassen Tee zurück in den Raum. Eine stellt er auf den Tisch. Die zweite führt er an Debbies Mund. „Du wirst verzeihen, aber mir ist es lieber, ich lasse dich vorerst gefesselt."

„Ich werde nicht fliehen."

Der Rand der Tasse berührt ihren Mund. Sie nippt. Der Tee ist heiß und tut tatsächlich gut. Robert stellt die Tasse auf den Tisch, nimmt seine und trinkt. „Ich habe mir einen Schluck Whisky gegönnt. Hier draußen hatten die Menschen früher nichts anderes. Sie saßen abends vor dem Kamin, tranken Whisky und erzählten sich Geschichten."

„Auch eine Art Idylle."

Robert lacht. „Das war damals keine Idylle. Das war nacktes Überleben armer Menschen. Deshalb sind viele Geschichten aus dem Moor auch dunkel und düster."

„Kennst du welche?"

„Viele."

„Erzähl mir doch eine."

Robert lehnt sich zurück. Sein Gesicht wirkt im Kerzenschein so düster wie das Moor im Nebel.

„Also gut. Meine Lieblingsgeschichte ist die vom kopflosen Reiter."

„Klingt schauerlich."

„Das war der Sohn eines Grafen. Er lebte zur Zeit von Königin Elisabeth der I. Der junge Mann liebte ein einfaches Mädchen aus dem Moor, doch sein Stand ließ eine Ehe nicht zu. Als der künftige Graf eines Tages vermählt werden sollte, bekannte er sich zu seiner Liebe und schlug die Ehe aus. Der Brautvater war tief beleidigt, sein eigener Vater, der Graf, so zornig, dass er seinen Sohn enterbte und verstieß. Der junge Mann flüchtete ins Moor und nahm seine große Liebe mit. Der Bauer, bei dem das Mädchen als Magd arbeitete, beschwerte sich beim Grafen und verlangte Schadensersatz. Der Graf wollte nicht zahlen und ließ das Mädchen suchen. Das Versteck wurde gefunden. Der junge Mann verteidigte seine Frau mit dem Schwert. Im Kampf wurde sie getötet. Er selbst tötete sieben Männer, wurde überwältigt und geköpft. Bevor er starb, sagte er, dass er jeden, der künftig seinen Namen aussprechen und ihn damit in Verbindung mit den Mördern seiner Frau bringen würde, töten würde."

„Eine traurige Geschichte."

„Anfangs sprachen die Menschen hier nicht mehr über den Sohn des Grafen. Doch eines Tage kamen drei Freunde des jungen Mannes ins Dorf und erkundigten sich nach ihm. Tage später fand man sie im Moor. Geköpft. Einer der Bauern gab an, einen kopflosen Reiter gesehen zu haben. Und seit diesem Tag, wurde jeder, der den Namen des toten Grafensohn aussprach, von dem kopflosen Reiter heimgesucht und enthauptet."

„Glaubst du daran?"

„Früher schon."

„Weißt du, wie der Graf heißt?"

Robert nimmt einen Schluck Tee. „Ja, aber ich habe den Namen nie ausgesprochen."

„Die Zeit der Enthauptungen ist längst vorbei. Wie hieß denn der Graf?"

Robert stellt die Tasse zurück zum Tisch. „Es war William Geoffrey Duncan Earl of Darthington."

"Uups. Du hast dich doch getraut."

„Wie du sagtest, es ist eine alte Geschichte."

Kling ping kling

Beide werden durch das Bimmeln einer kleinen Glocke aufgeschreckt. Robert springt sofort hoch. „Verdammt! Das hätte ich nie für möglich gehalten. Sie sind da. Ich habe eine Angelschnur über die ganze Strecke von fünfzig Metern vom Zaungatter bis zum Haus gespannt und mit der Glocke verbunden."

„Das war bestimmt nur ein Tier", versucht Debbie zu beruhigen und schöpft innerlich Hoffnung auf Rettung.

Robert zögert keinen Moment. Seine Hand liegt auf dem Griff seines Revolvers. Er geht zielstrebig in die Küche. „Als nächstes erzählst du mir, dass es der kopflose Reiter war", dröhnt es dumpf zu ihr herüber. Es kracht leise, als er zwei Bodendielen heraushebt und aus einem Versteck eine Tasche zieht. Dann geht zu zurück zu Debbie. Robert hält ein Messer in der Hand und zerschneidet ihre Fesseln. „Eine falsche Bewegung und ich werde auf dich schießen. Ich habe nichts zu verlieren und du bist mein einziges Pfand."

Debbie bleibt sitzen und rührt sich keinen Millimeter. Robert schlüpft in seine Jacke.

„Steh auf. Du gehst genau einen halben Meter vor mir. Wenn du auch nur einen Moment zögerst oder versuchst wegzulaufen, werde ich schießen! Hast du das verstanden?"

Debbie hat Angst. Todesangst. Zitternd steht sie auf.

„Hast du mich verstanden?", wiederholt er die Frage.

„J ... ja", stottert Debbie.

„Wir verschwinden hinten raus ins Moor. Sollte es ein Tier gewesen sein, wird nichts passieren. Waren es Polizisten, werden wir gleich ein Feuerwerk erleben."

„Ich ... bitte", stammelt Debbie.

„Schnauze halten und los!"

Er bläst die Kerze aus und bugsiert sie in das andere Zimmer. Debbie sieht eine schmale Tür.

„Das ist der Hinterausgang. Los, aufmachen. Sollten sie tatsächlich hinterm Haus auf uns lauern, werden sie auf dich schießen."

Mit zittrigen Händen drückt Debbie den Türgriff nach unten.

„Nicht so lahm! Los, raus hier!"

Robert schiebt seine Geisel aus dem Haus. Dichter Nebel lässt nichts erkennen. Niemand schießt auf sie.

„Lauf immer gerade aus."

Schritt für Schritt hetzten sie über steiniges Gelände. Plötzlich stößt Debbie im Dunkeln gegen eine Steinmauer. Ein scharfer Schmerz durchzieht das linke Knie. „Ah ... aua!"

„Drüber klettern!"

„Ich kann nicht. Es tut so weh!"

„Dann stirbst du."

Debbies Gedankenwelt explodiert.

Todesangst vor Augen verleiht übermenschliche Kräfte. Tu es!

Die Mauer ist gut 1,20 Meter hoch. Sie legt ihre Handflächen auf die kalte, nasse Mauer, versucht sich hochzustemmen und rutscht mit dem rechten Bein ab. Das Knie pocht.

Robert legt die Tasche mit dem Geld auf die Mauer, schwingt sich mit einem Satz darüber und bedroht Debbie anschließend mit der Waffe.

„Los, komm!"

Sie dreht sich um und setzt sich auf die Steinmauer. Mit der rechten Hand holt Debbie ein Papiertaschentuch aus ihrer Manteltasche, presst es kurz gegen ihre Lippen und lässt es fallen. Jetzt schwingt sie die Beine nach oben, dreht sich im Sitzen herum und hopst von der Mauer herunter. Sie hat es geschafft.

„Na also", flüstert der Kidnapper. „War doch gar nicht so schwierig."

„Mein Knie schwillt an. Ich ...“

„Pssst!“, fordert Robert. „Ruhig!“

Sie hören Schritte. Schnelle Schritte. Jemand scheint zu rennen. Leises Keuchen ist zu hören. Dann stoppen die Schritte. Wortfetzten dringen zu ihnen. Man kann zwar nicht verstehen, was gesprochen wird, doch unmissverständlich sprechen mindestens zwei Männer miteinander.

„Runter!“, flüstert Robert ins Ohr seiner Geisel und drückt den Lauf des Revolvers in ihren Rücken. „Sie können uns im Nebel nicht sehen. Press dich an die Mauer.“

Debbies Herz rast vor Aufregung. Der Schmerz im Knie nimmt zu. Sie schließt für einen Moment die Augen. Den Geräuschen nach klettern mindestens drei Männer über die Mauer. Sie rennen nicht mehr.

Freddy Turner hat sich dem Team angeschlossen, das frontal auf das Cottage zugeht. Sie bewegen sich langsam. Der Sprechverkehr unter den Einsatzteams wird über Funk abgewickelt. Jeder Beamte hat einen Knopf im Ohr. Außenstehende hören nichts.

„Team zwo an der Mauer. Alles ruhig – kein Sichtkontakt zum Haus. Es riecht nach Rauch.“

„Team drei benötigt noch etwa vier Minuten bis zur Rückfront. Wir mussten ein Stacheldrahthindernis überwinden.“

Turner drückt auf den Sendeknopf am Revers seines Einsatzanzugs. „Team eins am Gatter. Wir können noch nichts sehen, ich öffne das Gatter und wir nähern uns dem Anwesen. Wir warten in sicherer Position bis Team drei das Objekt erreicht hat.“

„Zwo hat verstanden.“

„Team drei ebenfalls“, kommt es etwas abgehetzt.

Turner überlegt, ob er über die Mauer springen oder das Gatter öffnen soll. Er fährt zur Sicherheit mit der linken Hand über den Verriegelungshaken, kann aber weder ein Schloss, noch ein anderes Hindernis ertasten. Er hebt den einfachen Haken aus der Öse und schiebt das Gatter ein kleines Stück auf. Dann durchschreitet er die Durchfahrt und spürt einen minimalen Widerstand am Bein. Sofort tritt er zurück, bückt sich und ertastet eine kaum sichtbare Angelschnur. Innerlich fluchend drückt er den Sendeknopf.

„Team eins an alle. Ich bin an gegen eine gespannte Angelschnur gelaufen und habe möglicherweise einen Alarm ausgelöst. Die Zielperson ist vielleicht gewarnt. Ich wiederhole ... Zielperson kann wahrscheinlich mit unserem Zugriff rechnen. Alle Kräfte nähern sich dem Cottage. Zugriff erfolgt auf mein Kommando. Der Einsatz von Blendgranaten frei gegeben!"

Wieder wird der Funkspruch von den beiden anderen Teams bestätigt. Turner zieht seine Pistole und läuft geduckt den Weg entlang. Er weiß, dass er es mit keinem Amateur zu tun hat. Der Mann, den sie jagen, ist gefährlich.

Clark Russel und Frank Bakerfield beschleunigen, als sie die Worte von Freddy Turner über das Funkgerät hören.

„Verdammt", keucht Clark. „Ich dachte, diese Männer sind Profis. Turner ist eine Null!"

„Mach langsam. Turner ist ein Profi! Dieser Thorbe ist mit allen Wassern gewaschen, aber er ist kein Mörder. Wir kriegen ihn. Das Haus ist umstellt", antwortet der korpulente Bakerfield und fällt zusehends zurück. „Langsam, Clark ... ich ... kann ... nicht ... so ... schnell!"

Clark Russel läuft so schnell er kann. Angst um Debbie, Wut auf seine Kollegen und sein Jagdfieber treiben ihn an. Es ist stockduster und durch den dichten Nebel kann er kaum etwas erkennen. Es erfordert Konzentration, um auf dem unebenen Weg zu bleiben. Dennoch erreicht der Chief Inspektor nach wenigen Minuten das Gatter. Er verlangsamt sein Tempo, öffnet das Gatter, sucht angestrengt die Angelschnur und steigt behutsam darüber. Clark revidiert seine in Wut ausgestoßene Meinung über Turner, als er feststellt, dass die hauchdünne Angelschnur tatsächlich kaum zu sehen ist. Clark überlegt, ob er auf dem Weg bleiben soll.

Ich sehe ohnehin nichts. Ich gehe vor bis zum Haus und dann nach hinten!

„Team drei an einer Mauer. Das müsste die letzte vorm Haus sein. Wir klettern drüber und nähern uns dem Zielobjekt."

„Team eins ist am Land Rover. Das Haus ist dunkel. Wir haben kein Ziel."

„Team zwo am Haus. Seitlich alles dunkel. Keine Bewegung im Haus."

Keuchend meldet eine Minute später auch das dritte Team. „Team drei hat das Cottage erreicht. Alles ist dunkel. Wir sehen eine Tür. Sie ist zu."

Turner meldet sich. „Team drei – Stellung halten. Ihr beobachtet die rückwärtige Tür und die hintere Front."

„Verstanden."

„Team zwo – Blendgranate fertig machen. Abschuss auf mein Kommando."

„Zwo hat verstanden."

Turner dreht sich seinen rechten Kollegen zu. „Bill, du feuerst eine Blendgranate durch das Fenster, Jake, du nimmst die Ramme und schlägst die Tür ein. Bill, du nimmst das Schutzschild! Mike und ich stürmen rein!"

Alle nicken.

„Team zwo für eins!"

„Hört!"

„Abschuss in drei, zwei ein ... jetzt!"

Plop - klirr

Zwei Blendgranaten schmettern durch die Glasscheiben der Fenster und detonieren mit grellem Licht. Zeitgleich berstet unter dem wuchtigen Schlag mittels einer stählernen Ramme das Holz der Eingangstür. Die Männer des Spezialeinsatzkommandos dringen ein. Sie brüllen laut: „Polizei - keine Bewegung."

Die Lichtkegel ihrer Taschenlampen kreisen herum, zucken blitzschnell in jeden Raum und leuchten in jeden Winkel.

„Raum frei!", ertönt es.

Auch im zweiten Zimmer wird gemeldet: „Raum frei!"

Als im letzten Zimmer ebenfalls niemand angetroffen wird, flucht Turner. „Verdammter Mist! Ich rieche noch den Docht der Kerze. Das Wachs ist weich. Er war bis vor fünf Minuten hier!"

„Er muss direkt an einem unserer Teams vorbeigeschlichen sein", meint einer seiner Kollegen.

Turner greift zum Knopf an seinem Revers. „Das Objekt ist leer. Zielperson und Geisel flüchtig. Ich wiederhole: Zielperson und Geisel flüchtig. Es gab keinen Kontakt."

Die kleine Glocke bimmelt.

Kling ping Kling

Turner weiß jetzt, wie der Gentleman-Bankräuber gewarnt wurde und schlägt seine rechte Faust in seine linke offene Handfläche. „Ich Idiot! Die Angelschnur ist mit der Glocke verbunden."

Bakerfield hat das Gatter erreicht. Außer Atem hält er an. Er hört das Krachen der Blendgranaten und kann trotz des dichten Nebels für einen kurzen Moment ein grell-helles Flackern erkennen.

Sie holen ihn jetzt, denkt er.

Kurz darauf hört er Turners Meldung.

Das kann nicht sein!

Bakerfield geht durch das Gatter und bleibt an der Angelschnur hängen. Sie reißt und er geht weiter zum Haus. Es folgt Clarks Stimme.

„Die Einsatzkräfte sollen einen dichten Ring bilden. Die Hundestaffel bitte vorrücken. Sobald es das Wetter zulässt, möchte ich Hubschrauber in der Luft haben. Am besten mit Wärmebildkameras!"

Bakerfield und Collins bestätigen den Auftrag.

Clark überlegt fieberhaft was er tun würde. Er versetzt sich in die Lage des Verbrechers.

Die Angelschnur befindet sich auf dem Hauptweg, also erwartet er die Polizei von vorn. Sie Seitentür führt vom Haus weg vermutlich in den Garten und von dort ins Moor. Er kennt sich hier aus. Er hat die Seitentür benutzt.

Instinktiv geht Clark zum Haus, betritt es aber nicht. Er geht um das Gebäude herum und von der Seitentür aus geradewegs zur Mauer. Dort angekommen, verharrt er und denkt nach.

Er hat nur ein oder zwei Minuten Vorsprung. Er muss dicht am Einsatzteam vorbei gegangen sein.

Clark leuchtet den Bereich an der Mauer ab, sieht ein Papiertaschentuch und hebt es auf.

Lippenstift. Es gehört Debbie. Sie hat ein Zeichen hinterlassen.
Clark klettert über die Mauer. Er weiß, dass er dem Kidnapper dicht auf der Spur ist. Er zieht seine Waffe.

Der Knall der Blendgranaten, das Stürmen des Hauses und die Rufe der Polizisten sind gut zu hören. Robert Thorbe triumphiert. „Diese Trottel werden mich nie kriegen. Hoch mit dir. Wir müssen ins Moor. Das ist jetzt lange nicht mehr so komfortabel wie im Haus, aber ich habe für ein Versteck gesorgt."

Debbie ist verzweifelt. „Ich kann nicht mehr laufen. Mein Knie ist verletzt!"

Thorbes Stimme klingt kalt. Kalt und gnadenlos. „Ich scherze nicht. Du kommst entweder mit oder du stirbst. Wenn sie deine Leiche finden, wird mir das einen Zeitvorsprung verschaffen. Ich ziehe das durch, glaube mir!"

Debbie unterdrückt den Schmerz. Sie macht sich Mut.

Komm, altes Mädchen. Du hast zwei Kinder geboren, du kannst das mit dem Knie locker wegstecken.

Humpelnd geht sie vor Robert her. Nach wenigen Minuten bleibt er stehen und lauscht. „Hast du das gehört?"

„Nein, was denn?"

„Da war so ein komisches Geräusch."

„Ich habe nichts gehört."

Roberts Adrenalinspiegel steigt stetig. Eine gefährliche Mischung aus Angst und Ausweglosigkeit überkommt ihn. Er weiß, dass er seinen Jägern nur um Haaresbreite entkommen ist und sie ihm immer noch dicht auf den Fersen sind. Er muss sein Versteck erreichen. Das ist seine einzige Chance. Er hat die Höhle entdeckt als er zwölf Jahre alt war. Niemand außer ihm kennt sie. Dessen ist er sich ganz sicher. Nicht einmal sein Großvater kannte diese Höhle.

Dort werden sie mich nie finden! Ich werde ein oder zwei Wochen dort bleiben. Bis dahin haben sie die Suche eingestellt. Ich habe genügend Vorräte versteckt.

Dass er seinen Rückzugsort mit einer Geisel teilen muss, hat er zwar nicht bedacht als er das Versteck für einen längeren Aufenthalt vorbereitet hat, ist sich aber sicher, dass es klappen wird.

Sie wird genügsam sein müssen und nicht so viel zum Essen bekommen. Und sie wird mir ein guter Zeitvertreib sein, denkt er.

Er lauscht angestrengt, glaubt, dass ihm sein Gehör einen Streich gespielt hat und treibt Debbie wieder an. „Los! Wir gehen weiter! Wir haben keine Zeit zu verlieren!"

In diesem Moment hört er es deutlich. Es ist laut und ganz dicht bei ihnen. Ein Pferd schnaubt. Robert glaubt, sein Herz bleibt stehen. Tausend Gedanken rasen durch seinen Kopf. Angstschweiß wird ausgestoßen und rinnt über seine Stirn. Er bleibt stehen, fühlt sich, als wäre er zu einer Steinsäule erstarrt. Er stupst mit dem Lauf des Revolvers Debbie an und fragt mit unsicherer Stimme: „Jetzt hast du es auch gehört. Los, sag es!"

„Ja. Das ist ein Pferd."

Fieberhaft überlegt Robert weshalb hier ein Pferd herum läuft. „Die Dartmoor-Ponys sind üblicherweise nicht so weit hier drüben."

Debbie erkennt zum ersten Mal so etwas wie Unsicherheit bei ihrem Entführer. Sie versucht sich zu konzentrieren. Vielleicht ist das eine Chance zu entkommen. Ihr Gehirn arbeitet fieberhaft. Soll sie ihn verunsichern oder besser in Sicherheit wiegen. Sie glaubt es selbst nicht, als sie sich sagen hört. „Du hast den Namen ausgesprochen."

„Welchen Namen?"

„Den des Grafen. Er wird dich holen."

Robert presst den Revolver fest in Debbies Rücken. Sie kann den harten Stahl durch die Jacke spüren.

„Bitte nicht!", ruft sie in Todesangst.

Hufgetrampel. Nicht das eines trabenden Pferdes, sondern eher, also ob es auf der Stelle tritt. Wieder ein Schnauben! Angestrengt versucht Robert mit seinen Blicken den Nebel zu durchdringen, doch die gleiche wabernde graue Schleierwand, die ihn vor seinen Verfolgern schützt, verschleiert seine eigene Sicht. Er wird wütend und zunehmend unsicherer. Debbie hat ihn verwirrt.

„Du hast gesagt, dass ich den Namen aussprechen soll! Verdammt! Du machst mich noch verrückt. Es gibt ihn nicht!", geifert er und zuckt vor Schreck zusammen, als er eine Stimme hört.

„Ich hole dich! Du kannst mir nicht entkommen! Ich bin im Moor zu Hause und kenne jeden Meter!"

Debbie erkennt die Stimme sofort, Robert nicht. Er ist zu aufgeregt. Aus Furcht zielt er auf die graue Wand vor ihm und feuert zwei Schüsse ab. Debbie nutzt die Gelegenheit zur Flucht, dreht sich um und möchte weglaufen, doch sie bleibt bereits beim zweiten Schritt an einem großen Stein hängen und stolpert. Blitze zucken vor ihren Augen, als sie auf dem ohnehin angeschlagenen Knie landet. Der Schmerz zieht sich vom Knie durch den ganzen Körper. Sie weiß, dass sie diese Chance vertan hat und Robert jetzt ziemlich wütend sein wird.

„Er kommt!", kreischt Robert. Die Umrisse eines Reiters sind im Nebel zu erkennen. Robert eilt sofort zu Debbie und packt sie an den Haaren. Er zieht sie nach oben und hält ihr die Waffe gegen den Kopf. „Wer bist du?", ruft er mit schriller, sich überschlagender Stimme.

Richard Huntington ist abgestiegen. „Lauf, Brauner", presst er aus und gibt seinem Pferd einen Klaps. Wiehernd trabt es davon. Robert Thorbe brüllt: „Ich werde sie töten!"

„Lass sie gehen, Robert. Du hast verloren."

Jetzt glaubt Robert die Stimme zu erkennen. „Mr. Huntington, sind Sie das?"

Richard schreitet wie ein Rächer aufrecht durch die Nebelwand und steht ihnen gegenüber. „Ja, Robert. Lass sie gehen. Nimm mich als Geisel."

Lachen. Ätzendes, schrilles Lachen. „Ha, ha... Und ich hatte schon Angst. Nein, Huntington! Das wäre ein schlechter Tausch. Sie ist die Frau dieses Bullen. Sie ist meine Fahrkarte in die Freiheit."

„Ich liebe diese Frau und wenn du ihr auch nur ein Haar krümmst, ist das deine Fahrkarte in die Hölle. Ich sage es nur noch ein einziges Mal. Lass sie gehen."

„Sie sehen wohl nicht, dass ich ihr eine Waffe an den Kopf halte, oder?"

„Willst du hier sterben oder willst du eine Chance zur Flucht?"

Robert schwenkt den Lauf des Revolvers herum und zielt jetzt auf Richard Huntington. „Sie haben mir nichts mehr anzuschaffen. Ich bin es, der die Befehle erteilt. Geh zur Seite, du reiches Muttersöhnchen!"

„Nein!"

„Ich glaube, du bist es, der sterben möchte!", brüllt Robert panisch.

„Für meine Debbie würde ich sterben. Sie ist meine große Liebe. Das weiß ich. Und deshalb werde ich keinen Zentimeter weichen."

„Wie romantisch", säuselt Robert ironisch. „Sie beide kennen sich kaum zwei Tage und es wird von großer Liebe gefaselt. Das ist ein Hirngespinst!"

Debbie räuspert sich. „Richard, ich liebe dich auch. Bitte geh zur Seite."

Clarks Ruf kommt plötzlich und unerwartet. „Polizei! Waffe weg!"

Robert zuckt erschrocken zusammen, dreht sich um und feuert ins Dunkel. Der Mündungsblitz erhellt für einen Bruchteil von Sekunden sein Gesicht. Richard zieht seine Armeepistole und plärrt: „Debbie, weg!"

Gleichzeitig gibt er einen Schuss auf den Geiselnehmer ab. Das Projektil schwirrt auf Robert zu und bohrt sich in dessen rechte Schulter. Die Wucht des Einschlags ist hart. Der Verbrecher taumelt. Er lässt den Revolver zu Boden fallen und geht auf die Knie. Seine linke Hand klammert sich immer noch um die Tasche, in die er seine Tatbeute gepackt hat.

„Ah... meine Schulter", stößt er aus.

Pure Panik ergreift ihn.

Ich muss den Revolver finden!

Seine rechte Hand gleitet auf der Suche nach dem kalten Stahl der Waffe über den Boden.

Richard läuft zu Debbie. Clark rennt zum Geiselnehmer.

Der Hotelier nimmt Debbie in den Arm. Sie legt ihren Kopf auf seine Schulter und beginnt zu weinen. Sie ist frei. Sie fühlt sich sicher. Richard hat sie gerettet.

Clark legt Robert trotz dessen Verletzung Handschellen an und erklärt ihm die Festnahme. Er ist am Ziel. Der Jäger hat die Beute erlegt! Dieses Gefühl ist unbeschreiblich. Der ganze Erfolgsdruck der letzten Wochen und Monate fällt mit einem Schlag weg. Clark sieht im Gedanken ein Blitzlichtgewitter und eine applaudierende Meute.

Er hat den meistgesuchten Verbrecher Großbritanniens festgenommen. Es waren nicht seine Männer, es waren nicht irgendwelche Spezialeinheiten. Er war es persönlich. Er spürt in diesem Moment seines wohl größten beruflichen Erfolges, aber auch eine bittere Niederlage. Er weiß, dass er seine Frau verloren hat.

Clark hat sich innerlich längst für seine Karriere entschieden. Er wird nach Den Haag gehen und es Debbie frei stellen mitzukommen, um bei ihm zu bleiben, oder hier zu bleiben.

Wie wird sie sich entscheiden?

Er verdrängt die Gedanken und fühlt wieder den Erfolg. Er atmet tief durch, als er die Tasche öffnet und die gebündelten Geldscheine sieht.

„Täter festgenommen, Tatbeute sichergestellt", gibt er über Funk durch. „Wir brauchen einen Arzt!"

16

Wind ist aufgekommen. Man könnte meinen, das Schicksal gibt nach der Festnahme von Robert Thorbes den Blick auf das Land wieder frei. Die dichten Nebelschleier lichten sich. Ein Meer an Blaulichtern spiegelt sich in den letzten wabernden Nebelschleiern wider. Sanitäter und Polizisten laufen umher. Debbie sitzt in einem Krankenwagen und wird gerade behandelt. „Die Schwellung wird in zwei, drei Tagen abklingen. Der blaue Fleck noch länger sichtbar sein", erklärt der Notarzt und legt einen Verband an. „Es ist aber alles in Ordnung. Keine ernste Verletzung. Ihr Hausarzt sollte sich das allerdings noch einmal ansehen."

„Danke", antwortet Debbie.

Ihr gegenüber sitzt Clark und wartet geduldig. Richard steht etwas abseits des Krankenwagens und wird von Collins befragt. Die Stimmung ist drückend, die Luft scheinbar zum Zerschneiden dick. Beide wissen was los ist. Beide ringen nach den richtigen Worten.

Debbie atmet tief ein. „Clark, wir beide müssen uns ernsthaft unterhalten."

„Ich habe vorhin alles gehört. Da gibt es nichts mehr zu reden."

„Doch, das gibt es. Unser Streit war wie ein Wecker. Wir sind plötzlich aufgewacht und haben registriert, wie es um uns steht."

„Debbie, es kommt alles so unerwartet."

„Das stimmt nicht, Clark. Wenn wir ehrlich zueinander sind, leben wir seit Jahren nur noch nebeneinander her. Wir sind kein Ehepaar im eigentlichen Sinn. Wir führen eine reine Zweckehe und leben wie Geschwister zusammen. Wir haben uns auseinander gelebt."

Er weiß, dass sie Recht hat. „Das stimmt."

„Warum machen wir es uns dann so schwer?"

„Du hast mich betrogen?"

„Das habe ich nicht. Ich habe Richard erst am Freitag kennengelernt. Es ist absolut nichts zwischen uns passiert."

Clark sieht seine Frau fragend an. „Das soll ich glauben?"

„Es ist so, wie ich sage. Und wenn nicht? Was würde es ändern?"

Clark überlegt. Seine Frau spricht das aus, was er selbst schon weiß. „Dann werden sich unsere Wege trennen?"

„Wir bleiben Freunde und sind jederzeit für uns da, wenn wir etwas brauchen. Das geht. Warum sollten wir streiten? Dafür gibt es keinen Grund."

„Deshalb wolltest du wieder arbeiten?"

„Instinktiv vielleicht", antwortet sie und schiebt nach: „Ich wollte wieder jemand sein. Ich wollte aus dem Alltag ausbrechen. Und du? Du lebst ja nur noch für deine Arbeit und ich stand deiner Karriere im Weg. Jetzt brauchst du keine Rücksicht mehr nehmen."

„Smith hat mit mir gesprochen. Sie werden mir einen Posten bei Europol in Den Haag anbieten."

„Das freut mich für dich. Clark, lass uns doch der Wahrheit ins Gesicht sehen. Ich habe dich wirklich sehr gern, aber das ist keine Liebe mehr. Lass uns vernünftig trennen. Vielleicht auf Probe?"

„Auf Probe? So ein Quatsch."

„Du lebst in deiner Polizei-Welt, ich baue mir eine eigene auf. Ich bin garantiert nicht das Hausmütterchen, das zu Hause sitzt, auf dich wartet und das Leben nach Kalender führt. Jeden dritten Dienstag ist Bowling, jeden zweiten Sonntag gehen wir ins Kino. Clark, es ist vorbei!"

„Es ist schwer zu begreifen, Debbie."

„Hast du noch nicht darüber nachgedacht? Sei doch mal ehrlich zu dir selbst!"

Der Polizist sieht seine Frau an. „Doch, das habe ich und ich muss dir leider Recht geben. Unsere Ehe ist gescheitert."

„Wenn wir in Freundschaft auseinander gehen, ist die Ehe nicht gescheitert. Wir haben es weit gebracht und wenn wir Freunde bleiben auch nichts falsch gemacht. Wir sind beide nur Menschen und Menschen verändern sich im Lauf ihres Lebens. Unsere Wege haben sich irgendwann einmal geteilt. Lass es uns im Guten beenden."

Clark lächelt. „In Freundschaft?"

„Ja, Clark, in Freundschaft für alle Zeit."

Er steht auf und zeigt nach draußen. „Ich habe zu tun."

Debbie nickt. „Geh deinen Weg, Clark."

Er steigt aus und geht, ohne sich noch einmal umzudrehen, zu Turner. „Vier deiner Leute sollen ihn begleiten und rund um die Uhr bewachen. Nachdem er operiert ist, sorge ich dafür dass er ins nächste Gefängniskrankenhaus überstellt wird."

„Ich schicke meine besten Leute mit!"

Collins beendet die Befragung von Richard. „Danke Mr. Huntington. Ihre Waffe bekommen Sie zurück, sobald die ballistischen Untersuchungen abgeschlossen sind. Die waffenrechtlichen Erlaubnisse haben Sie ja."

„Ich brauche sie nicht dringend. Es hat keine Eile."

„Danke, Sir. Das war es vorerst. Sollten wir noch weitere Fragen haben, werden wir uns mit Ihnen in Verbindung setzen."

Richard nickt, wirft einen sehnsüchtigen Blick zum Krankenwagen und stellt fest, dass Debbie wieder allein ist. „Wiedersehen", sagt er und geht zum Krankenwagen.

Debbie sitzt mit bandagiertem Knie da und lächelt.

„Alles in Ordnung?", fragt Richard mit gedämpfter Stimme.

„Es ist alles neu und so unwirklich. Ich muss noch sehr viel erledigen, aber wenn du mich wirklich liebst und mir genügend Zeit gibst, bin ich für dich da."

„Debbie, du hast alle Zeit der Welt. Ich liebe dich und werde dich zu nichts drängen."

„Das ist schön, mein Schatz, denn ich liebe dich auch. Liebe fragt eben nicht."

Ende